Hans Koppel

Hans Koppel est le pseudonyme de Petter Lidbeck, auteur de romans pour la jeunesse. *Châtiments* (2013) est son premier roman pour adultes, suivi de *Désir mortel* (2015) et de *Représailles* (2017). Tous ont paru aux Presses de la Cité et sont repris chez Pocket. Hans Koppel vit à Stockholm.

REPRÉSAILLES

DU MÊME AUTEUR
CHEZ POCKET

CHÂTIMENTS
REPRÉSAILLES

HANS KOPPEL

REPRÉSAILLES

Traduit du suédois
par Hélène Hervieu

PRESSES DE LA CITÉ

Titre original :
OM DÖDA ONT

L'édition originale de ce texte a été publiée en 2013
par Telegram Bokförlag, Suède.
Publié avec l'accord de Norstedts Agency.

MIXTE
Papier issu de sources responsables
FSC® C003309

Pocket, une marque d'Univers Poche,
est un éditeur qui s'engage pour la préservation
de l'environnement et qui utilise du papier fabriqué
à partir de bois provenant de forêts gérées
de manière responsable.

ISBN 978-2-266-28695-4
Dépôt légal : janvier 2019

1

Ils récupérèrent Henk à Brahehus. Il sauta sur le siège arrière et se pencha vers les deux assis à l'avant. Il jurait comme un charretier, parlait à toute vitesse, très excité.

Sara soupira.

— Attache-toi, ça m'évitera d'entendre ces couinements.

Henk ne comprenait pas.

— Ta ceinture de sécurité, dit Sara. Ça me rend dingue, ce son.

— Euh, oui.

Henk tira la ceinture, chercha le clip sous lui. Ils furent sur l'autoroute avant que le voyant daigne enfin s'arrêter de clignoter et que le bruit cesse. Henk était plus difficile à faire taire.

— On se connaît, bordel, depuis je ne sais pas combien d'années, je vais juste pisser un coup, et ce con-là il en profite pour se barrer… Ah, je me suis bien fait entuber…

— C'est moi qui me suis fait entuber, corrigea Sara, pas toi.

— Exact, reconnut Henk en se penchant de nouveau

en avant. C'est encore pire. Il ne sait pas à qui il a affaire. Je vais lui couper les couilles, à cet enfoiré.

Sara appuya son coude sur la portière et reposa sa tête contre la paume de sa main. C'était dans des moments comme celui-ci qu'elle se mettait à douter et qu'elle se demandait si elle n'aurait pas mieux fait de choisir une autre voie. La semaine précédente, elle s'était retrouvée dans la même pièce que quatre types gonflés aux anabolisants, affalés dans un canapé devant un écran de télé soixante pouces qui diffusait « Miami Ink ». Ils s'étaient relevés à contrecœur, on voyait que ça leur coûtait de dire bonjour, mais bon, ça ne changeait rien. Sara avait encore les dialogues de cette téléréalité dans les oreilles.

La voiture se dirigea vers le sud, sous les vains jurons de Henk et sa promesse peu convaincante de lui faire la peau, à cet enfoiré de Conny. Il n'arrêtait pas de jacter. Sara le laissa continuer. Il n'apportait rien, il n'était qu'un accessoire dont il fallait se débarrasser. Sara tapota légèrement l'avant-bras de Matte et indiqua de la tête une bretelle de sortie. Henk gigota à l'arrière.

— Quoi, c'est là qu'on va ?

— Oui, ça te pose un problème ?

— Non, sérieux, pourquoi on va là ?

— C'est un bon endroit pour parler. Il faut faire le point sur ce qui s'est passé.

— Mais je te l'ai dit ! On s'est tous fait baiser par cet enfoiré…

— Ça, j'avais compris.

Sara se tourna vers Matte et pointa le doigt.

— L'aire de repos.

Matte bifurqua. Sara ouvrit la boîte à gants et en sortit un sac plastique.

— Viens, Henk. On va s'asseoir là.

Ils descendirent de la voiture. Henk suivit Sara jusqu'à la table dehors, Matte resta près de la voiture, les fesses appuyées contre la carrosserie. La forêt derrière l'aire de repos était suffisamment aérée pour qu'on puisse y entrer et suffisamment dense pour qu'une femme puisse trouver un buisson ou un arbre pour faire pipi sans être vue.

Ils prirent place près de la table. Henk s'agitait, nerveux, et regarda Matte.

— Il va rester là ?

Sara ne répondit pas. Henk n'arrivait pas à rester tranquille. Il avait beau peser le double de Sara, il ne faisait pas le poids face à elle.

— Bordel, je suis accusé ou quoi ?

— Ton téléphone.

— Quoi ?

Sara eut un geste d'impatience. Henk sortit son portable de sa poche intérieure et le lui tendit.

— Reprends tout encore une fois. Depuis le début.

— Ça fait cent fois que je répète la même chose ! On perd du temps, là, pendant qu'il se fait la malle, l'autre connard… T'as dit toi-même que tu ne voulais pas entendre…

Sara planta son regard dans le sien et il vit qu'il n'était pas en position d'avoir un avis, et encore moins de se justifier.

— Encore une fois, dit-elle une fois le message passé. Calmement.

Henk prit une profonde inspiration et raconta encore une fois, scanda chaque syllabe, joignant la parole au geste. Sara l'écouta avec attention, répétant certains de ses mots.

— Ça ne paraît pas prémédité, finit-elle par dire. Et c'est toi qui as suggéré de vous arrêter pour manger ?

Henk hocha vigoureusement la tête, il avait du mal à cacher son anxiété.

— Dans ce restau-là ?

— Ils ont de la bonne nourriture.

— Et tu lui as demandé d'acheter des boulettes de viande ?

— Je lui ai filé un billet de cent.

— Combien elles coûtaient, les boulettes de viande ?

— Hein ?

— C'était suffisant, avec le billet de cent ?

— Aucune idée. J'imagine que oui.

— OK. Tu lui donnes cent couronnes pour acheter de quoi manger, tu vas aux toilettes, tu fais ce que tu as à faire, et quand tu reviens il a disparu, c'est ça ?

— Au début, j'ai cru qu'il avait déjà commandé, et puis j'ai vu la fille en jogging jaune…

— Qui ça ?

— Elle faisait la queue devant nous. Et elle était toujours là quand je suis revenu. Alors j'ai pensé qu'il était peut-être allé aux chiottes, lui aussi. Vu qu'il n'était plus là.

— Tu es allé vérifier ?

— Pas tout de suite. Je l'ai d'abord attendu. Puis j'ai fait un tour aux chiottes, mais il était pas dedans.

— Il *n'y* était pas.

— Hein ? Ah, je vois. Bon, et puis je l'ai appelé.

— Et ?

— Il n'a pas répondu.

— C'est là que tu as compris ?

— Je suis sorti sur le parking, la voiture avait disparu. J'ai été voir à la station-service, au cas où il aurait été faire le plein ou autre chose. Personne. Alors j'ai compris qu'il s'était tiré. Et que cet enfoiré m'avait entubé. Quand je pense que je suis resté aux chiottes à peine quelques minutes…

Sara lui fit signe de se taire.

— Conny a saisi sa chance, résuma-t-elle.

— Je vais lui couper les couilles, à cet enfoiré, répéta Henk en essayant d'avoir l'air convaincant.

Sara ferma les yeux, l'air patiente.

— Et après ?

— J'ai appelé.

Sara tendit le téléphone à Henk.

— Qui as-tu appelé ?

— Vous.

Il regarda son portable dans la main de Sara et se ravisa :

— Non… D'abord ma frangine. Quand j'ai compris qu'il avait foutu le camp, je l'ai appelée.

— Pour quoi faire ?

— Je sais pas.

— Tu ne sais pas ?

— Pour qu'elle vienne me chercher. Je savais plus quoi faire. J'étais paniqué.

— Donc tu as appelé ta sœur ?

Henk ne répondit pas. Sara déverrouilla le portable et vérifia la liste des derniers appels. Elle arrondit les lèvres en un O pensif.

— Conny te pique mon fric et tu appelles ta sœur pour qu'elle vienne te chercher ?…

Henk se retourna une nouvelle fois, jeta un regard

sur Matte qui n'avait pas bougé, les bras croisés, appuyé contre la voiture.

— Je ne voulais pas vous importuner…

Sara haussa un sourcil et fit une mine interrogatrice.

— Tu ne voulais pas nous importuner ?

Sa voix était douce et amicale. Elle le faisait penser à tous ces procureurs qui l'avaient interrogé, au fil des ans, et qui répétaient toujours ses propos.

« Vous n'avez donc pas compris que c'était du hasch que votre camarade vous avait demandé de garder pour lui ? Vous avez cru que c'était du henné ? Est-ce que le hasch n'a pas une odeur très spécifique ? Vous n'en savez rien ? Et pourtant vous reconnaissez avoir pas mal fumé dans votre vie ? C'était avant, d'accord. Avant, plus maintenant. Mais vous n'avez jamais remarqué que ça sentait une odeur particulière ? Non ? Bon… »

C'était une technique d'interrogatoire sournoise, contre laquelle il était difficile de se défendre. Mais tout ce qui se disait n'était qu'un jeu pour la galerie. Le procureur répétait ceci, l'avocat de la défense cela, bref, égalité, jusqu'à ce que le président du tribunal commence à énumérer les précédentes condamnations. Et là, les jurés se redressaient sur leurs chaises en pensant « Coffrez-le, ce sale type, qu'on puisse aller déjeuner ».

La différence, ici, c'était que Henk disait la vérité. Conny avait pris le fric et s'était tiré.

— Vous récupérerez tout jusqu'au dernier centime, promis.

— Et comment ?

— Je le retrouverai, je le jure.

— Tu le retrouveras ?

Henk hocha la tête, plusieurs fois.

— Oui, ça fait pas un pli.

— Tu sais où il est ?

— Hein ?

— Tu sais où est Conny ?

— Non, je ne sais pas, évidemment. Aucune idée. Si je l'avais su, je serais pas assis ici. C'est ce que tu crois ? Tu crois que je sais où il est ?

Sara haussa les épaules.

— Je ne crois rien.

— Mais essaie de comprendre, bordel ! Il m'a entubé et il a filé avec le fric.

Sara inclina la tête sur le côté.

— Comment comptes-tu le retrouver ?

Cette question paraissait une invite. Henk se redressa et se pencha au-dessus de la table.

— Je vais aller parler avec sa meuf. Mona. Mona Björklund. Elle habite à Bjuv. J'ai été là-bas, je la connais. Disons que je l'ai rencontrée. Une fois. Elle devrait avoir des infos.

Sara acquiesça.

— Et si elle n'en a pas ?

— Conny a un faible pour les putes, j'irai leur parler.

— Et si cela non plus ne te mène nulle part ?

— Hein ?

— S'il n'est ni chez cette fille ni chez les putes et que tu ne le trouves pas, comment vas-tu faire pour récupérer l'argent que tu me dois ?

Henk lui jeta un coup d'œil. Beaucoup trop tard, il se rendit compte qu'elle était calmée. Elle n'en avait rien à faire de la somme qu'elle venait de perdre.

Pour elle, ce n'était qu'un jeu, une distraction. Sara le scrutait intensément.

— Tu sèches ? Tu n'es peut-être pas si créatif ?

— Hein ?

— Si tu as besoin d'argent rapidement, qu'est-ce que tu fais ?

— Hein ?

— J'aurais tendance à penser que tu aurais besoin d'y réfléchir sérieusement. Et d'avoir un plan fiable pour te procurer cette somme.

— Je sais.

Sara prit une profonde inspiration, se mordit la lèvre et réfléchit.

— Qu'a dit ta sœur ? finit-elle par demander.

— Hein ?

— Arrête de dire « Hein ? » à tout bout de champ. Ta sœur, quand tu as appelé… Qu'est-ce qu'elle a dit ?

— Elle n'a pas répondu. Il y a eu la sonnerie normale et puis ça a sonné occupé.

— Elle t'a raccroché au nez ?

Henk ne répondit pas.

— Vous êtes souvent en contact, ta sœur et toi ? Vous êtes proches ?

— Pas vraiment, répondit Henk en haussant la voix comme pour s'adresser à la fois à Sara et à Matte, là-bas. Est-ce que je vous ai jamais roulés, moi ? Pourquoi je l'aurais fait ? Je suis peut-être con, mais pas à ce point-là.

Il se tourna vers Matte, qui avait l'air de se ficher de ce qui se passait. Sara saisit les mains de Henk.

— Il ne s'agit pas de savoir qui a fait quoi ou pas. C'est simple : tu es ici, mais pas l'argent. Que je te croie ou pas est hors sujet.

— Hors sujet ?

Henk avait répété les mots en cherchant à comprendre.

— Cela signifie que ça n'a aucune importance, dit Sara.

— Mais je…

— Écoute-moi. Je n'en ai rien à faire que ce soit toi ou Conny ou quelqu'un d'autre. L'argent a disparu et c'était à toi de me le remettre. Ta responsabilité. Je n'ai pas besoin d'en savoir plus.

— Je te promets, je vais arranger ça. Tu récupéreras chaque couronne. Je vais retrouver ce type, et crois-moi qu'il…

Sara leva la main. Henk s'interrompit mais sa respiration s'était faite haletante, comme après un exercice physique.

— Je ne suis qu'un coursier, merde ! Tu ne peux quand même pas descendre le coursier !

— Mon expérience me dit le contraire. La personne qui vous apporte de mauvaises nouvelles n'est pas là par hasard. Et comme je te l'ai déjà dit, il ne s'agit pas de dettes, il s'agit de responsabilité, et c'était la tienne.

Sara prit le sachet en plastique blanc qu'elle avait sorti de la boite à gants et l'ouvrit lentement, comme si elle épluchait une banane dans un sketch. Elle fit glisser l'arme sur la table sans y toucher.

Henk repoussa le bord de la table avec les mains.

— Tu n'arrives même pas à penser, dit-elle.

— Non, putain, non. Je…

— Tu es fort, tu vas y arriver.

Henk se força à sourire. Il s'était empourpré du cou jusqu'aux joues.

— Oh, s'il te plaît… Vous l'aurez, votre argent. Je vais le retrouver, ce type. Je vais braquer une banque…

— Et tu te feras arrêter et interroger par la police et alors tu leur balanceras tout ce que tu sais…

Sara le regarda, très calme.

— Putain, non, je le jure ! Laisse-moi une chance. Je m'arrangerai, pour l'argent. Ou ce que tu veux. N'importe quoi. Dis-moi ce que tu veux que je fasse.

— Tu as le choix, dit Sara. C'est vrai.

Henk hocha énergiquement la tête. Son menton tremblait.

— Je peux laisser Matte te faire la peau. Mais dans ce cas, je te promets que je réserve cette balle pour ta sœur.

Henk ouvrit de grands yeux.

— Ma sœur ? Qu'est-ce qu'elle vient faire là-dedans ?

Sara haussa les épaules.

— Tu l'as appelée. Ça me suffit.

Les lèvres de Henk remuèrent mais aucun son n'en sortit. Il jeta un coup d'œil vers Matte, qui restait impassible.

— Tu choisis, dit Sara.

— C'est à Conny qu'il faut s'en prendre ! C'est lui qui a piqué le fric, pas moi !

Sara cligna des yeux.

— Vous êtes des gamins dans un bac à sable, dit-elle. « Il a pris ma pelle, ouin… » Ce n'est pas vraiment mon problème, tu vois ?

Elle hocha la tête et reprit un ton maternel :

— Comme je t'ai dit, tu as le choix.

Henk posa les yeux sur l'arme. Sara l'observa.

— Elle fait quoi comme job ?
— Qui ça ?
Henk tressaillit.
— Ta sœur, qu'est-ce qu'elle fait ?
— Hein ?
— Elle a bien un travail ?
Henk essaya de déglutir, mais il avait la bouche aussi sèche que la gorge. Il grimaça.
— Dans une banque. Elle est conseillère.
— Alors tu seras millionnaire ?
Sara le dévisagea tranquillement. Le visage de Henk s'était crispé, ses mains tremblaient.
— Comment tu veux t'y prendre ? demanda-t-elle. Tu y arriveras tout seul, ou tu veux que je demande à Matte de t'aider ?
Henk ne répondit pas. Sara poussa un soupir d'impatience et leva le bras. Matte se redressa pour venir vers eux. Henk saisit l'arme. Sara fit un signe à Matte, qui reposa ses fesses contre le coffre.
— Je pourrais te tuer, dit Henk.
Le pistolet tremblait dans sa main et sa voix portait à peine. Clairement du bluff.
— Absolument, dit Sara, mais comme il n'y a qu'une balle, Matte te ferait la peau après, de toute façon. Peut-être qu'il prendrait un peu plus son temps, c'est tout.
Elle joignit les mains sur la table.
— Tu t'ôtes la vie, tu sauves celle de ta sœur. Il faut le voir sous cet angle.
Henk lâcha l'arme, secoua la tête et essaya de rire. Mais sans conviction.
— Tu n'es pas sérieuse… Dis, c'est une plaisanterie ?

Il la regarda.

— Tu dis vraiment ça sérieusement ?

Sara ne répondit pas.

— Tu dis vraiment ça sérieusement ? répéta Henk.

— Si tu préfères que ce soit Matte qui le fasse…

— C'est Conny qui a foutu le camp, pas moi. J'ai rien fait, moi…

— T'as été négligent, tu paies. Je te propose une sortie simple. Si tu veux te compliquer les choses, libre à toi. Tu y passeras quand même, mais ta sœur aussi. Tu l'as appelée, elle t'a raccroché au nez. Elle a un travail et mène une vie normale. Tu es une charge pour elle, tu ne fais que la gêner par ton existence, et tu le sais.

Sara fit un signe de tête vers l'arme.

— Fais ce qui est bien, pour une fois. Je ne peux pas te laisser en vie, tu peux comprendre ça. Cela enverrait de mauvais signaux. Alors décide toi-même comment tu veux t'y prendre et fais-le maintenant, parce que je commence à en avoir assez d'entendre tes idioties.

Henk ne répondit pas. Ses yeux brillants fixaient l'arme, fascinés.

— Allez, Henk. Sois un homme, je sais que tu en es capable.

Il continuait de fixer l'arme.

— Non ? dit Sara en levant de nouveau la main pour faire venir Matte.

Henk se jeta sur l'arme dans un mouvement peu naturel, sa main tremblait tandis qu'il la retournait lentement vers lui.

Sara lui prit le poignet.

— Pas ici, enfin ! Des gens viennent ici boire leur

café et manger des sandwichs aux œufs durs… Va plutôt dans le bois.

Henk la regarda.

— Excuse-moi.

Elle sourit avec indulgence, comme un professeur qui en a vu d'autres. Henk se leva du banc, s'éloigna du bitume d'un pas lourd. Sara se retourna à moitié vers lui.

— Dans la bouche, le menton en l'air. Tu ne sentiras rien.

Du coin de l'œil, elle vit que Matte n'était plus appuyé contre la voiture. Sa nervosité se traduisait par de petits pas sur place. Sara entendit Henk fouler la terre humide. Il y eut un bref silence. Sara se concentra sur sa respiration. Rentrer le ventre, le relâcher.

Comme le coup ne venait pas, elle se tourna. Henk se tenait à une dizaine de mètres dans le bois. Il chancelait, ses mains pendaient inertes le long de son corps. Elle se leva du banc et alla vers lui.

— Henk ?

Il était complètement déboussolé, inconscient du monde qui l'entourait. Sara s'approcha lentement de lui.

— Henk, tu m'entends ?

Il ne répondit pas

— Tiens, dit-elle, je vais te montrer.

Elle enserra son poignet entre ses deux mains, leva lentement le bras et replia le coude.

— Comme ça, sans forcer. Et maintenant tu ouvres grand la bouche. C'est bien…

2

— Je me plais bien, ici.

Jörgen but directement à la bouteille.

— Je comprends, dit Calle sans regarder son ami.

Ils étaient assis sur la terrasse couverte avec baie vitrée, face à la mer. Deux ferrys finlandais venaient de passer au large, de véritables immeubles flottants.

— Passer du bon temps à découper des vieux machins, à débroussailler le jardin et à s'occuper des débris que le vent a apportés… Rien que toi et moi et Stihl.

— Qui ça ?

— Stihl, la tronçonneuse.

— C'est une bonne marque ?

— Je pense bien ! Je l'ai achetée quand nous avons emménagé ici, expliqua Jörgen, j'étais obligé. Si on m'avait dit qu'un jour je posséderais une tronçonneuse… Je n'avais d'ailleurs aucune idée de ce que ça coûtait.

— J'avais oublié que la question du prix compte pour toi.

— Je ne gagne pas des mille et des cents…

— Arrête, tu vas me faire pleurer.

Jörgen sourit.

— Je ne sais pas, j'avais cru que mille couronnes suffiraient, alors je suis allé voir chez Nacka Trä, et là on m'a demandé quinze cents pour un Partner !

— Ça ne me dit rien.

— À moi non plus. Mais comme j'avais décidé que ça me coûterait mille et non quinze cents, ça m'a mis en rogne.

— Évidemment.

Cela faisait longtemps que Calle Collin avait cessé de s'étonner que Jörgen soit à ce point radin. Ce type pesait un demi-milliard de couronnes, mais rien ne pouvait lui faire plus plaisir qu'une réduction.

— Alors je suis allé chez Fredells et je me suis adressé à un vendeur. Un jeune type qui bégayait pas mal. Et il m'a parlé de Stihl comme étant la machine des vrais pros.

— Et elle coûtait…

— Deux mille cinq. Mais le type bégayait, et ça m'a fait craquer.

— Tu as acheté la tronçonneuse ?!

— Non seulement je l'ai achetée, mais je suis parti de là enchanté.

Jörgen finit sa bière. Il agita la bouteille devant son ami, souleva un sourcil interrogateur. Calle soupesa la sienne.

— J'en ai encore, merci. Il faut que je pense à demain.

Jörgen disparut dans la cuisine. Calle promena son regard sur la baie. Un voilier mettait le cap vers Bogesundslandet, un autre allait dans la direction opposée, poussé par un vent arrière. Un des bateaux de Vaxholmsbolaget surgit dans le détroit, entre Edlunda et Granholmen, et deux hors-bord surpuissants de presque quarante pieds filèrent en creusant de profonds sillons et en faisant des bonds idiots. Des bateaux qui n'avaient rien à faire sur la mer, pilotés par des gens qui, le plus souvent, n'étaient pas du coin.

Jörgen revint avec deux bières et en tendit une à Calle.

— Ça va, j'ai ce qu'il me faut.

— Bien sûr que non. Il ne faut pas faire les choses à moitié, voyons.

Jörgen s'assit.

— Ah, il n'y a rien de tel que le travail physique. Je perds facile cinq à dix kilos au printemps. Si je vivais ici à l'année, j'aurais un corps parfait. Ou tout du moins bien musclé.

Calle ne commenta pas ce vœu pieux.

— Au fait, ça ne te dirait pas d'aller dans un club gay ? suggéra Jörgen au bout d'un moment.

Calle le regarda, sceptique.

— Pourquoi ?

Jörgen haussa les épaules.

— Je ne sais pas, dit-il. C'est sympa, ils sont tous gentils.

— « Ils sont tous gentils » ?!

— Tu sais bien ce que je veux dire. Si on se cogne contre quelqu'un, on obtient un sourire en retour. Dans les endroits hétéro, on se prend une beigne.

— Tu ne sais pas de quoi tu parles.

— Tu te rappelles, quand nous étions à Fjolljollen ?

— Pour ça, oui. Ils ont cru que t'étais mon mec. Je n'ai jamais fait aussi peu de rencontres que ce soir-là.

— C'est une des meilleures soirées que j'ai passées,

dit Jörgen. C'était quand, déjà ? Il y a une dizaine d'années ? J'y pense encore.

— Mais pourquoi ?

Jörgen haussa les épaules.

— C'est le seul endroit, ces vingt dernières années, où on m'a montré de l'intérêt.

— C'est quand même pas à ce point-là ?

— Tu n'as pas idée. On me remarque seulement quand je ne suis pas à ma place et que je ne dis rien.

— Le jeune père de famille suédois se bourre la gueule, et tout le monde s'en fout ?

— Exactement.

Calle le regarda, peu convaincu.

— Tu crois que je plaisante ? dit Jörgen. Quand nous étions à Bali cet hiver et que je me faisais l'impression de n'être qu'un gros porc d'Occidental qui passe son temps à boire de la bière, eh bien j'ai commencé à regarder les autres hommes. Et j'ai demandé à ma chère épouse si je ressemblais à untel ou untel.

— Du genre : « Est-ce que je suis plus gros que l'Allemand là-bas en slip de bain ? »

— À peu près. Et j'ai pris soin de choisir les plus moches pour être sûr de mon coup. Tu sais ce qu'elle a dit ?

— Non. Qu'est ce qu'elle a dit ?

— Elle m'a dit : « On ne peut pas comparer. Vous avez des corps si différents. »

— Tu espérais quoi ?

— Un non, évidemment. Genre : « Mais non, chéri, tu es beaucoup plus mince. » Ou : « Non, lui est super-gros. » Ou : « Sur toi, les kilos ça fait joli. »

— Peut-être qu'elle ne le pense pas.

— Et moi non plus, c'est bien pour ça que j'ai

besoin d'encouragement, d'un baiser sur la joue. D'un geste gentil, quoi. À Bali…

Jörgen rougit en se revoyant en caleçon de bain là-bas.

— Non, dit-il avec de l'ambition dans la voix. Le travail physique, il n'y a rien de tel. Moi et ma tronçonneuse contre les éléments. Tu dois aller où ?

— Demain ? dit Calle. À Höganäs.

— Cette histoire de mort, là-bas ?

Calle acquiesça.

— Oui, la mort m'appelle.

3

— « Pourquoi ? » répéta Sara Vallgren. Tu veux savoir pourquoi ?!

Ils étaient allongés à côté l'un de l'autre, les yeux au plafond, nus et en sueur après avoir joui.

— J'ai pas trop vu l'intérêt, reconnut Matte.

— Et qu'est-ce que j'aurais dû faire, à ton avis ? Passer l'éponge ? Il fallait bien marquer le coup.

— De là à le tuer…

— Mais je ne l'ai pas tué, je lui ai parlé.

Elle sourit à cette pensée, comme si c'était une réplique qui pourrait resservir.

— Tu lui as parlé… répéta Matte.

— D'accord. Disons que c'était un test. Je voulais voir si ça marchait.

— On peut dire que tu as mis le paquet…

— Fallait bien. Mais avoue que ça ne te déplaisait pas.

Matte se redressa, posa les pieds sur le sol et se frotta le visage avec les mains.

— Un nullard insignifiant.

Sara haussa les épaules, poursuivit :

— Il a fait son temps.

Matte la regarda, l'air suppliant.

— T'en as pas marre, dis, de tes grandes phrases ?

— Il m'a fait perdre trois cents, je te rappelle. J'aurais dû faire quoi ? Je t'écoute.

— Je ne sais pas, répondit Matte. Rien.

— Rien ?

Sara parut étonnée.

— Et qu'est-ce que les gens en auraient déduit ?

— T'aurais pu lui laisser une chance de rattraper le coup.

— « Rattraper le coup » ?

— De rembourser.

Matte se rendit compte que ça sonnait faux.

— Tu ne peux pas, continua-t-il, tu ne peux pas… Tu vas trop loin… C'est… imprudent. Qu'est-ce qu'on dira, si la police débarque ?

Sara lui jeta un oreiller à la figure.

— Arrête de prendre cet air tragique.

— Il y a des caméras, des caméras routières. Et puis des gens peuvent l'avoir vu monter dans notre bagnole…

— Dans ce cas, on dira qu'on est allés le chercher dans la cafétéria et qu'on l'a laissé sur l'aire de repos. Qu'il avait l'air déprimé, mais que nous n'avons pas compris la gravité de la situation, et que nous sommes aussi choqués que les autres. Ce qui n'est d'ailleurs pas faux. Je n'aurais jamais cru que ce serait aussi facile.

— T'es vraiment une malade, toi.

— Je ne pensais pas que ça marcherait. C'était un coup de poker. Il aurait pu tourner l'arme contre moi.

Matte hocha la tête, pensif.

— Rien ne t'arrête, hein ? C'est quoi, la prochaine étape ?

— Demain, nous irons voir ta maman, dit Sara.

— Je ne te parle pas de ça.

Sara haussa les épaules.

— Nous allons rendre visite à la petite amie de Conny, lâcha-t-elle.

— Pour… ?

— Parler avec elle, dit Sara d'un ton neutre.

4

Ils mangeaient chacun leur hamburger debout près du barbecue.

— C'est bon, dit Calle en prenant sa dernière bouchée.

Il secoua son doigt pour en faire tomber un reste de mayonnaise et l'essuya sur une bûche.

— C'est bien ce que je dis, renchérit Jörgen. Il n'y a aucune raison de traîner en ville quand on peut être ici.

— On est un certain nombre à être obligés de gagner du fric.

— Je n'ai jamais compris cette histoire de boulot.

Calle lui jeta un regard agacé.

— T'es vraiment à côté de la plaque…

— Je sais, admit Jörgen, tout content, en reposant le couvercle sur le barbecue pour éteindre les braises et économiser les briquettes. Bon, ça te dirait, une petite promenade digestive ?

Blottie dans une baie, entre Lidingö et Vaxholm, l'île pouvait de par sa taille être comparée avec Gamle Stan ; il fallait seulement trois quarts d'heure pour en faire le tour à pied. Les plus belles demeures et les villégiatures d'été traditionnelles pour gens aisés construites au tournant du siècle précédent avaient les pieds dans l'eau. Au milieu de l'île se regroupaient des chalets de moindre taille, bâtis principalement dans les années quarante et cinquante. Devant une de ces maisons plus modestes, un couple d'âge mûr installait un filet de badminton.

— Ah bon, c'est de nouveau la saison ? cria Jörgen.

L'homme découvrit sa présence et le salua en levant le bras.

— Oui, c'est la saison maintenant ! répondit-il.

Jörgen se tourna vers Calle.

— On va juste leur dire bonjour.

Ils s'approchèrent de la maison. La femme prit Jörgen dans ses bras pour l'embrasser puis le mari lui serra la main en lui donnant une tape sur l'épaule.

— Je vous présente Calle, mon plus vieux pote. Nous étions à l'école ensemble. Calle, voici Åsa et Bengt.

— Il dit son « plus vieux » au lieu de dire son « seul pote », rectifia Calle en saluant le couple.

— Tu n'as pas ta famille avec toi ? demanda la femme.

— Non, ils sont restés en ville, répondit Jörgen. Nous sommes juste venus débroussailler un peu et couper des arbres déracinés.

Calle eut un petit rire.

— En fait, c'est ce qu'il a voulu faire toute sa vie. Couper des arbres déracinés.

— À vous deux ? demanda Bengt, admiratif.

— Quel temps magnifique ! dit Åsa.

— Ici oui, dit Jörgen. Par contre, ça souffle côté nord.

— Vous voulez prendre un verre de vin ?

Jörgen hésita, mais plus pour la forme.

— Aidez Bengt avec le filet, pendant ce temps-là je vais chercher des verres.

Åsa disparut dans la maison et son mari se dirigea vers la partie plus en hauteur de leur jardin. Jörgen et Calle tinrent chacun un poteau tandis que Bengt enfonçait les sardines de tente et tendait le filet.

— Ce filet a sauvé notre mariage, dit-il. Quand les autres divorçaient, nous on réglait nos comptes ici, au badminton. Une solution simple et efficace.

— Vous êtes bons, à ce jeu ? voulut savoir Calle.

Bengt le regarda.

— Complètement nuls, répondit-il. C'est ça, le secret : notre imperfection nous unit.

— Peut-être que c'est ça qu'il me faudrait, un filet de badminton…

— Ça marche à chaque fois, dit Bengt.

Ils venaient de terminer quand Åsa revint avec des verres et un vin en cubi.

— Du blanc, ça vous ira ?

— Parfait, dit Jörgen.

Åsa remplit les verres.

— Oh merci, c'est assez, essaya de dire Calle, qui eut droit à un verre plein.

Une fois tout le monde servi, on leva les verres pour trinquer. Elle remarqua alors le filet du badminton que les hommes venaient d'installer.

— Je vois que vous avez bien travaillé.

— C'est curieux, quand même, dit Bengt.

— Quoi donc ?

— Quand une femme fait un compliment, ça sonne toujours un peu faux. Merci pour la vaisselle, chéri, maintenant ça serait bien si tu pouvais aller faire un tour dehors pour que je puisse tout relaver tranquillement…

— Depuis quand les compliments sont censés être sincères ? dit Jörgen. La vérité est bien la dernière chose qu'on ait envie d'entendre, si tu veux mon avis.

Åsa posa sur lui un regard compatissant.

— Elle te mène la vie dure ?

Jörgen poussa un soupir qui se voulait courageux.

— On rêve d'une petite Finlandaise toute nue qui prépare des boulettes de viande en talons aiguilles, et on se retrouve avec une harpie de Härnösand.

— Tu as eu de la chance, dit Åsa.

— Je sais. Mais ç'aurait été chouette si elle m'avait aimé en retour. Ç'aurait du moins simplifié les choses.

Bengt indiqua avec son verre le mobilier de jardin posé sur le dernier endroit ensoleillé de leur jardin et ils s'y déplacèrent.

— Parle-nous de ces arbres déracinés, dit Bengt.

— Ah, je me demandais quand tu allais me poser la question ! dit Jörgen en posant son verre sur la table pour pouvoir montrer avec les mains. C'est en fait assez impressionnant. Il y avait par exemple un sapin dans le nord de l'île qui…

Calle se leva et regarda Åsa.

— Excusez-moi, pour les… Je vais là, derrière ?

— Où vous voulez, répondit Bengt à la place de sa femme. Tant que vous ne faites pas deux fois au même endroit…

Il se tourna vers Jörgen.

— Tu as entendu parler des toilettes du voisin ?

— Non.

— Mais si, il a acheté ce genre de toilettes sous

vide, tu sais. Ça fonctionne en pratique comme des toilettes sèches sauf que…

Quand Calle revint, Jörgen et Bengt avaient calculé que le voisin aurait économisé de l'argent si, au lieu d'investir dans des toilettes avec un système de combustion, il avait pris un taxi pour aller à Örminge, aux toilettes payantes de la bibliothèque (soit cinq couronnes), chaque jour du restant de sa vie.

Åsa soupira.

— Je ne comprendrai jamais. Ici sur l'île, dès qu'on commence à discuter, les hommes ne peuvent pas s'empêcher de parler de caca…

— Mais c'est parce que c'est nous qui devons nous en occuper, chérie.

— Mais c'est toujours le même baratin !

Elle se tourna vers Calle et posa une main sur son bras.

— Encore un peu de vin ?

— Non merci, je dois me lever tôt demain.

— Calle va prendre l'avion, expliqua Jörgen.

— Ah bon ? dit Åsa. Pour aller où ?

— En Scanie. Aller et retour dans la même journée.

— Malmö ?

— Non, Höganäs, répondit Calle. On peut aussi aller à Ängelholm, qui est tout à côté.

Åsa sourit.

— Je sais, dit-elle. Nous avons habité là avant.

— À Ängelholm ?

— Non, Höganäs. Il y a plusieurs années. Vous y allez pour le travail ?

Calle acquiesça.

— Qu'est-ce que vous faites comme travail ?

— Je suis journaliste.

— Très bien. Où ça ?

— Je suis free-lance. Principalement dans les hebdomadaires. En fait, uniquement dans les hebdomadaires.

— Notre fils aussi est journaliste, dit Bengt. Il travaille pour le journal du soir, il écrit sur la télévision. Nous avions espéré qu'il viendrait ce week-end, mais il avait un emploi du temps surchargé.

— Comment s'appelle-t-il ?

— Anders Malmberg.

Calle haussa les sourcils, impressionné.

— Il est super.

Bengt fit une grimace.

— Je trouve qu'il est parfois inutilement méchant.

— Mais non, protesta Calle, c'est une étoile montante.

— Oui, sauf que ça laisse un goût amer dans la bouche, dit Bengt. Je n'aime pas ça.

— Il est obligé de pousser le bouchon un peu loin, ça fait partie du job…

— Tu vois, intervint Åsa, qu'est-ce que je te disais ?

Bengt haussa les épaules.

— Bon, d'accord. Qui allez-vous interviewer, à Höganäs ?

— Une femme, répondit Calle. Son fils est mort dans un accident de la route.

Il y eut un silence.

— Calle écrit sur les morts, dit Jörgen.

Calle parut un peu gêné.

— Ce n'est pas aussi terrible que ça en a l'air. Il s'agit de parler de ceux qui sont partis prématurément.

L'idée, c'est d'en donner une image positive, et surtout pas de faire un portrait à charge.

Åsa et Bengt hochèrent lentement la tête. Comme s'ils ne demandaient pas mieux que de croire à ce qu'il venait de dire, mais avaient des doutes.

— Ce sont les proches qui contactent le magazine, insista Calle. Nous n'avons pas besoin d'aller chercher les gens. C'est un peu comme des runes, pourrait-on dire. Mais en moins rigide, forcément. J'essaie de rendre vivants leurs souvenirs. Ou, au contraire, j'essaie de recréer le souvenir de ces personnes quand elles étaient encore en vie.

Nouveau hochement de tête d'Åsa et de Bengt.

— Quel âge avait-il ? demanda Åsa. Le garçon qui est mort, je veux dire.

— Treize ans. Il a été écrasé par un chauffard qui s'est enfui.

Personne ne dit rien.

— Si on parlait d'autre chose ? dit Calle en agitant les mains. Je sens bien que j'ai plombé l'atmosphère. Pourtant, ce n'est pas la mort qui m'intéresse. En plus, c'était il y a quinze ans.

5

— Plutôt sympas, dit Calle en s'asseyant près de la fenêtre du bateau de Vaxholm.

Jörgen se laissa tomber sur le siège à côté du sien.

— Absolument, c'est des gens bien.

Le ferry les emmenait à Gåshaga puis vers la capitale. Ils passèrent devant la résidence secondaire de Jörgen, qui examina sa propriété d'un regard critique.

— On le voit à peine, constata-t-il.

— Quoi ?

— L'arbre qu'on a enlevé.

— Tu t'attendais à quoi ?

— La Stihl et moi, nous allons changer le monde ! Je plaisante. Vu le nombre d'arbres qu'il y a, je ne suis pas près d'en voir la fin.

Jörgen détourna la tête et regarda droit devant lui. Calle s'apprêtait à dire quelque chose, mais resta la bouche ouverte. Il attendit un moment avant de faire une nouvelle tentative :

— Je n'aime pas déranger…

— Hein ?

Calle grimaça.

— Je me sens idiot, lâcha-t-il. Quand tu dis que

j'écris sur la mort pour des revues hebdomadaires… Ça paraît, je ne sais pas comment dire…

— Tu dis ça sérieusement ?

— Ça fait rabat-joie, et du coup tu me donnes mauvaise conscience.

Jörgen changea de position pour être face à lui.

— Tu parles vraiment sérieusement ?

— Bien sûr. Tu n'as pas remarqué comme ça a jeté un froid ? Leur fils est déjà une demi-célébrité, et moi je croupis, un imbécile avec son petit bedon, emprisonné par son amertume…

— Excuse-moi, je ne voulais pas te blesser, ce n'était vraiment pas le but. Ça ne me serait jamais venu à l'esprit, tu le sais bien.

Calle ne parvint pas à cacher plus longtemps ses émotions :

— Je me sens vraiment un raté.

Jörgen saisit sa main.

— Oh, je m'en veux. T'es vraiment celui que j'admire le plus.

Calle sourit à contrecœur.

— Excuse-moi, je suis trop susceptible. Ne me regarde pas comme ça, sinon je vais me mettre à chialer.

— Si je t'ai fait de la peine…

— Leur fils est une étoile montante ou presque, et moi j'avance péniblement, à la force des poignets…

— Leur fils ? Une star ? Moi je l'ai vu se balader sur l'île, quand c'était un adolescent grassouillet ! Pas vraiment de quoi se pâmer d'admiration. Et qu'est-ce qu'il a fait de si génial ?

— Rien, dit Calle. Enfin, pas encore. Il a la vie devant lui. Contrairement à moi qui…

— Maintenant ça suffit, dit Jörgen. Qu'est-ce que t'as, à pleurnicher comme ça ? Je suis sûr qu'il y a autre chose.

Le bateau ralentit et le haut-parleur se mit en action :

— Nous arrivons à Gåshaga. Prochain arrêt, Gåshaga…

— Je dois descendre, dit Jörgen.

Calle sentit le regard de son ami sur lui.

— Ne t'inquiète pas, ça va aller.

Jörgen se pencha en avant, embrassa Calle sur la joue et lui tapota la main.

— Je ne suis jamais plus heureux que quand je peux être avec toi, sache-le, dit-il en se levant. Tu entends ?

Il se dirigea vers l'avant du ferry, se retourna une dernière fois pour s'assurer que son ami allait mieux et lui adressa un sourire d'encouragement avant de débarquer.

Le bateau fit marche arrière, traversa le détroit de Halvkaksundet et continua en direction de Stockholm. En atteignant le passage entre Djurgården et Kvarnholmen, le capitaine réduisit la vitesse et Calle regarda avec intérêt le littoral sur sa droite. La pointe de Blockhusudden, un bout du toit de Tielska Galleriet, la villa rouge de Wallenberg, la villa Manilla de la famille Bonnier, la magnifique propriété Prins Eugens Waldemarsudde, l'ambassade d'Italie, les bâtiments jaunes de l'administration maritime, le chantier naval de Beckholmen…

Le bateau accosta à Slussen. Calle descendit et se dirigea vers le T-bane. En arrivant sur le quai, il comprit ce qui n'allait pas. Les groupes de gens autour de lui entamaient une nouvelle semaine de travail, alors qu'il était légèrement ivre. Il avait prolongé le week-end au maximum. Pas étonnant qu'il soit seul, pas étonnant que son seul ami se réfugie dans l'alcool. Cela avait été un week-end fantastique, avec du travail physique au grand air sous un soleil printanier. Ils avaient bien mangé et bien bu, ri en évoquant des souvenirs communs, et apprécié leur compagnie réciproque. Mais Jörgen était rentré chez lui retrouver sa famille dans sa maison de Lidingö, alors que tout ce qui l'attendait, lui, c'était un deux pièces silencieux dans la Tulegatan. Un appartement à l'air confiné où personne ne lui disputait la télécommande de la télévision. Calle était seul et ses chances de rencontrer quelqu'un se réduisaient de jour en jour.

La rame du T-bane entra dans la station et Calle s'assit au milieu des autres voyageurs, qui détournèrent les yeux. Son portable vibra dans sa poche. Il répondit.

— Je voulais voir si tout allait bien, dit Jörgen à l'autre bout du fil.

— Tout va bien, dit Calle. J'ai juste eu un coup de blues.

— On ne sait pas toujours faire face, dit Jörgen. Bon, c'était juste pour m'assurer que ça va. Je ne t'ai pas souvent vu craquer.

— Non.

— Tu es toujours si fort.

— Pas toujours.

— Non, mais au fond t'es le type le plus adorable que je connaisse, tout homo que tu sois.

— Eh, tu ne vas pas te mettre à chialer, toi aussi ?

Calle descendit au niveau de la Rådmansgatan et

rentra chez lui. Il tapa le code de la porte d'entrée et, l'ascenseur étant dans les étages, prit l'escalier jusqu'au premier. Un journal local financé par la publicité l'attendait devant sa porte, rien d'autre. Calle le ramassa d'un geste las et vit qu'Anders Malmberg était en première page, ce journaliste prometteur dont il venait de rencontrer les parents, des gens très bien qui avaient bu un verre de vin avec lui. Le jeune héros habitait donc aussi le quartier.

6

Margit Svensson habitait au rez-de-chaussée d'un immeuble de rapport au centre de Höganäs. Elle avait à peine cinquante ans, mais en paraissait davantage.

— Je vous en prie. Entrez.

Calle Collin enleva ses chaussures et accrocha sa veste au portemanteau qui s'offrait à lui. Il n'avait emporté qu'un calepin et un stylo. Les magnétophones rendaient les gens nerveux et c'était une perte de temps pour qui voulait resserrer les propos souvent décousus des gens, comme la plupart du temps dans les interviews, et leur donner une forme intelligible.

— Du café ? demanda Margit en frappant dans ses mains comme si elle avait prononcé le sésame pour accéder au royaume des cieux.

— Merci, volontiers.

Calle la suivit dans la cuisine. Le mobilier et la décoration intérieure en disaient toujours long sur la classe sociale. Ici, il y avait trop de tout. De l'opulence bon marché et superflue, et sûrement pas la simplicité affichée par ceux qui possèdent tout.

— Asseyez-vous, surtout.

Margit indiqua la table déjà mise avec le service à café en porcelaine.

— Merci, dit Calle, qui préféra rester debout par politesse. Vous attendez d'autres personnes ?

Il indiqua de la tête les quatre tasses.

— Mon plus jeune fils Mattias et sa compagne, dit-elle en versant le café qu'elle venait de faire dans un thermos argenté.

La sonnerie de la porte résonna dans l'entrée.

— Oh, c'est bien, ils sont à l'heure.

Calle attendit dans la cuisine et entendit de loin les phrases rituelles de bienvenue. Margit les précéda dans la cuisine. Quand le fils apparut, la pièce rétrécit tout à coup.

— Voici Mattias…

— Matte, rectifia l'homme qui devait bien faire deux mètres mais dont la poignée de main était étonnamment molle.

Son attitude et son regard trahissaient qu'il n'était pas là pour son plaisir. Calle devina que participer à un reportage dans un hebdomadaire était on ne peut plus insignifiant à ses yeux.

— Et sa…

— Sara Vallgren, dit la femme en le saluant.

Il n'y avait pas seulement la taille qui les différenciait. Elle avait au moins dix ans de plus que lui et affichait une tout autre assurance. Si Mattias paraissait mal à l'aise dans la cuisine de sa mère, Sara prenait clairement possession de l'espace.

— Et vous êtes… en couple ? dit Calle en les regardant tour à tour.

— Cela fait quelques années que nous sommes ensemble, répondit Sara.

— Des enfants ? demanda Calle en penchant humblement la tête, avec un sourire amical.

— Et vous ? répliqua-t-elle, comme si elle avait tout de suite deviné qu'il était de l'autre bord.

7

Gerdin frappa à la porte. Le commissaire de la brigade criminelle Karlsson leva les yeux vers son collègue.

— Oui ?

— Tu viens déjeuner ? dit Gerdin.

Karlsson indiqua son ordinateur de la tête.

— Oui, mais je dois juste…

— Juste quoi ?

— Rien.

Karlsson pourrait terminer sa réussite quand il reviendrait. Il se releva et prit sa veste. Le téléphone sonna. Il le regarda sonner.

— Si c'est important, ils rappelleront, dit-il en sortant de la pièce pour rejoindre son collègue qui se dirigeait vers l'ascenseur. Fast-food ou thaï ?

— Parce que le thaï est plus sain, à ton avis ?

— T'as raison.

Les portes de l'ascenseur s'ouvrirent devant eux. Karlsson s'approcha du miroir, s'examina, découvrit un bouton mûr près de la racine de son nez. Il attendit que les portes de l'ascenseur se ferment avant de le presser.

— Oh putain, t’as vu ?
— Euh, non.
— Regarde le miroir.
— Où ça ?
— Là ! Tu ne vois pas ?
— Oh…
— On se croirait sur YouTube.
— YouTube ?
— T’as pas vu les vidéos qu’ils passent ?! T’as qu’à taper « zit » et tu verras en détail des boutons énormes qu’on crève… c’est assez insoutenable. Ç’a un côté presque obscène. Ça n’arrête pas de sortir comme d’un volcan. T’as un mouchoir en papier ?

Gerdin avait l’air dégoûté. Karlsson fit tomber le pus collé sur le miroir avec l’ongle et l’écrasa sur le sol de l’ascenseur.

— Beurk.
— Oh, j’ai vu pire. Bon, alors, on va au thaï ?

Gerdin haussa les épaules.

— Comme tu veux.

L’ascenseur s’arrêta, les portes s’ouvrirent. À l’accueil, Helga, vêtue en civil, se leva et leur fit signe.

— Ah, vous voilà, dit-elle, j’essaie de vous transférer un appel. C’est la police de Jönköping, ils viennent de trouver un cadavre, un habitant de Helsingborg.

8

Calle contemplait les champs en faisant de son mieux pour éviter le regard insistant du chauffeur dans le rétroviseur. Il était fatigué et voulait rentrer le plus vite possible chez lui à Stockholm. Margit avait été un vrai moulin à paroles mais pour, finalement, ne pas dire grand-chose. Les grognements monosyllabiques de Matte n'avaient rien apporté à l'entretien ; quant à Sara Vallgren, la femme désagréable qui l'accompagnait, elle avait observé avec amusement les efforts de plus en plus désespérés de Calle pour obtenir de Matte et de sa mère quelque chose à se mettre sous la dent, concernant le mort.

Le chauffeur se racla la gorge pour attirer son attention.

— Vous prenez l'avion pour partir ou vous rentrez chez vous ?

— Pour rentrer chez moi, répondit Calle.

— J'en étais sûr, dit le chauffeur.

Calle se tut, le chauffeur s'agita sur son siège.

— C'est à cause de l'accent, dit-il, en répondant à la question qu'on ne lui avait pas posée.

Calle sourit, acquiesça brièvement et regarda ailleurs. Sara l'avait mis mal à l'aise, rendu nerveux, elle lui avait même flanqué la frousse. Dieu sait ce qu'elle fabriquait, cette femme-là. « J'ai quelques clubs à Copenhague », avait-elle répondu, de manière évasive, lorsqu'il lui avait posé la question. « Du genre night-clubs ? » s'était-il étonné. « Oui, du genre night-clubs. »

La femme dirigeait des bordels. Autant appeler les choses par leur nom. Et ce Matte se prétendait quoi, déjà ? Responsable de la sécurité ? C'était un « nettoyeur ». Elle était la maquerelle, lui son laquais obéissant. Un taureau de cent vingt kilos prêt à tuer.

— Stockholm, hein ? dit le chauffeur.

— Oui.

— Ça s'entend.

Calle ne savait pas ce qu'il devait dire et il sortit son carnet pour avoir l'air occupé.

— Vous avez juste fait l'aller-retour ? demanda le chauffeur.

— Oui.

— Pas de bagages, lâcha Sherlock Holmes.

Calle eut un rire bref, sortit son stylo et commença à feuilleter son carnet. Il écrivait comme un cochon, ce qui était pratique puisque cela pouvait donner lieu à différentes interprétations par la suite ; c'était une sorte de brouillon, fidèle reflet, au fond, du chaos d'une vie qu'il était chargé de retracer.

— J'ai été à Stockholm, reprit le chauffeur.

Calle ne comprenait pas. Qu'est-ce qu'il cherchait à dire ? Encore heureux qu'un adulte comme lui soit allé dans la capitale ! On aurait d'ailleurs du mal à trouver un enfant dans ce pays qui n'y ait pas mis les pieds un jour !

— Plusieurs fois, même, poursuivit l'homme, confirmant Calle dans sa crainte de voir la conversation s'éterniser.

— Et vous… vous aimez Stockholm ? demanda-t-il tout en cherchant des yeux s'il n'y avait pas une caméra cachée.

— Ouais, c'est une belle ville à visiter, répondit le chauffeur, mais je n'aimerais pas y vivre. Non, si j'ai envie de m'éclater dans une grande ville, il me suffit d'aller faire un tour à Copenhague.

— C'est bien, Copenhague, dit Calle.

Le chauffeur hocha la tête de manière très convaincue.

— Cette ville, c'est vraiment ce que j'appelle une métropole. Le continent, quoi. Y a pas à dire, c'est quand même autre chose.

Soudain, Calle eut honte. Honte qu'un parfait inconnu se sente inférieur à lui uniquement parce qu'il venait de Stockholm. Il était à son tour gagné par le sentiment de culpabilité de l'Occidental qui visite le tiers-monde.

— Je partage votre avis, dit-il. Stockholm est bien, à sa façon, mais Copenhague est plus exotique.

— J'y suis en une heure, dit le chauffeur. Malmö, le pont et j'y suis. Et si je veux faire un peu la fête, prendre un verre ou deux, je n'ai qu'à prendre le train. C'est pas plus compliqué que ça.

— Mais vous vivez à Höganäs ?

— Oui, j'y suis né et j'y ai grandi.

— C'est un joli coin, dit Calle, se sentant le cœur plus léger. J'ai fait un tour au port, on se serait cru sur la Côte d'Azur.

Le compliment eut l'effet escompté. Le chauffeur se grandit au point de devoir changer de position.

— Åvars, ça commence à être pas mal. Beaucoup de gens de Helsingborg sont venus s'y installer.

— Je comprends, dit Calle en tentant une nouvelle fois de se replonger dans son carnet.

Pas de phrases chocs, lui apparut-il. Mais ce n'était pas non plus nécessaire, l'histoire étant assez dramatique en elle-même.

— Vous étiez là pour le boulot ?

— Tout à fait, dit Calle.

Le chauffeur chercha à croiser son regard dans le rétroviseur.

— Et vous travaillez dans…

— Le journalisme. J'écris pour des hebdomadaires.

— Les potins, ce genre de choses ?

— Non, plutôt sur le destin des gens.

— Des célébrités ?

— Ça arrive, dit Calle.

Le chauffeur tambourina sur le volant.

— Nous avons eu la visite de Robert Wells[1], l'été dernier.

Comment réagir sans le blesser ? Calle sourit en regardant le rétroviseur, en espérant que son expression passerait pour une forme de respect admiratif et surtout pas pour du mépris.

— Oui, vous vous rendez compte…

1. Compositeur, pianiste et chanteur né à Stockholm, mêlant musique classique, standards pop et boogie-woogie, comme dans sa *Rhapsody in Rock*. A composé la musique officielle des jeux Olympiques de Pékin en 2008. *(Toutes les notes sont de la traductrice.)*

Calle serra si fort la mâchoire qu'il en eut les larmes aux yeux. Il dut détourner la tête et promener son regard sur la terre fraîchement retournée. Elle brillait comme de l'argent mais, en la circonstance, le silence était d'or.

9

Matte tendit les bras vers le volant et poussa un gros soupir de fatigue.

— Putain, ce qu'il a pu causer.

— Tu t'attendais à quoi ? répliqua Sara. C'est un reporter. Il fait son boulot.

Matte tourna la clé de contact.

— Il m'a paru un peu homo, dit-il.

Sara le regarda, se demandant s'il était sérieux.

— Un peu ? Une vraie tantouse, tu veux dire.

Matte engagea la première et démarra.

— Alors il était vraiment homo ?

— Mais oui, évidemment. Il travaille pour des hebdomadaires. Il n'y a pas un seul hétéro qui bosse dans ce genre de canards.

— Ce qu'il pouvait être chiant ! Il revenait toujours à la charge.

— Normal, tu ne lui donnais pas les réponses qu'il attendait.

— Comment ça ? J'ai répondu à tout ce qu'il m'a demandé.

— Oui, mais tu n'as pas donné les bonnes réponses.

— Les bonnes réponses ?! J'ai dit les choses telles

qu'elles étaient. Je ne sais pas où maman a été chercher cette histoire qu'on pêchait tous les deux ! Kent et moi, on ne faisait pas un seul truc ensemble ! Tous les jours, il me tapait dessus. C'est pour ça qu'il prenait ma défense à l'école, pour que personne d'autre que lui n'ait le plaisir de me tabasser.

— Arrête, tu vas me faire pleurer…

— C'était vraiment pas marrant, tu sais.

— Et pourquoi tu n'as rien dit ?

Matte la regarda.

— J'aurais dû dire que mon frère décédé était un salaud qui prenait son pied à faire souffrir le monde autour de lui ?

— Oui.

— Si maman tient à avoir son reportage, autant qu'elle l'ait.

— Tu aurais pu abonder dans l'autre sens…

— Pour dire quoi ? Que je pense à lui tous les jours en me demandant comment ç'aurait été, s'il était encore en vie ?

— Grosso modo.

— Facile à dire. Quand maman m'a appelé pour me demander de participer, au début, je n'ai même pas compris de qui elle parlait.

Ils quittèrent Höganäs et Matte accéléra pour se mettre sur la file la plus rapide.

— Ce sont des articles pour faire pleurer dans les chaumières, dit Sara. T'es censé en faire des tonnes.

— Et comment tu sais tout ça, toi ?

— Voyons, chéri, j'étais grande…

— Ah, t'as toujours été grande, même quand t'étais petite… Une vraie petite Fantômette, c'est ça ?

Il rit doucement.

— Tu n'as pas idée. Je n'avais même pas le droit de sortir dans la rue.

— Tu dois être contente d'avoir changé de vie. Bon, qu'est-ce qu'on fait maintenant ?

— On va à Bjuv pour parler avec la petite amie de Conny et voir si elle peut nous éclairer un peu sur sa mystérieuse disparition.

10

Calle s'assit dans le hall de départ et sortit son portable. Il songea à appeler Jörgen pour lui rapporter l'histoire du chauffeur de taxi et de Robert Wells. Il ne voulait pas que le monde rate ce scoop au cas où l'avion se crasherait.

Un homme se laissa tomber lourdement sur le siège d'à côté avec un soupir. Calle lui jeta un bref coup d'œil.

— Procédures à la con, dit le gars en montrant de la tête le contrôle de sécurité.

Calle ne comprit pas.

— J'étais derrière un pilote qui a dû abandonner un grand tube de dentifrice. C'est quoi, ça ? Il peut écraser l'avion sur n'importe quel bâtiment, mais il n'a pas le droit d'avoir une haleine fraîche ?

— C'est vrai que ce n'est pas très logique, admit Calle.

L'homme acquiesça, l'air excédé.

— C'est complètement ridicule, dans un aéroport comme celui-ci !

Calle pencha la tête sur le côté.

— Ce ne doit pas être marrant, comme job, de passer son temps à déplacer des casiers en plastique…

L'autre le dévisagea.

— Vous avez raison, dit-il enfin. C'est juste qu'à force de venir ici je commence à en avoir ma dose.

— Vous faites l'aller et retour tous les jours ? demanda Calle.

— Non, j'habite et je travaille à Stockholm, mais j'ai mes parents ici. J'ai grandi à Vejbystrand.

Calle secoua la tête pour montrer que ça ne lui disait rien.

— Skälderviken, précisa l'autre.

Calle n'était guère plus avancé.

— Je ne connais pas le coin.

— C'est au bord de la mer, près d'Ängelholm. Pas de quoi se vanter. C'est bien, l'été, comme on dit. C'est surtout connu parce que Richard Gere a fait une fois ses courses chez Ica Vägen.

Calle renversa la tête en arrière. Encore quelqu'un qui aimait citer des célébrités ? Qu'est-ce qu'ils avaient tous, ces habitants de Scanie ? Ils avaient peur de passer pour des ploucs ou quoi ?

— Il s'est baigné nu, aussi, enchaîna l'homme. Vous vous souvenez ?

— Ah oui…

Calle se rappelait les photos de l'acteur qui, plusieurs années auparavant, s'était baigné nu avec une jeune Suédoise – un moment immortalisé par un ambitieux paparazzi.

— C'était quelques jours avant que les photos ne paraissent dans la presse, poursuivit l'homme. Maman est rentrée du supermarché, a lâché son vélo sur le gravier devant la maison et s'est précipitée dans la cuisine en criant : « Donne-moi un whisky ! Donne-moi un whisky ! » Mon père a dit : « Mais qu'est-ce qu'il y a ? » Elle a répété : « Donne-moi un whisky ! » alors il est allé chercher la bouteille et lui en a servi un verre. Maman a tangué en faisant la grimace. Puis elle nous a regardés, l'air très sérieuse : « Vous ne devinerez jamais qui était derrière moi dans la queue au supermarché ! Ri-chard Ge-re !! »

Calle rit, mal à l'aise.

— Quoi ? dit l'homme.

— Non, rien.

— Si, je vois bien qu'il y a quelque chose.

Calle fit non de la tête.

— Rien, je vous assure.

L'homme était sceptique.

— Je me sens comme un imbécile, dit-il.

— Mais non, voyons.

— Si. Ou alors c'était moins une.

— Aucun danger, je vous assure.

— Si, je le vois bien à votre tête. On peut reprendre depuis le début ?

— Depuis le début ? répéta Calle.

— Ou parler d'autre chose.

— Il n'y a pas de problème.

— Sûr ?

Calle opina et prit son portable pour montrer qu'il appréciait leur conversation mais qu'il était obligé de retourner à ce qu'il était en train de faire. L'homme sortit son portable lui aussi et ils restèrent ainsi côte à côte, à parcourir leurs mails et les dernières infos des journaux du soir.

— Moi, je trouve que c'est une bonne histoire, dit

soudain l'homme. Et en plus elle est vraie, mais bon, je ne sais plus pourquoi je vous disais ça.

— C'est une vraie bonne histoire, renchérit Calle, qui décida de monter à bord après l'homme et de s'asseoir à bonne distance de lui pour éviter de prolonger le contact.

11

Mona Björklund habitait à Bjuv mais travaillait dans les banlieues résidentielles au nord de Helsingborg. Cela faisait une trotte, mais au moins ne risquait-elle pas de croiser des clients quand elle était en congé.

« À propos, il faudrait passer un peu mieux la serpillière dans le salon… »

« À propos, c'est n'importe quoi avec les placards de la cuisine, à l'intérieur je veux dire… »

« À propos, j'ai vite fait jeté un coup d'œil sous les lits dans la chambre des enfants… »

« Tout notre personnel parle suédois », se vantait l'entreprise dans ses publicités. C'était ce qui la distinguait des autres entreprises de nettoyage. Ça rassurait les clients qui pouvaient avoir certaines opinions politiques.

« À propos… »

L'une des personnes chez qui Mona faisait le ménage était un dentiste qui avait son cabinet à Landskrona. Lui non plus ne voulait pas travailler où il habitait.

« Je ne pourrais pas faire un pas sans que des

gens ouvrent la bouche en pointant le doigt sur leurs dents… »

Elle n'avait pas de problème avec lui. C'était un homme un peu coincé et stressé, qui s'intéressait peu au théâtre et à l'art, et bien moins répugnant que le type d'en face. Celui-là surgissait toujours quand elle était là. Comme par magie. Lui demandait si elle voulait boire un café, mais de manière trop appuyée. Il avait déjà sorti les tasses et disait qu'elle devait aussi se reposer, pas seulement se tuer à la tâche comme elle le faisait. Son sourire était flatteur et son regard, insistant. Le problème, c'était qu'il était charmeur et qu'il était difficile de mettre le doigt sur ce qui n'allait pas. Mais quelque chose chez lui la répugnait. Mona avait demandé au bureau si quelqu'un d'autre ne pouvait pas s'occuper de cet appartement.

— Il vous a importunée ? avaient-ils demandé.

Non, si ce n'est qu'une fois il avait proposé de lui masser ses épaules fatiguées, ce qu'elle avait refusé catégoriquement. Mona comprenait qu'ils ne puissent pas envoyer quelqu'un d'autre pour faire le ménage uniquement chez lui, mais cela la mettait quand même chaque fois mal à l'aise.

Peut-être qu'elle se faisait des idées. Elle avait tendance à ça. Comme maintenant, en glissant la clé dans la porte de son appartement avec la sensation que quelque chose clochait. Une impression fugitive, pas assez forte pour réagir en conséquence, mais une forme persistante de malaise. Mona avait appris à ne pas se laisser envahir par des pensées de ce genre, alors elle ouvrit la porte et entra.

Son pressentiment devint certitude. Quelqu'un était dans l'appartement.

— Y a quelqu'un ? s'écria-t-elle en fermant la porte derrière elle.

N'obtenant pas de réponse, elle demanda, plus fort cette fois :

— Conny ?

Mona se dirigea vers la salle de séjour, où elle jeta un coup d'œil et pencha la tête sur le côté. En apercevant une femme, elle sursauta et eut le souffle coupé, ce qui l'empêcha malheureusement de pousser un cri pendant les quelques secondes où elle en avait encore la possibilité.

Un homme de grande taille surgit derrière elle, posa la main sur sa bouche et la poussa à l'intérieur du séjour. Il la fit asseoir de force dans un fauteuil où il la maintint fermement, la main toujours plaquée sur sa bouche.

La femme se planta devant elle. Elle portait des gants transparents et tenait dans une main un rouleau de ruban adhésif.

— Tu sais comment on appelle ce que je tiens là ?

Comment Mona aurait-elle pu répondre ?

— J'ai eu toutes les peines du monde à expliquer au vendeur ce que je voulais, poursuivit Sara. Des bandes adhésives, je lui ai dit. Des *stripes* ? m'a-t-il suggéré en me montrant des rouleaux genre scotch. Non, j'ai dit, le genre qui sert pour les faisceaux de câbles. Il a fini par comprendre.

Sara s'approcha de Mona et lui attacha les poignets aux accoudoirs. Puis elle s'accroupit pour faire la même chose avec ses chevilles et les pieds du fauteuil. Mona donna un coup de pied dans le vide, pas tant pour se libérer que pour opposer du moins une certaine résistance.

Sara la regarda.

— Arrête, dit-elle d'un ton calme. Ça fait des complications inutiles si tu te débats. Tu sais qui je suis. Alors pose tes pieds par terre et laisse-moi faire ce que je dois faire.

La respiration de Mona se fit moins haletante. Elle avait gardé les yeux grands ouverts mais posé les pieds par terre, laissant la femme lui attacher les chevilles aux pieds du fauteuil.

— Voilà, comme ça, dit Sara, toute guillerette, en se relevant.

Elle brandit le reste du rouleau.

— Tu n'as toujours pas la moindre idée ? Eh bien, c'est du ruban adhésif pour faisceau de câble. Y a pas plus simple. D'accord, il faut connaître. Mais c'est une invention incroyable, quand on y pense. Ça coûte trois fois rien et c'est facile d'utilisation. On n'a pas besoin de mettre de la force pour le dérouler et ça tient parfaitement. C'est impossible à défaire, à moins d'avoir des ciseaux ou un couteau pour le couper. Et puis il y a ce son délicieux quand on tire dessus. *Drrrriit.* Tu te rends compte, la personne qui a breveté un truc pareil ! Mais ce n'est aucun d'entre nous.

Mona regardait fixement Sara, qui lui sourit gentiment.

— Tu n'as rien à craindre, dit-elle. Nous ne te voulons aucun mal. Sinon, l'affaire serait déjà réglée. Nous sommes ici parce que nous voulons avoir une réponse à une question. À condition évidemment que tu ne te mettes pas à hurler, tout se passera bien. Tu comprends ce que je te dis ?

Mona resta impassible.

— Est-ce que mes paroles rentrent dans ta petite tête ? répéta Sara.

Mona cligna des yeux. Nerveusement. Sara fit signe à Matte d'enlever sa main. Ce dernier alla vérifier dans l'entrée que la porte était bien fermée à clé puis revint se positionner derrière Mona. Sara lui indiqua de la tête qu'il devait s'asseoir dans le canapé.

— C'est très simple, poursuivit-elle en allant prendre une chaise pour s'asseoir en face de Mona. Nous sommes à la recherche de Conny. Il a pris mon argent et je veux le récupérer. C'est normal, non ?

Mona ne bougea pas.

— Tu peux répondre si tu veux.

— Quoi ?

— Tu trouves que c'est bizarre que je veuille récupérer mon argent ?

— Non.

— Non quoi ?

— C'est pas bizarre, dit Mona.

— Bon, nous sommes d'accord. Alors où est-il ?

— Je ne sais pas.

Sara renversa la tête en arrière et la regarda, l'air incrédule.

— J'ai appelé, dit Mona, il ne répond pas.

— Tu appelles et il ne répond pas ? répéta Sara.

— Son téléphone est éteint. Je tombe sur le répondeur.

— Quand l'as-tu vu pour la dernière fois ?

— Je ne sais plus. Lui et Henk devaient…

Mona était si stressée qu'elle parlait sans même prendre le temps de réfléchir. Sara l'interrompit d'un geste de la main.

— Respire, dit-elle en gonflant ses poumons comme un prof de yoga. Voilà. Encore une fois. Inspire, expire. Bon, tu peux parler maintenant ? Quand tu manques d'air comme à l'instant, c'est difficile d'entendre ce que tu dis…

Mona hocha faiblement la tête.

— Bien, dit Sara. Je t'ai interrompue. Tu disais quelque chose à propos de Conny et Henk…

Mona tourna la tête vers Matte. Il feuilletait le dernier numéro de *Familles* qui traînait sur la table basse. Il aurait tout aussi bien pu se trouver dans la salle d'attente d'un dispensaire. Mona regarda de nouveau Sara.

— Ils avaient un travail à faire, dit-elle.

— Est-ce que Conny a dit en quoi ça consistait ?

Mona fit non de la tête.

— OK, dit Sara comme si la réponse lui importait peu. Et quand as-tu parlé avec Conny pour la dernière fois ?

— Lundi.

— Et rien depuis ?

Mona ne répondit pas.

— Et tu ne t'es pas inquiétée ?

— On s'était disputés. C'était quasiment fini entre nous.

Mona baissa les yeux comme si elle regrettait d'en avoir trop dit.

— Ce qui ne t'a pas empêchée de crier son nom quand tu es entrée dans l'appartement… À quel sujet vous êtes-vous disputés ?

— Rien, des bêtises. Il promet toujours des trucs, mais c'est du vent. On devait aller en Thaïlande…

Mona s'interrompit et détourna son visage. Sara rapprocha sa chaise.

— Quel était le sujet de votre dispute ?

Mona hésita. Sara sourit pour l'encourager à parler.

— Il a dit que j'étais triste, lâcha Mona.

Sara se pencha en arrière, le temps de réfléchir à cette info.

— Triste ? répéta-t-elle.

Mona évita de croiser son regard. Sara étendit la main et la posa sur son genou.

— Je compatis, crois-moi. Tu n'as pas eu de chance, tu es tombée amoureuse de la mauvaise personne. Tu veux savoir comment je le sais ?

Mona la regarda, effrayée.

— Les mains, dit Sara. Les mains de Conny. Des grandes paluches dont il se sert pour fermer la bouche aux gens, les empêcher de glousser ou de parler. Toutes les putes à Copenhague savent qui est Conny.

Elle tapota le genou de Mona et se cala dans sa chaise.

— Tu sais comment j'ai commencé dans cette branche ? Je dansais dans un night-club. C'est facile de savoir ce que veulent les hommes. Conny cherche des ouvertures. Tu es peut-être très amoureuse de lui, pour ce que j'en sais. Pour lui, tu es une base arrière. S'il te dit que tu es triste, ça signifie probablement qu'il a trouvé quelqu'un d'autre. Ce qui expliquerait aussi pourquoi il m'a piqué mon fric. Il faut une certaine confusion mentale pour commettre un acte aussi irréfléchi ; oui, il est peut-être tombé amoureux… Matte ?

Elle se retourna et il leva les yeux de son magazine.

— Descends m'attendre dans la voiture, comme ça Mona et moi pourrons parler plus librement.

Matte reposa la revue, se leva sans un mot et partit.

— Bon, dit Sara quand il eut refermé la porte

derrière lui. Nous sommes enfin seules. Maintenant on peut tout se dire.

Elle se leva et fit quelques pas dans la pièce tout en réfléchissant.

— Est-ce que tu as une idée de qui Conny aurait pu rencontrer ? Quelqu'un parmi ses connaissances ? Une liaison torride avec une amie à toi ?

Mona recula la tête en la tournant sur le côté, mais sans quitter Sara des yeux.

— Aucun soupçon ? Quelqu'un que vous fréquenteriez tous les deux ? Non ? Tu fais quoi comme travail ?

— Des heures de ménage, dit Mona, qui dut se racler la gorge.

Sara parut intéressée.

— Tu fais le ménage ? Dans des bureaux ?

Mona ne dit rien.

— Chez des gens riches ? reprit Sara. Mais attends, j'ai déjà entendu ça. Ça avait donné des idées à Conny, mais tu as refusé de fournir les codes, je m'en souviens. C'était courageux de ta part et tout à fait à ton honneur. Tu retournes au travail demain ?

Mona fit signe que oui.

— Bon, dit Sara en se levant pour aller dans le couloir.

Elle prit une écharpe sur l'étagère à chapeaux et revint dans la pièce.

— Je suis obligée de m'assurer que tu ne vas pas te mettre à crier à l'aide dès que j'aurai le dos tourné. Je vais te donner un couteau pour que tu te libères toute seule, mais tu auras ça dans la bouche pendant ce temps-là.

Sara fit deux nœuds l'un sur l'autre au milieu de l'écharpe et les plaça devant le visage de Mona.

— Ouvre grand la bouche.

Mona n'obéit pas. Sara soupira, énervée.

— Tu n'as pas le choix. Ouvre la bouche.

Mona ouvrit grand la bouche. Sara mit en place ce qui faisait office de bâillon et noua les extrémités de l'écharpe derrière la tête.

— Tu vois que ce n'était pas bien difficile. Maintenant, je vais aller chercher un couteau pour que tu puisses te détacher toute seule.

Elle se plaça devant Mona, la regardant, l'air intéressée. Pressa le pouce contre son menton et tapota ses lèvres avec son index.

— Bien sûr, il y a la possibilité que tu ailles te plaindre à nos amis des forces de l'ordre…

Mona secoua la tête, plusieurs fois. Sara fit le tour pour venir se placer derrière elle.

— Il ne faut pas prendre ça personnellement, dit-elle en lui tapant doucement sur l'épaule. Cela n'a rien à voir avec toi. Mais il se trouve que t'es sur notre route.

Quand Mona sentit la bande froide en plastique autour de son cou et comprit ce qui était en train de lui arriver, elle pressa son menton contre sa poitrine, luttant avec le torse pour se dégager. Sara la tira en arrière par les cheveux et serra encore plus fort. Mona n'arrivait plus à respirer. Prenant appui contre le dossier du fauteuil avec son genou, Sara serra la bande le plus fort possible. Le visage de Mona changea de couleur, devint cramoisi. Elle haletait dans l'effort, s'agitait désespérément. Sara maintint le fauteuil pour éviter qu'il ne bascule sur le côté.

— Calme-toi, chuchota-t-elle à l'oreille de Mona, cela me fait plus mal qu'à toi, tu sais. Allez, détends-toi, c'est bientôt fini.

Mona cria pour avoir de l'air, mais aucun son ne sortit de sa bouche. Ses yeux écarquillés semblaient près de sortir de leurs orbites. Son corps se cambra une dernière fois avant de cesser tout mouvement.

Sara relâcha son étreinte, contourna le fauteuil et examina le corps comme si c'était un tableau certes difficile à interpréter mais non dénué d'intérêt. Les doigts écartelés de Mona tressaillirent une ultime fois.

Sara prit la revue que Matte avait feuilletée, essuya la poignée de la porte et quitta l'appartement.

12

Calle recopia ses notes sur l'ordinateur. Le discours monotone de Margit ne contenait pas grand-chose et tout ce qu'il avait pu tirer de Matte, c'est que Kent avait été un gars bien. Ce qui ne voulait rien dire, sauf dans la tête d'un macho pas très futé. Impossible, à partir de si peu de matière, de tracer un portrait émouvant de ce garçon qui, à l'âge de treize ans, avait eu la malchance de mourir dans un accident de la route.

Calle avait besoin de davantage d'éléments. Il composa le numéro de l'école que Kent avait fréquentée. Une femme à la voix plus toute jeune et un peu asthmatique lui répondit.

— Journaliste, vous dites ? Eh bien dis donc ! Qu'est-ce que nous avons encore fait ?

— Non, j'écris une série d'articles sur des personnes qui sont décédées dans la fleur de l'âge. « Et puis le jeu s'est terminé », c'est le nom de la série. Cette fois, j'ai interviewé une femme, à Höganäs, dont le fils est décédé dans un accident de voiture, il y a quinze ans.

— Ah bon.

— J'aurais bien aimé échanger quelques mots avec certains professeurs de ce garçon. Il faudrait quelqu'un qui se souvienne bien de lui et puisse m'en parler.

— Il y a quinze ans, dites-vous ? Je ne travaillais pas ici, à l'époque. C'était en quelle année ? En 1996 ? Vous savez dans quelle classe il était ?

— En cinquième.

— En cinquième, répéta la femme. Et il s'appelait comment ?

— Kent Svensson.

— Kent Svensson. Si vous voulez bien attendre un instant, je vais regarder. Ne quittez pas.

Calle entendit la femme se lever difficilement de son siège, elle avait du mal à respirer. Il se représentait parfaitement la scène, elle mettant ses lunettes de lecture qui pendaient au bout d'une cordelette passée autour de son cou, puis marmonnant tandis qu'elle lisait les intitulés au dos des classeurs. Elle en sortit un, retourna à sa place et reprit le téléphone.

— Allô, vous êtes toujours là ?

— Oui bien sûr, dit Calle.

— Vous avez dit 1996 ?

— C'est ça. En cinquième…

— En cinquième donc, voyons voir, dit-elle en feuilletant les pages. C'était quoi, déjà, son nom ?

— Kent. Kent Svensson.

— Ça y est, je l'ai… Ce n'est pas le gamin qui avait été renversé par une voiture ?

— Si.

— J'ai entendu parler de cette histoire, mais je ne me souviens plus des détails. En revanche, je ne reconnais pas la prof déjà âgée sur la photo de classe, elle a dû partir à la retraite.

— Comment s'appelle-t-elle ?

— Voyons un peu... Selma Sellin. Oui, j'ai souvent entendu ce nom-là. Ce n'était pas n'importe qui dans l'établissement.

Calle avait déjà tapé son nom sur l'ordinateur pour trouver son adresse personnelle.

— Je ne trouve aucune Selma Sellin dans l'annuaire, constata-t-il. Vous savez si elle était mariée ?

— Aucune idée.

Calle retira le prénom Selma de sa recherche et trouva un Magnus Sellin domicilié à Lerberget.

— Est-ce que ça pourrait être son mari ? demanda-t-il.

— Comment le saurais-je ? Vous n'avez qu'à essayer. Les professeurs sont habituellement sur liste rouge. Comme les médecins.

— Ah bon ? Je l'ignorais, dit Calle. Merci, en tout cas.

— Oh, c'était trois fois rien, dit la femme.

Calle raccrocha et composa l'autre numéro.

— Allô ? Ici Selma Sellin, dit une voix autoritaire qui fit que Calle se redressa sur-le-champ.

— Oui, bonjour. Je m'appelle Calle Collin et je travaille comme journaliste. Je...

— De quoi s'agit-il ?

Calle cligna des yeux, un peu pris au dépourvu.

— Je voulais savoir si vous êtes bien la Selma Sellin qui a travaillé comme professeur à la Kullaskolan.

Il avait pris soin de châtier son langage et de dire « travailler » au lieu de « bosser ». Comment une vieille dame à l'autre bout du fil pouvait-elle le rendre aussi nerveux ?

— De quoi s'agit-il ? répéta Selma Sellin.

— Eh bien, je suis journaliste…

— Vous l’avez déjà dit.

— Oui, c’est vrai, excusez-moi. J’écris une série d’articles sur des personnes qui sont mortes prématurément.

— Tiens donc, dit Selma.

— C’est pour le magazine *Familles*, ajouta Calle comme si cela changeait quoi que ce soit.

Selma attendait qu’il poursuive.

— J’ai interviewé une certaine Margit Svensson, à Höganäs. Son fils Kent est décédé dans un accident de voiture, il y a de nombreuses années. J’ai appelé son ancienne école pour en savoir plus, peut-être parler avec quelqu’un qui se souviendrait de lui. Et il semble que vous ayez été son professeur principal, si j’ai bien compris…

— Venons-en à vos questions.

— Oui, excusez-moi.

— Et arrêtez de vous excuser tout le temps.

— D’accord, je…

— Vous voulez savoir si je me souviens de Kent Svensson, c’est ça ?

Calle se demanda un instant s’il n’allait pas s’asseoir, mais préféra rester debout.

— Je me souviens de Kent, dit Selma en répondant à sa propre question.

— Est-ce que vous pouvez me parler un peu de lui ?

— Qu’est-ce que vous voulez savoir ?

— Qui il était, répondit Calle, qui finit par s’asseoir, satisfait d’avoir pu lui poser une question ouverte.

Il prit un stylo et rapprocha son carnet.

— Qui il était ? répéta Selma. En voilà une drôle de question.

— Comment ça ? dit Calle.

— Il avait treize ans, c'était un enfant. Chacun sait que tous les petits diables se ressemblent. C'est seulement à la puberté qu'ils développent une forme de personnalité, et généralement à partir de bonnes ou de mauvaises expériences sexuelles.

Calle ne sut quoi dire pendant quelques secondes.

— Il ne se différenciait donc pas des autres, résuma-t-il enfin.

— Lui, si, répliqua Selma Sellin. Mais vous connaissez le proverbe : on ne dit pas du mal des morts.

— Je ne suis pas sûr de bien comprendre…

— Les années m'ont appris à ne pas formuler de jugements trop hâtifs sur les gens. Je ne peux pas faire deux pas dehors sans tomber sur des anciens élèves. Eux me reconnaissent tandis que je dois faire appel à tous mes souvenirs pour me rappeler leurs noms. Certains sont devenus des gens bien, d'autres, non. Parfois on tombe des nues, mais le plus souvent, ce n'est pas le cas. Si Kent était resté en vie, je ne crois pas qu'il m'aurait fait changer d'avis sur lui, si vous voyez ce que je veux dire.

— Non, dit Calle.

— Ce gamin était promis à faire les titres des journaux.

— Comment ça ?

— Il fonçait droit dans le mur. C'est quand même une drôle d'idée d'essayer après coup de changer les gens en ce qu'ils n'étaient pas. Kent était certainement une grande joie pour sa mère, mais elle doit être la seule à le regretter. Est-ce que monsieur le journaliste comprend ce que je lui dis ?

— Je comprends parfaitement, dit Calle. Mais je

vois mal comment mettre ça à profit dans mon article. Nos reportages sont fondamentalement positifs. Il ne faut pas dire du mal des morts, comme vous l'avez vous-même rappelé.

— Alors pourquoi m'avez-vous téléphoné ?

— J'avais espéré que vous pourriez me raconter quelque chose sur Kent.

— Quelque chose de positif sur son caractère ? s'étonna Selma. Le vide terrible laissé par sa disparition ? Une anecdote amusante de ses années d'école ? Comme le jour où il a relevé le pull d'une fille qui venait d'avoir des seins ? Ou quand il a recouvert d'excréments les nouvelles chaussures de sport d'un camarade de classe ? D'ailleurs ce garçon s'en est sorti, lui. Il est devenu journaliste, comme vous. Je vois sa tête de temps en temps dans le journal. Anders quelque chose… Malmberg, ça me revient. Anders Malmberg. Mon souvenir préféré est encore quand Kent a pris plusieurs mètres de lignes de pêche et a fixé des hameçons au bout avec des morceaux de pain. C'était très amusant de voir les mouettes s'étrangler entre elles devant le marchand de hot-dogs… Alors si je peux me permettre de vous donner un conseil, monsieur Collin, abandonnez l'idée d'évoquer la mémoire de Kent Svensson.

13

Anders Malmberg était un adepte du minimum syndical, un concept qui s'était révélé payant. Deux soirs par semaine, il écrivait sa critique des programmes de télévision pour un journal du soir, et pendant trois jours il traînait dans le service divertissement de ce même journal.

Les deux soirs en question, vautré dans son canapé, Anders zappait entre les offres de la soirée et notait ses commentaires pour les envoyer par mail à la rédaction avant minuit. La critique télévisuelle était selon Anders l'essence même d'un quotidien du soir. S'introduire par effraction dans le foyer des gens, dire tout haut ce que beaucoup pensaient tout bas mais en allant plus loin. Il fallait de préférence se montrer méchant. Les piques réjouissaient des millions de gens, alors que les compliments ne faisaient plaisir qu'aux personnes mentionnées. Ce qui ne lui posait aucun problème : la méchanceté devenait naturelle à qui se forçait à regarder la télévision à hautes doses.

Anders avait eu ce boulot par hasard. L'année précédente, au début de l'été, la rubrique télé du journal du soir pour lequel il pigeait vaguement l'avait sollicité en urgence, lorsque le préposé habituel avait appelé, la nuit même de la Saint-Jean, pour annoncer qu'il était malade. Anders devait pondre un article de mille deux cents signes dans les plus brefs délais.

« Tu n'as qu'à écrire ce qui te passe par la tête, lui avait lancé le chef de la rédaction. De toute façon, personne n'est devant sa télé un jour comme aujourd'hui. »

Anders s'était mis à trembler. Écrire des choses personnelles et donner son point de vue avait été son rêve depuis toujours. Il n'avait pas pondu mille deux cents signes, il avait écrit un court roman. Mais chaque mot était convenu et sans intérêt, l'idéal pour décourager quiconque de lui refaire une offre de cet ordre. Et à la fin, il s'était souvenu d'un vieux précepte d'écriture : quand tu ne sais pas comment formuler quelque chose, téléphone à ton meilleur ami et raconte-lui ce que tu voudrais dire.

Anders avait alors écrit mille deux cents signes en cinq minutes. Son texte parlait uniquement de la nouvelle poitrine de l'animatrice. Du silicone, qui sous la plume d'Anders était l'équivalent pour les femmes du Viagra pour les hommes, la marque d'un désir de paraître jeune et d'un intérêt non dissimulé pour son propre physique. Il s'était demandé quelles auraient été les réactions des gens alentour si le chef des infos s'était baladé toute la journée avec une méga trique sous ses pantalons kaki…

Son texte avait été publié, uniquement parce que ledit chef des infos, furieux d'avoir à bosser le jour de la Saint-Jean pour la troisième année d'affilée, avait balayé du revers de la main sa corvée de relecture, en disant que ça irait certainement.

Le lendemain, Anders avait été convoqué chez le rédacteur en chef, un type sans imagination et encore moins d'humour. Après avoir tapoté de l'index le texte paru dans le journal, le gars avait levé la main et lui avait montré la porte. Congédié dans l'heure, Anders n'en avait pas moins reçu sa paie pour l'été. Il n'avait pas passé le seuil de son appartement qu'un magazine spécialisé dans les potins des médias le contactait pour savoir ce qui s'était passé. Anders avait raconté la vérité : il s'était fait virer après avoir écrit sa première et dernière chronique télé.

« Regrettez-vous de l'avoir écrite ? avait demandé le reporter, tout excité, à l'autre bout du fil.

— Non, avait répondu Anders, qui, toujours pris dans l'onde de choc, continuait à être sincère. Tout ce que j'ai écrit tombait sous le sens. »

Deux jours plus tard, il se retrouvait dans un studio de télévision à Göteborg et y répétait ses propos. L'animatrice du programme à la poitrine refaite avait refusé de participer à l'émission. Dans le train qui le ramenait de la côte ouest, il avait reçu un coup de fil de la rédactrice en chef d'un quotidien concurrent, qui lui proposait un poste fixe. Un an plus tard, non seulement il était toujours là, mais il était en passe de se faire un nom.

Le chef de la rubrique divertissement traversa la salle de rédaction avec une liasse de documents qu'il posa sur le bureau d'Anders.

— C'est la nouvelle série de HBO. Je veux trois papiers. Sur lui, là.

Anders savait de quoi il retournait : une série télé au succès annoncé, avec le mix habituel de nudité et de criminalité, qui affirmait révolutionner les codes du genre. Tous les articles de presse tournaient autour de la présence d'un acteur de soixante ans, à la gloire passée, et qui grâce à ce rôle avait retrouvé la lumière des projecteurs.

— C'est elle, la fille ? dit Anders en se référant à la partenaire du revenant, âgée de vingt-six ans et dont l'étoile s'était prématurément ternie depuis que circulait une certaine sextape.

— Écris une légende pour la photo. Et puis quelques lignes sur la sextape.

— OK.

— Pour demain.

— Pas de problème.

Le chef de la rubrique divertissement s'en alla et Anders resta seul dans la salle de rédaction, à se demander une fois de plus par quel miracle il avait eu ce poste en or sans avoir rien fait pour.

14

Calle Collin écrivit l'article d'un seul jet. C'était un texte émouvant, dont chaque lecteur allait à coup sûr verser sa petite larme. L'adolescent, âgé de seulement treize ans, avait trouvé la mort fauché par une voiture, laissant derrière lui une maman et un petit frère. Kent avait été un garçon débordant de joie de vivre qui adorait la vie en plein air. Calle le décrivit comme quelqu'un d'indépendant, ayant le goût de l'aventure, un garçon qui savait profiter de ce que la vie avait à lui offrir.

Il s'attarda sur le chagrin de Margit, tout en soulignant que Kent continuait à vivre dans son souvenir et qu'elle était reconnaissante pour les années qu'ils avaient partagées. Durant sa courte vie, Kent avait su tirer parti de chaque instant de chaque journée et, ainsi, il avait accompli dans ce laps de temps plus de choses que d'autres dont la vie ne s'était pourtant pas arrêtée si tôt.

Calle imprima son article, qui remplissait six pages de format A4, et le relut, le stylo à la main. Il barra quelques passages exagérément larmoyants qui auraient pu passer pour du second degré, enleva une demi-douzaine de répétitions et ajouta quelques bribes de conversation qu'il avait oublié de noter. Il changea un peu les dates, fit une nouvelle impression et vérifia une dernière fois avant d'envoyer le texte à Margit par mail, en la remerciant pour l'agréable moment passé en sa compagnie et en la priant de lire l'article en fichier joint. Puis il lui téléphona pour s'assurer qu'elle l'avait bien reçu. Quelque chose lui disait que Margit Svensson ne devait pas relever sa boîte mail tous les jours. Il tomba sur son répondeur.

— Allô, Margit ? Calle Collin à l'appareil. Merci de m'avoir reçu, l'autre jour. J'ai passé un bon moment avec vous. Et Höganäs est un endroit magnifique. Je voulais juste vous prévenir que je vous ai envoyé mon texte par mail. Je vous serais très reconnaissant de le lire et de me dire ce que vous en pensez. Une erreur peut s'y être glissée. Alors, lisez le texte et appelez-moi ou écrivez-moi un mail s'il y a quelque chose que vous voulez corriger. OK ? Bon…

Il allait raccrocher quand il eut la sensation de ne pas avoir pris un ton assez enjoué. Après d'innombrables entretiens avec la rédaction à Helsingborg, Calle savait que les habitants de Stockholm étaient perçus par leurs compatriotes comme des gens efficaces mais froids, en un mot : snobs. Ajouter quelques mots ne pourrait pas faire de mal.

— D'ailleurs, je dois vous transmettre le bonjour de la famille Malmberg. Leur fils Andreas était dans la même classe que Kent et maintenant il est journaliste. J'ai pensé que vous vous souviendriez peut-être de lui. Portez-vous bien. Au revoir.

Il raccrocha et regarda le combiné. Était-il allé trop loin ? Est-ce que ses salutations pouvaient sembler ironiques ? Selon le professeur Sellin, Kent et Anders n'étaient pas exactement les meilleurs amis du monde.

Margit se tenait dans le vestibule et regardait fixement le téléphone. Elle ne savait pas sur quel bouton appuyer pour entendre encore une fois le message. Calle Collin parlait si vite qu'elle n'avait pas tout compris. Un camarade de Kent ? Anders quelque chose ? Elle ne connaissait aucun Anders. N'était-ce pas la preuve même de cette conviction qui ne l'avait pas quittée durant ces quinze dernières années ? Kent vivait, il vivait dans la mémoire de beaucoup de gens. Des gens que Margit ne connaissait même pas. Il avait laissé des traces. Cela lui fit chaud au cœur et elle sentit qu'elle avait besoin d'une tasse de café.

Elle enleva son manteau et alla dans la cuisine, où elle mit de l'eau à bouillir. Le journaliste avait envoyé son texte ? Elle se rendit dans sa chambre à coucher, s'assit devant son ordinateur et ouvrit sa boîte mail. Elle lut le message, cliqua sur l'icône du fichier.

Le document s'ouvrit.

Elle lut le texte deux fois. Puis elle choisit ses passages préférés pour les relire une troisième fois.

Quand elle eut terminé, son visage était en larmes. Elle n'aurait su dire comment il avait fait, ce reporter-là, mais en tout cas il avait assurément réussi à rendre en quelques phrases la nature de Kent. Sa joie de vivre et cette manière de croquer la vie à pleines dents. Son caractère intrépide, inventif et fier. Sa façon de protéger son petit frère à l'école, alors qu'ils étaient comme chien et chat à la maison. Comme souvent entre frères. En revanche, à l'école, avait raconté Matte, son grand frère avait toujours été là pour le défendre. Margit hocha la tête. Les liens du sang étaient indéfectibles, disait-on.

Elle retourna dans la cuisine, versa du café dans son mug habituel, s'assit à sa place habituelle et but à sa manière habituelle, c'est-à-dire à petites gorgées, le regard tourné vers la fenêtre. Elle était contente. Très contente.

Margit pensa à Katta, sa collègue de travail. Elles étaient les seules femmes du groupe et se retrouvaient souvent autour de la machine à café. Non seulement elles étaient les seules femmes, mais surtout les seules Suédoises. Les chefs mis à part, évidemment. Car la plupart des gens qui travaillaient là étaient des immigrés de toutes sortes. La logique aurait voulu que Katta et Margit se serrent les coudes. Sauf que Katta se trouvait beaucoup mieux que Margit et ne ratait jamais une occasion de parler de la résidence secondaire de ses parents, à Torekov. Il ne se passait pas une semaine sans qu'elle évoque Torekov et tous ces richards de Stockholm qu'elle connaissait.

Enfin, Margit allait pouvoir lui clouer le bec, à Katta. Dès la parution du magazine, elle lui montrerait l'article. Ah, elle n'avait pas eu son nom dans le journal, celle-là !

Margit vida sa tasse, alla dans sa chambre et relut le texte une quatrième fois. Elle décida de répondre par mail.

Calle consultait les journaux du soir sur Internet. Il s'intéressa à un reportage idiot sur une nouvelle star de cinéma qu'il ne connaissait pas ; cela lui donna un coup de vieux et il dut taper le nom de l'actrice sur Google. Il découvrit que cette bombasse de vingt-trois ans avait joué dans une foule de films dont il n'avait jamais entendu parler, ce qui acheva de le déprimer.

Un signal l'avertit qu'il avait reçu un mail. Margit. Calle inspira profondément et l'ouvrit. Il savait par expérience que les personnes interviewées se reconnaissaient rarement dans le texte. « Mais je n'ai jamais dit ça ! C'est même tout le contraire. Vous sortez ça d'où ? » Si la même chose valait pour les conversations normales, le monde était constitué de gens qui sans cesse se comprenaient mal.

> Bonjour, Calle. J'ai lu l'article qui est très bien, je n'ai pas trouvé d'erreur. Ce sera bien de voir l'article imprimé dans le magazine. J'ai entendu votre message sur mon répondeur, mais on entendait mal. Comment s'appelait le camarade de Kent dont vous avez parlé ? Merci pour le super article. Margit.

En rédigeant ce texte, Calle s'était senti dans la peau du plus grand mystificateur de l'histoire, un menteur dont les doigts souillaient à jamais le clavier de ses élucubrations. Chaque mot était fabriqué, et pourtant elle n'avait pas relevé d'erreur ! Mais au fond, c'était peut-être précisément pour ça…

Calle se donna une petite gifle mentale pour se punir de faire preuve d'autant de cynisme et de méchanceté. Il ne savait rien de ce garçon. Un professeur principal autoritaire avait dit des horreurs sur le jeune mort quinze ans plus tôt et Calle avait tout pris pour argent comptant. Il fallait qu'il se reprenne, se dit-il à lui-même. Et il répondit au mail :

Bonjour, Margit, ravi que le texte vous ait plu. J'ai parlé avec le journal un peu plus tôt dans la journée et ils disent que les photos que vous avez prises dans le port conviennent parfaitement. Je ne sais pas si c'était un ami de Kent, mais ils étaient dans la même classe. Il s'appelle Anders Malmberg et travaille pour un quotidien du soir. Je ne le connais pas personnellement, mais j'ai rencontré ses parents, Åsa et Bengt, par l'intermédiaire d'un camarade à moi qui est leur voisin d'été dans l'archipel. Au revoir et prenez soin de vous. Calle.

« Voisins d'été » ? Margit n'avait jamais entendu cette expression. Aussitôt, elle s'imagina quelqu'un de Stockholm avec une serviette blanche autour des reins. Katta lui avait raconté que les vacanciers se baladaient ainsi à Torekov. Et qu'ils s'embrassaient sur les joues quand ils se rencontraient.

Un camarade de classe ? Margit tapa le nom d'Anders Malmberg sur Google et resta subjuguée. Plusieurs milliers de résultats s'offraient à elle. Il avait écrit des tas d'articles et il y avait même des photos de lui. Elle ne reconnut pas son visage.

Tout à coup, elle se sentit triste, en comparant la vie de ce camarade de classe à celle de Kent. Si le destin en avait voulu autrement, Kent aurait pu être à sa place…

15

Anders Malmberg cherchait sur Internet des informations sur des sites américains et anglais quand une main se posa sur son épaule. Il tourna la tête et sourit aussitôt.

— Je peux te dire quelques mots ? demanda la rédactrice en chef.

Anders déglutit.

— Là, maintenant ?

— Maintenant.

Anders se leva et suivit sa chef dans une salle de réunion vide.

— Assieds-toi, dit-elle en indiquant une chaise.

Anders s'assit et la rédactrice en chef prit place de l'autre côté de la table. S'était-elle rendu compte que tout cela n'était que du bluff ? Qu'il trouvait en grande partie ses points de vue sur les séries étrangères en pompant sur des sites internet ? Des animateurs qu'il avait critiqués s'étaient-ils rebellés et avaient-ils exigé sa démission ? Non, il n'avait rien à craindre tant que l'un de ces animateurs n'était pas un ami personnel de la rédactrice en chef, et elle n'était pas du genre groupie.

— Bon, dit-elle en lui tendant une feuille.
— C'est quoi ? demanda Anders en y jetant un coup d'œil.

Cela ressemblait à une liste, avec des chiffres dans la colonne de droite.

— Les articles les plus lus.

Anders vit les titres des articles et leur classement en fonction de leur nombre de lecteurs, et ressentit tout à coup une certaine euphorie. Son visage s'éclaira.

— C'est vrai ? lâcha-t-il, tout en s'efforçant d'avoir l'air de douter en toute humilité.

— Tu fais chaque fois le buzz, résuma la rédactrice en chef. Et il semble que peu importe le sujet.

Anders n'en revenait pas. Il lâcha la feuille : à regarder le soleil trop longtemps, on risque d'être aveuglé.

— Nous avons eu aussi pas mal de réactions négatives, tu t'en doutes, poursuivit la rédactrice en chef, comme pour contrebalancer les chiffres. Mais c'est toujours le cas. On ne peut jamais faire l'unanimité dans…

Des coups frappés à la porte l'interrompirent. Un des anciens du journal, un reporter qui, au sommet de sa gloire, avait été craint et admiré mais qui à présent végétait et passait le plus clair de son temps à se lamenter sur la décadence du journal. Ah, c'était autre chose de son temps…

— Je vous dérange ? dit-il. Je voulais discuter d'une affaire avec toi…

— Pas maintenant, répliqua la rédactrice en chef sans chercher à masquer sa contrariété.

— Tout à l'heure, alors ? lança l'ancien reporter star.

La rédactrice en chef se força à sourire. Le journaliste

en fin de carrière fit de même, gêné, et referma la porte derrière lui. Le visage de la rédactrice en chef reprit une expression plus naturelle.

— Où en étions-nous ?

— Tu disais que tu avais eu des réactions négatives, répondit Anders.

Elle secoua la tête et eut un geste évasif, comme pour chasser des mouches.

— Il y aura toujours des râleurs, dit-elle en faisant clairement allusion à l'homme qui avait interrompu leur conversation. Il ne faut pas y prêter attention.

Elle pointa l'index sur la liste.

— Je veux que tu en fasses davantage. Qu'est-ce que tu en dis ? Tu as des idées ?

Anders haussa les épaules.

— J'aime la télé, fit-il.

— Tu as deux soirs par semaine, c'est ça ?

Anders acquiesça.

— Trois, ça risque de faire trop. Tu peux te lasser. Il n'y a pas tant de choses à regarder. Que dirais-tu de la dernière page ?

Anders en eut la bouche sèche.

— Je pensais au dimanche, ajouta la rédactrice en chef.

Là, Anders dut attendre que son cœur reparte pour répondre :

— Mais, le dimanche, il y a déjà quelqu'un qui écrit…

— Je m'en occupe, dit la rédactrice en chef, c'est mon boulot et on me paie des fortunes pour le faire. Alors, qu'est-ce que tu en penses ?

Anders réussit à se ressaisir suffisamment pour la remercier. Elle se leva et lui tendit la main.

— Bon, c'est réglé, dit-elle. Tu commences à partir de la semaine prochaine. Et tu rends ta copie au plus tard le vendredi.

— Merci.

— C'est moi qui te remercie, dit la rédactrice en chef. J'ai hâte de lire ton prochain papier. Et surtout, n'oublie pas…

Anders se pencha pour ne pas en perdre une miette.

— Pas de cirage de pompes. Vas-y carrément, lâche-toi. N'oublie pas que tout ça n'est qu'un jeu.

16

Karin Utrecht eut un tel choc en apprenant la mort de son frère que Karlsson et Gerdin la conduisirent à l'hôpital et décidèrent de repousser leur interrogatoire. Vingt-quatre heures plus tard, elle les attendait chez elle, à Viken, au nord de Helsingborg.

— On ne sait jamais de quel côté de la barrière on retombe, dit Karlsson, dont les yeux quittèrent la route pour regarder le détroit.

— Que veux-tu dire ?

— Elle est une privilégiée de Viken, et lui, il meurt sur une aire d'autoroute, près de Jonköping.

Gerdin pouffa discrètement.

— « Une privilégiée de Viken »…

— Les mômes pourris gâtés de Viken et les gosses des mines, résuma Karlsson.

Cette distinction datait de l'époque où les enfants des classes supérieures de Viken avaient été contraints d'aller à l'école dans la commune ouvrière de Höganäs. Mais les différences de classe sociale avaient quasiment disparu. Depuis que la valeur des terrains dans ce coin avait grimpé en flèche, rendant la plupart des habitants de Höganäs millionnaires, du moins sur le papier, la commune était passée en quelques années de communiste à conservatrice. Une marina récemment construite l'attestait, et le grand port industriel, avec ses docks et ses lumières jaunes la nuit, était devenu à présent une sorte de petit New York, toutes proportions gardées, avec le complexe du petit frère européen vis-à-vis des États-Unis. Les habitants de Viken ou de Lerberget, qui dans les années quatre-vingt avaient connu une crise existentielle du fait de la menace de devoir partager leur code postal avec ceux de Höganäs, ne se plaignaient même plus de la proximité de cette ancienne ville minière de Scanie. Ils y allaient même faire leurs courses.

— Je t'écoute, dit Karlsson, mais tu me la fais courte.

Gerdin feuilleta ses documents.

— Cambriolage, coups et blessures, incarcération, voies de faits graves, incarcérations, violences envers un représentant de l'ordre… Il n'arrêtait pas d'entrer et de sortir de prison, un vrai cas d'école.

— Rien qui sorte de l'ordinaire ? demanda Karlsson.

Gerdin parcourut le texte des yeux. Karlsson observa son collègue.

— Non, des broutilles.

— Tu as fait vérifier ta vue ? demanda Karlsson.

Gerdin ne comprenait pas.

— Tu clignes tout le temps des yeux. Et tu remues la tête quand tu lis. Comme le public d'un match de tennis. C'est plus simple de bouger les yeux, tu sais, que de remuer toute la tête.

— Ah bon, je fais ça ? s'étonna Gerdin.

— En permanence. Va voir un ophtalmo. Ou fais un test de vision, ça ne coûte pas les yeux de la tête…

Karlsson sourit, content de son jeu de mots.
— Et il y a des noms ? Des gens qu'il fréquentait ?
— Des petits délinquants. Il aurait aimé faire partie du milieu de Hasslarp.
— L'élite de la jeunesse suédoise ?
— Précisément. Mais faut croire qu'il n'était pas à la hauteur.
— Qui le serait ? dit Karlsson en bifurquant vers Viken.

Karen Utrecht habitait une maison vide de toute trace d'homme ou d'enfants. Ses yeux étaient rouges et gonflés.
— J'ai préparé du café. Vous en voulez ?
— Je ne refuse jamais une tasse de café de Java, répondit Karlsson.
— Volontiers, dit Gerdin en donnant un léger coup de coude à son collègue.
Ce n'était pas vraiment le moment de sortir ses commentaires à la noix sur ce qui faisait suer les Malais et avorter les Suédoises, bref, les caractéristiques selon lui d'un café corsé.
Karin Utrecht les servit dans des mugs Ikea.
— Du lait ?
— Ça non, grommela Karlsson. Euh, je voulais dire non merci…
— Je veux bien quelques gouttes, s'empressa de dire Gerdin.
Karin Utrecht posa un paquet de biscuits sur la table et s'assit. Elle s'essuya les yeux et s'éventa d'une main.
— Excusez-moi, dit-elle.
— C'est normal, dit Karlsson.

— Nous n'étions pourtant pas très proches, c'est sûr, mais c'était quand même mon frère.

— Tout à fait, enchérit Gerdin, comme si les liens du sang nécessitaient d'être approuvés.

— Il donnait de ses nouvelles seulement quand il avait besoin d'aide, le plus souvent c'était d'argent. Je ne sais pas combien de fois j'ai dû couper les ponts avec lui. C'est pour ça que je n'ai pas répondu quand il m'a appelée…

— Quand vous a-t-il appelée ? demanda Gerdin.

Karin regarda le policier.

— Je ne vous l'avais pas dit ? Il a cherché à me joindre dimanche, plusieurs fois. Chaque fois j'ai raccroché. Si seulement j'avais répondu…

Elle s'en voulait visiblement et secoua la tête en portant la main à son visage. Gerdin tendit un bras pour la consoler.

— Vous n'en savez rien.

Karin avait du mal à respirer.

— Je ne comprends toujours pas pourquoi il s'est suicidé. Et comment est-il arrivé sur cette aire d'autoroute ? D'après ce que j'ai compris, il n'y avait pas de voiture sur le parking…

— C'est ce que l'enquête va déterminer, intervint soudain Karlsson.

Il aurait bien aimé avoir la réponse à cette question, mais il n'allait pas en perdre le sommeil, loin de là. À la police de Jonköping de s'en charger.

— Quelqu'un l'a forcément déposé là, reprit Karin.

— Bien sûr, dit Gerdin. Savez-vous s'il était accompagné ?

— Vous voulez dire : s'il avait une petite amie ?

— Non, plutôt s'il travaillait en binôme avec quelqu'un.

— Mon frère ne travaillait pas.

— Vous comprenez, je crois, ce que nous entendons par là…

Karin regarda tour à tour Karlsson et Gerdin.

— Quelqu'un à qui nous pourrions parler pour en savoir davantage, expliqua Gerdin.

— Je sais qu'il fréquentait un type qui s'appelle Conny Bladh, avec *dh* à la fin.

— Conny Bladh, répéta Gerdin en notant le nom dans son calepin.

17

Le personnel du célèbre restaurant de Copenhague dissimulait ses pensées derrière une façade de courtoisie professionnelle, tandis que les clients les observaient à la dérobée. Personne n'osait croiser leurs regards, mais tous étaient conscients de leur présence.

Les manières à table de Matte étaient irréprochables, mais entre ses grosses paluches, les couverts ressemblaient à de vulgaires jouets de dînette. Il dégageait une telle force physique qu'on avait du mal à l'imaginer s'en servir autrement que pour commettre des actes passibles d'au moins six mois d'emprisonnement.

— Je dis seulement que c'était pas nécessaire, dit-il en posant les couverts et en s'essuyant la bouche avec la serviette en lin.

Puis il leva son verre et but une gorgée.

Sara le regarda calmement.

— Pas nécessaire ?

— On aurait pu attendre qu'elle rentre chez elle, on aurait sonné et discuté avec elle. Là, comme on s'y est pris, elle risque d'aller déposer plainte contre nous.

Sara tendit la main vers son verre.

— J'en serais la première surprise, dit-elle en jetant un regard autour d'elle.

Le maître d'hôtel, qui connaissait bien ce regard, fit signe qu'il se tenait à sa disposition. Sara l'ignora avec superbe. Elle se tourna vers Matte, qui la fixait des yeux.

— Comment tu le sais ?

Sara saisit ses couverts et prit une bouchée. Il fallait qu'elle reste impassible. Elle renversa la tête.

— Non, ne me dis pas que…

Sara mâchait lentement. Matte la fixait toujours.

— Est-ce que tu es…

— Est-ce que je suis quoi ? dit Sara en reprenant un morceau.

— … complètement cinglée ?

— Cuisson parfaite, dit-elle.

— Mais elle n'a rien à voir avec nous, bordel !

— Tendre à souhait. Comment était ton plat ?

— C'est une femme de ménage… T'entends ce que je te dis ?

— Je crois qu'on trouverait difficilement dans cette salle quelqu'un qui n'entende pas ce que tu dis.

Sara promena son regard sur les autres convives. Matte se pencha par-dessus la table.

— T'es une vraie malade, chuchota-t-il.

— Elle serait allée à la police.

— Et pourquoi elle aurait fait ça ? C'est Conny qui risque gros, pas nous.

Sara but une gorgée de vin.

— Elle a refusé de donner les codes, répondit-elle en posant son verre.

— De quoi tu parles ? Quels codes ?

— Elle a refusé de donner les codes des alarmes des maisons où elle fait le ménage. Elle était du genre consciencieux, qui fait tout bien, qui a les mains propres. Et ça nous aide.

— En quoi ça nous aide ? Je comprends pas bien.

Son visage s'était empourpré et il devait se maîtriser pour parler :

— En quoi ça nous aide que tu aies trucidé la copine de Conny, bordel ? Merde, elle n'avait rien à voir là-dedans, elle n'a jamais fait de mal à une mouche ! C'est un meurtre, un putain de meurtre !

— Elle est retrouvée morte, le copain a disparu : la police va le retrouver pour nous.

— Et qu'est-ce qu'il dira, à ton avis ? fit Matte. Il va nous pointer du doigt.

Sara haussa les épaules.

— Tu crois ? C'est comme ça que tu vois les choses ? J'avoue que tes précédentes intuitions n'ont pas été spécialement couronnées de succès.

Matte respira lourdement et secoua la tête.

— Tu as tué une femme innocente pour attirer son mec ?! T'as complètement perdu le sens des réalités ou quoi ?

Sara le gifla. Violemment. Le coup partit si vite que Matte cligna des yeux, tant il avait été pris de court.

Il y eut comme un arrêt sur image dans la salle et tous les regards se tournèrent vers le couple. Le personnel ne savait pas ce qu'il devait faire. Intervenir ? Comment ? Ce petit bout de femme venait de flanquer une gifle au géant, et il tremblait sur sa chaise ? Sara n'en avait rien à faire, des autres.

— Tu n'es pas là pour poser des questions, tu es là pour faire ce que je te dis de faire. Je te paie pour ça. Ce n'est pas parce qu'on couche ensemble que ça te donne le droit d'avoir un avis.

Matte détourna les yeux.

— Regarde-moi bien, reprit-elle. Et sans cette lueur de défi dans les yeux, s'il te plaît. Tu es là aussi longtemps que ça me chante. Tu comprends ce que je dis ?

Matte ne répondit pas.

— J'ai dit : « Tu comprends ce que je dis ? »

— J'ai pigé.

— Bien. Alors on est d'accord.

Sara reprit ses couverts.

— Tu peux t'estimer heureux que j'aie pensé à emporter le magazine que tu avais feuilleté avec ton pouce. Et que j'aie essuyé la poignée de la porte. Matte, il faut que tu fasses plus attention.

Elle eut un sourire indulgent. Matte respira profondément.

Sara s'essuya la bouche.

— Pourquoi perdre son temps avec tout ça ? finit-il par lâcher. C'est juste ça que je dis. Il finira par refaire surface. Avec l'argent, il peut tenir maximum un an. Nous, on a nos affaires courantes à gérer.

— Tu as certainement raison, fit Sara. Mais il faut montrer que ne pas respecter les règles a des conséquences. C'est important de montrer qu'il y a une forme de loi et d'ordre.

— Mais comment on va faire ? s'inquiéta Matte. Je veux dire, quand la police va se pointer.

Sara posa ses couverts.

— Je ne vois pas de quoi tu parles.

Matte se pencha par-dessus la table.

— Il faut qu'on ait un plan, chuchota-t-il.

Sara s'essuya la bouche.

— Détends-toi. Pourquoi dirions-nous quoi que ce soit ?

18

Conny Bladh, ce pilier de la société, n'avait pas donné signe de vie depuis un bout de temps. Mais sa mère ne semblait pas spécialement affolée. S'il était toujours domicilié chez elle, leurs contacts avaient été pour le moins espacés, pour ne pas dire rares, ces dernières années.

— Bien sûr que je m'inquiète quand vous venez me voir pour me demander de ses nouvelles. Qu'est-ce qu'il a encore fait ?

— Rien. Il s'agit d'une de ses connaissances.

— « Une de ses connaissances » ? répéta la mère en interrogeant des yeux Karlsson et Gerdin.

— Henk Utrecht.

La mère de Conny réfléchit.

— Non, ça ne me dit rien, dit-elle finalement.

— Bon, reprit Karlsson. Mais si Conny vous contacte, dites-lui de nous faire signe.

— Vous avez parlé avec sa copine ?

— Qui est-ce ?

— Mona, je crois qu'elle s'appelle.

— Et son nom de famille ?

La mère de Conny secoua la tête.

— Moi et les noms… Je crois qu'elle bosse comme femme de ménage dans cette entreprise qui fait toujours de la pub. Vous savez, là où ils n'emploient que des gens qui parlent suédois.

Karlsson la remercia pour son aide. Gerdin et lui s'arrêtèrent à la station-service de Bergarondellen pour manger un hot-dog avant de retourner à la capitale.

— Pourquoi ils ont un nom anglais s'ils parlent tous suédois ? demanda Gerdin en composant le numéro de CleanSwedenNow.

Il eut l'entreprise de nettoyage au bout du fil et finit par tomber sur quelqu'un qui pouvait répondre à ses questions.

— Nous savons seulement qu'elle s'appelle Mona, dit Gerdin. Et qu'elle était l'amie d'un certain Conny Bladh. C'est lui que nous essayons de joindre. Non, elle n'a rien fait de mal.

Il fit signe à Karlsson de lui passer un stylo et nota :

— Höstgatan, 4, à Bjuv, oui. Vous avez son numéro ?… Et elle ne répond pas ?… OK, merci.

Gerdin raccrocha et se tourna vers Karlsson.

— Il m'a chargé de lui dire, si on la voit, qu'elle est renvoyée. Cela fait trois jours qu'elle ne s'est pas manifestée et qu'elle ne répond pas au téléphone.

Karlsson bâilla en s'étirant à l'idée de devoir aller jusque là-bas, quand le portable de son collègue sonna. Gerdin répondit, écouta tout en se relevant de sa chaise.

— Encore une fois… Ni sur la douille ni dans le chargeur ?… Et juste une cartouche ?… Ça paraît bizarre… Oui, dans ce cas je sais. Nous allons poursuivre notre enquête ici. J'appelle dès que nous avons du nouveau… Ah si, une chose encore. Henk a appelé sa sœur dimanche tout de suite après le déjeuner. Mais comme elle a refusé de décrocher, elle n'a jamais su ce qu'il voulait lui dire.

Gerdin écouta son interlocuteur.

— Effectivement, c'est bizarre… finit-il par dire. Oui, on se tient au courant.

Gerdin raccrocha et se tourna vers Karlsson qui, curieux, s'était avancé tout au bord de sa chaise, le corps penché en avant.

— Jonköping, dit Gerdin. Henk n'avait aucun téléphone sur lui.

— Ce qui signifie ?

— Soit qu'il s'en est débarrassé avant de se tirer une balle, soit que quelqu'un le lui a pris. Ce qui ne paraît pas improbable, puisque le chargeur était vide et sans empreintes digitales. Pareil pour la douille qu'ils ont retrouvée sur place.

— Merde !

Gerdin se leva.

— Il est temps de faire un tour à Bjuv.

— Une petite balade en voiture, dit Karlsson.

19

— Et voilà qu'on se retrouve avec tout ça sur les bras.

Karlsson jeta un regard découragé sur le corps.

— C'est comme rénover une vieille maison rongée par l'humidité, dit Gerdin. Si on commence à regarder de près, on n'en a jamais terminé.

Ils avaient sonné sans obtenir de réponse, appelé à travers la fente ménagée dans la porte pour glisser le courrier et reconnu l'odeur. Ils avaient fait venir un serrurier pour ouvrir.

— Elle était au travail lundi, dit Gerdin en se concentrant pour respirer par la bouche. Et mardi, elle ne s'est pas présentée.

Mona Björklund était attachée au fauteuil. On aurait dit un animal ballonné, le corps avait gonflé et la tête semblait vissée au thorax.

— Étrange que ça aille si vite, commenta Gerdin.

— Quoi ?

— La décomposition. Le corps doit être plein de saletés qui n'attendent que l'arrêt cardiaque pour passer à l'action.

Les agents de la police technique et scientifique

prirent le relais. Karlsson et Gerdin ne pouvaient guère leur apporter d'éléments, ils gênaient plus qu'autre chose.

— Quand Henk a-t-il été retrouvé ? demanda Gerdin.

— Lundi, mais il était là depuis vingt-quatre heures.

— Et Mona travaillait lundi. Henk est donc mort avant.

Gerdin secoua la tête.

— Pas même une amende pour excès de vitesse. Elle fait le ménage chez des gens.

— Peut-être un drame triangulaire ? Conny Bladh s'est comme volatilisé. Il ne peut pas disparaître comme ça. Combien de fois tu m'as dit qu'il a été incarcéré ?

Gerdin feuilleta de nouveau ses papiers.

— Cinq fois. La première en 2001, la dernière de 2009 à 2010. Sa peine la plus longue.

— Je veux les noms de ses codétenus. Il doit bien y avoir quelqu'un qu'on peut interroger.

20

Margit Svensson travaillait dans une entreprise de conditionnement. Elle était responsable d'une machine qui enveloppait dans du film plastique des anneaux de clés, des livres, des DVD et autres petits cadeaux pour des revues et certains magasins. C'était un travail monotone, mais Margit l'aimait bien. Les gestes répétitifs lui provoquaient rarement des douleurs et, au bout de quelques minutes de mise en train, son cerveau se mettait sur pilotage automatique et elle pouvait laisser son esprit vagabonder à son aise. Il lui arrivait même d'avoir l'impression de ne rien faire, même si elle travaillait et était payée.

Elle commençait à sept heures, finissait à seize, prenait son déjeuner à onze heures et demie. Deux fois par jour, elle avait une pause-café, à neuf heures et demie et à deux heures de l'après-midi, d'un quart d'heure chaque fois. Une routine qui lui convenait. Le temps s'écoulait vite, elle avait l'impression que la journée venait à peine de commencer que c'était déjà l'heure de la première coupure.

Elle passait ses pauses avec Katta, qu'elle aurait pu trouver très bien si elle ne se vantait pas autant.

Et encore, si elle s'était vantée comme on fait d'habitude, Margit aurait pu lui clouer le bec, taper du pied et dire « Maintenant, ça suffit ». Mais ce n'était pas possible car Katta le faisait habilement. Elle laissait sous-entendre des choses comme ça, en passant.

Margit n'aurait su dire comment elle s'y prenait. C'était une phrase ici et là sur les progrès de ses enfants, des bonnes affaires qu'elle avait faites sur Internet, jusqu'aux films qu'elle avait vus au cinéma. Si Margit parlait d'un film passé à la télévision, Katta l'avait forcément déjà vu et, du coup, il devenait moins bien. Si Margit achetait un manteau à un prix imbattable, Katta avait vu le même encore moins cher ailleurs. Si Katta partait en vacances, tout était fantastique, alors que si Margit racontait les siennes, Katta relevait des détails qui prouvaient que ce n'était pas parfait à tous égards et elle ne manquait pas de le rappeler ensuite à sa collègue à plusieurs occasions, jusqu'à ce que Margit elle-même en soit mécontente.

Sans même parler de la maison de sa mère à Torekov… Cette maison qui valait des millions et que le frère de Katta voulait garder, mais que Katta voulait le contraindre à vendre le jour où leur mère passerait l'arme à gauche.

— Ce jour-là, j'arrête de bosser, c'est clair. Je m'achèterai un appartement en Espagne ou quelque chose comme ça. Tu pourras venir me rendre visite. Ça te fera du bien, toi qui es toujours fatiguée. Et ce ne serait d'ailleurs pas un mauvais investissement. L'euro est faible, avec la crise qu'ils traversent. Je devrais pouvoir trouver un deux pièces avec vue sur la Méditerranée pour trois fois rien. Et avec ce qui me restera, je pourrai vivre, et le jour où ce sera mon tour de disparaître, l'appartement reviendra aux enfants.

Katta avait le chic pour faire briller sa propre vie de mille feux tout en rapetissant celle des autres.

Aussi ne fallait-il pas se gêner quand l'occasion se présentait de lui rendre la pareille. Comme ce jour-là, alors que Margit s'était versé une deuxième tasse de café et que Katta, assise devant la table, feuilletait le journal du soir. Margit se plaça à côté d'elle et tapota de l'index la photo d'Anders Malmberg à côté de l'article.

— C'est un ancien copain de Kent, dit-elle.

Katta leva rapidement les yeux. Cela ne dura qu'un instant, mais Margit vit que le coup avait porté.

— Ah bon ? fit Katta en baissant les yeux.

Margit s'assit en face d'elle, savourant son quart d'heure de gloire.

— Ils étaient dans la même classe, poursuivit-elle. Il a chargé le journaliste qui est venu m'interviewer de me passer le bonjour.

Katta en resta sans voix, le regard collé sur le journal, faisant mine de lire. Après une seconde qui parut une éternité, elle repoussa le journal.

— Oh, ils écrivent tellement de choses, soupira-t-elle en jetant un regard à l'horloge. Bon, il est temps de retourner au boulot.

Il restait bien deux minutes de pause, mais Katta se leva, prit sa tasse et la rangea dans le lave-vaisselle.

— Je crois qu'il faut que j'aille aux toilettes, dit-elle quand elle se rendit compte qu'elle s'était levée trop tôt.

21

— Oui ?

— Karlsson, commissaire de la brigade criminelle de Helsingborg. Et voici mon collègue, Gerdin.

Le récidiviste Björn Stenman observa la main tendue comme si c'était un serpent venimeux.

— De quoi s'agit-il ?

— Nous enquêtons sur un meurtre et voudrions vous poser quelques questions…

— Ça commence à bien faire. Ça fait deux ans que je me tiens à carreau. Je bosse, je paie la pension alimentaire…

Karlsson leva les mains.

— Du calme, la seule raison de notre visite, c'est que tu as été incarcéré en même temps que Conny Bladh.

— Conny est mort ?

— Pourquoi Conny serait mort ?

— Vous avez dit que vous enquêtiez sur un meurtre…

Björn se reprit :

— Non, dit-il, c'est elle ? C'est de sa copine qu'on

a parlé dans le journal ? La femme qu'on a retrouvée morte dans son appartement à Bjuv ?

— On peut entrer ?

Björn leur tint la porte et les laissa passer.

— Enlevez vos chaussures, j'ai passé l'aspirateur ce matin.

Les policiers s'exécutèrent et le suivirent dans la salle de séjour. Ils parcoururent la pièce d'un regard appréciateur. L'endroit était curieusement bien aménagé : un mobilier confortable, des tableaux au mur, des plantes vertes sur le rebord de la fenêtre, des livres sur une étagère. Björn leur fit signe de prendre place dans le canapé et s'assit dans le fauteuil. Il secoua la tête.

— J'ai du mal à le croire, dit-il. Conny n'a jamais été un ange, c'est sûr, il aimait charrier les autres, mais il n'a jamais été violent. Il y a marqué qu'elle a été étranglée…

Karlsson répliqua par une question :

— Tu ne sais donc pas où il est ?

— Aucune idée. Nous avons pas de contact. Ça doit bien faire un an que je l'ai pas vu.

Gerdin montra du doigt une photo encadrée, d'un air interrogateur.

— Ma fille, sept ans, dit Björn. Elle vient ici une semaine sur deux. J'ai une belle vie, je me drogue pas, je bois pas. Sauf une bière de temps en temps. Si je vois des anciens taulards en ville, je change de trottoir.

— Tu dois bien échanger quelques mots avec eux de temps en temps…

Björn ne répondit pas.

— Tu n'as donc aucune idée sur les gens avec qui travaillait Conny ?

Björn se pencha en avant et appuya les coudes sur ses cuisses.

— J'en sais pas plus que vous. Il traînait avec Henk Utrecht. Demandez-lui, c'est le seul conseil que je puisse vous donner. Mais le saluez pas de ma part. C'est déjà assez dur de se tenir en dehors de tout ça…

— Ça risque d'être difficile, dit Karlsson.

Björn fronça les sourcils, perplexe.

— Henk aussi est mort, expliqua Gerdin. On l'a trouvé lundi sur une aire d'autoroute. Apparemment, il se serait suicidé.

Björn recula la tête.

— Hein ? Mais pourquoi ? C'était un type qui avait toujours la pêche. Du moins quand je l'ai connu. Ça marchait bien pour lui, il s'était dégotté un bon boulot à Copenhague. Il se la jouait un peu, si je me souviens bien.

— Quel genre de boulot ?

— Y a boulot et boulot. Disons qu'il bossait pour la Danoise.

— Qui ça ?

Björn lança un coup d'œil mal assuré à Karlsson.

— La Danoise, répéta-t-il.

Karlsson et Gerdin restèrent silencieux.

— Vous ne savez pas qui est la Danoise ?! s'étonna Björn. Sara Vallgren.

Les deux policiers échangèrent un regard indéchiffrable.

— Elle possède une demi-douzaine de boîtes de nuit à Copenhague et elle fait toutes sortes de business à côté, poursuivit Björn. Du moins, c'est ce qu'on raconte. Elle traîne avec un Suédois, je sais pas son nom. Un mec genre armoire à glace, qui fait carrément peur. Je sais pas si c'est son garde du corps ou son petit ami, ou les deux. Alors qu'elle est toute menue et gaie. Mais attention, c'est elle la plus dangereuse des deux.

Il regarda encore une fois les deux policiers.

— Vous n'avez vraiment jamais entendu parler de la Danoise ?

— Non.

— Comment vous faites ? Tout le monde la connaît !

— Non, nous n'avons jamais entendu parler d'elle.

— On dit qu'elle a fait de la télé, quand elle était enfant, reprit Björn. Au Danemark, je précise.

— De la télé ? dit Gerdin.

— Elle faisait l'actrice. Elle jouait dans une série, *La Famille suédoise*. Elle est connue pour sa fameuse réplique : « Je ne comprends pas ce que tu dis, parle suédois ! » Apparemment, ça faisait marrer les Danois.

— Elle parle donc suédois ?

— Ses parents étaient ou sont suédois.

— Tu sembles bien la connaître, fit remarquer Karlsson.

— Tout le monde sait qui est la Danoise. Y a que vous pour pas être au courant, répondit Björn en se levant. Bon, je crois vous en avoir dit plus que ce que j'aurais dû. Je compte sur vous pour laisser mon nom en dehors de tout ça.

Karlsson se leva.

— Sois tranquille.

22

Des femmes à la poitrine dénudée qui rient au bon moment. Il suffisait de faire semblant d'écouter et de toucher les hommes, une main sur l'épaule suffisait. Plus il y avait de contact physique, plus elles pouvaient faire casquer les clients.

Sara Vallgren avait construit son empire sur la vanité masculine, une des pulsions naturelles les plus fortes qui soient. On aurait eu du mal à trouver un politicien danois qui n'ait jamais fréquenté un de ses night-clubs. Les représentants de l'élite des médias, de parfaits hypocrites, se sentaient quelque peu gênés aux entournures quand leurs consœurs leur faisaient la morale.

Ceux qui venaient pour la première fois n'en croyaient pas leurs yeux. Ils restaient là bouche bée, à se rincer l'œil pendant le show permanent. Juché sur un tabouret au bar, Matte remplissait un ticket de tiercé.

Sara alla vers lui.

— Tout va bien ? demanda-t-elle.

— Oui, répondit-il brièvement sans lever les yeux.

— Tu continues à bouder ?
— Je boude pas.
— Alors qu'est-ce que tu fais ?
Matte grommela quelque chose d'incompréhensible. Sara se retourna, s'adossa au comptoir et l'obligea à la regarder droit dans les yeux.
— Quoi ? dit Matte.
Sara ne put s'empêcher d'éclater de rire.
— Mais qu'est-ce qu'il y a ? s'énerva Matte, tel un adolescent.
— Cher Matte, tu te mords la lèvre comme un gamin. C'est à cause de Bjuv ?
Matte ne répondit pas.
— Ce n'est pas possible, dit Sara en se tournant vers le comptoir. Je ne peux pas accepter ça.
— Accepter quoi ? dit Matte.
— J'étais obligée, elle nous aurait dénoncés et on se serait retrouvés embarqués dans une sale histoire. Tu ne comprends donc pas ?
— On aurait pu se contenter de frapper à la porte…
— Mais c'est ce qu'on a fait. Et comme personne n'a ouvert, on est entrés. Pas de chance qu'elle soit revenue chez elle juste à ce moment-là.
— Elle n'avait rien à voir avec nous. C'est pas bien.
— Peut-être, mais on ne peut pas laisser des témoins derrière soi. Des corps, oui, des témoins, non.
Matte ne dit rien et Sara poussa un soupir sonore avant de lui donner un coup de coude dans les côtes.
— Tu m'as manqué, tu sais. Le lit est si grand et si vide quand tu n'es pas là.

Matte gigota.

— Allez, dit Sara. On peut quand même se parler, non ? Il ne faut pas que tu laisses ce genre d'histoires se mettre entre nous. Demain on ira au cinéma, si tu veux. Je te laisse choisir le film.

23

— Robert Wells ? s'écria Jörgen en se tapant sur le genou. Mais c'est magnifique, c'est trop beau pour être vrai. Redis-le encore une fois.

— « Nous avons eu la visite de Robert Wells, l'été dernier », répéta Calle Collin en imitant l'accent de Scanie du chauffeur de taxi.

— Ah, c'est vraiment fantastique. Il faut qu'on déménage là-bas. Ça s'appelait comment ?

— Höganäs.

Jörgen hocha la tête, au rythme du « I Will Survive » de Gloria Gaynor.

— Et sinon ? L'interview s'est passée comme tu pensais ?

— Absolument. Autrement dit, une catastrophe, mais le texte final était bien. Le frère était là aussi, un vrai gangster. Il traînait avec une sorte de reine de la nuit venue de Copenhague. C'était archidésagréable.

— Comment ça ?

Calle haussa les épaules.

— Je ne sais pas, elle m'a fait peur.

— Je croyais que personne ne te faisait peur, dit

Jörgen en regardant la foule constituée principalement de jeunes hommes sportifs.

— Tiens, à ce propos, dit Calle, tu sais, tes voisins à la campagne, ceux qui nous ont offert un verre de vin ?

— Bengt et Åsa ?

— Oui. Leur fils était dans la même classe que Kent.

— C'est qui, Kent ?

— Celui qui est mort et dont j'ai interviewé la maman.

— Le garçon qui est mort allait dans la même classe qu'Anders Malmberg ?

— Oui, et d'après ce que j'ai compris, ils n'étaient pas les meilleurs amis du monde. C'est du moins ce qu'a sous-entendu le prof principal de Kent.

— Tu as parlé avec son prof ?

Calle fit oui de la tête.

— J'espérais qu'elle allait dire des choses gentilles sur lui. Mais ç'a été tout le contraire.

— C'était une peste ? dit Jörgen. Le mort, je veux dire.

— J'en ai eu l'impression. C'est pour ça que tes amis sont restés silencieux. Ils ont dû comprendre de qui je parlais. Et comme ils n'avaient rien à dire de positif, ils ont préféré la fermer.

— C'est possible, dit Jörgen, l'esprit déjà ailleurs, en regardant autour de lui. Cet air, ce n'était pas une chanson un peu gay ? « *I've got all my life to live, I've got all my love to give...* »

Calle le regarda comme s'il était devenu stupide.

— Un peu ?! C'est notre hymne.

Le visage de Jörgen s'éclaira.

— J'adore les boîtes homo. Elles sont si...

Il ne finit pas sa phrase, regarda derrière Calle, s'étira et eut un rire imbécile.

— Si quoi ?

Jörgen ne l'écoutait pas, il flirtait avec quelqu'un derrière le dos de Calle.

— Arrête ce petit jeu, dit Calle, qui se retourna pour voir qui son ami hétéro essayait de draguer.

Il avait déjà vu cet homme-là quelque part, mais où ?

— Je peux m'asseoir ? dit le nouveau venu avec l'accent de Scanie.

— Bien sûr, dit Jörgen en croisant les jambes pour prendre ce qu'il croyait être une attitude de séduction.

L'homme se tourna vers Calle.

— L'aéroport d'Ängelholm, dit-il sans s'asseoir.

— Oui, ça me revient, répondit Calle. Richard Gere.

L'homme lui tendit la main. Calle la serra.

— Salut, je m'appelle David.

— Richard Gere ? fit Jörgen.

Calle secoua la tête.

— C'est une longue histoire.

— Pas vraiment, dit David. J'ai raconté à…

— Calle.

— J'ai raconté à Calle que ma mère était tombée sur Richard Gere dans le petit supermarché chez nous à Vejbystrand. Calle a cru que j'étais un cinglé qui faisait du *name dropping*.

— Mais non, protesta Calle.

David le toisa.

— Ah bon ? Vous avez pensé quoi, alors ?

Calle réfléchit.

— Vous avez raison. J'ai pensé ça. Mais c'est parce que je sortais d'un taxi dont le chauffeur s'était vanté d'avoir vu Robert Wells.

— Hum, fit David.

— Asseyez-vous, dit Jörgen.

David obtempéra et sourit à Calle.

— C'est ce que j'ai de plus intéressant à raconter. Vejbystrand est le dernier lieu où l'on s'attend à croiser une célébrité.

— C'est assez inattendu, en effet, admit Calle.

— D'habitude, mon histoire fait son petit effet, dit David, toujours souriant, en le regardant.

— Vous voulez dire que vous m'avez abordé sciemment ?

— Évidemment.

Calle cligna des yeux, nerveux, prit son verre et dissimula sa gêne en buvant une gorgée. David ne le quittait pas des yeux.

— Et moi qui croyais que j'avais une touche, soupira Jörgen.

David tourna la tête vers lui.

— Vous n'êtes pas gay.

— Mais comment pouvez-vous en être si sûr ?

24

Gerdin frappa à la porte ouverte du commissaire Karlsson, qui lui fit signe d'entrer.

— Tu as parlé avec Copenhague ?

Gerdin acquiesça.

— Ils m'ont envoyé un mail avec son dossier. C'est rédigé comme un reportage criminel, une lecture assez passionnante, je dois dire.

— Et qu'est-ce que ça dit ?

— Voyons ça… commença Gerdin. Père suédois, mère danoise, tous deux médecins. Elle a grandi au Koweït dans des conditions privilégiées. Les parents sont des intellectuels. Ils organisaient des dîners avec des réquisitoires.

— Des réquisitoires ?!

— Les Danois disent que ça avait un côté Strindberg. Une fois le repas terminé, Sara, âgée de huit ans, pouvait dire tout haut ce qu'elle pensait des invités des parents. C'était extrêmement déplaisant, selon une personne qui y a assisté, de se faire critiquer par quelqu'un qu'on ne pouvait pas critiquer en retour. La famille a été obligée de fuir quand Saddam Hussein a envahi le pays et s'est donc retrouvée au

Danemark. Sara a fréquenté une école privée où elle avait de bonnes notes, jusqu'au jour où elle a décroché un rôle dans cette série télé dont a parlé Björn Stenman.

— *La Famille suédoise* ?

— Tout à fait, dit Gerdin. Cette série est le pendant de notre jeu de cartes, « Familles amusantes ». À cette époque, presque tout le monde savait qui était Sara Vallgren. Le type à qui j'ai parlé m'a dit qu'à partir de là, elle a changé du tout au tout. Quand la série s'est arrêtée et que l'attention est retombée, elle a essayé de trouver d'autres rôles, aussi bien au Danemark qu'en Suède, mais sans succès. Je pense que c'est le drame, avec les enfants acteurs. Ça marche tant qu'ils sont naturels et inconscients des enjeux, après ils deviennent affectés.

— C'est Copenhague qui dit tout ça ?

— Non, ça c'est moi, répondit Gerdin en reprenant le rapport de police. Ensuite, les parents sont repartis à l'étranger tandis que Sara est restée chez ses grands-parents maternels. Elle a pris des cours de théâtre et de danois, mais n'a pas réussi à intégrer les écoles qu'elle voulait. À dix-huit ans, elle a commencé à danser dans des night-clubs et, de nouveau, tous les regards se sont tournés vers elle. Sur scène, dans ce contexte-là, elle était une star. Sara s'est mariée avec le propriétaire de la boîte de nuit.

— Celui qui, plus tard, a été abattu ?

— Oui. Elle avait alors vingt-quatre ans.

Karlsson poussa un soupir qui en disait long.

— Est-ce qu'on sait si elle était mêlée à ça ?

— En tout cas, c'était tout bénéfice pour elle. Apparemment une manœuvre habile qui a transformé le paysage. Une fois que la fumée des armes s'est dissipée, Sara est restée seule maîtresse du jeu.

Karlsson noua les mains derrière sa nuque et se renversa sur sa chaise.

— Et c'était quand, ça ?

— En 2004.

Karlsson mordit sa lèvre inférieure pour montrer qu'il était impressionné.

— Elle a mené ses propres affaires pendant dix ans ? C'est une éternité, dans cette branche. Pourquoi n'avons-nous jamais entendu parler d'elle ?

Gerdin haussa les épaules.

— Tout le business passe à présent par le pont entre le Danemark et la Suède. C'est juste que nous ne sommes pas au courant.

— Et qu'est-ce qu'elle fait ?

— Principalement ? Elle blanchit de l'argent. Les boîtes de nuit lui servent de couverture. À en croire nos collègues de Copenhague, elle est impliquée dans toutes sortes de trafics.

— Et Conny et Henk ?

— Ils devaient travailler comme coursiers. Elle a besoin de gens comme ça. Henk est connu des services de police. Conny, non.

Karlsson se redressa.

— Bon, ce n'est pas maintenant qu'on va se plonger dans l'histoire de la criminalité au Danemark. Il faut absolument retrouver Conny. Si la reine des gangsters a quelque chose à nous dire, tant mieux. Tu as trouvé une adresse ?

Gerdin fit signe que oui.

— Alors on y va, dit Karlsson en se levant.

25

Calle se réveilla la bouche sèche. Il ouvrit les yeux, les referma aussitôt. C'était un jour pour rester chez soi. Il tira la couverture au-dessus de sa tête pour essayer de s'abstraire du monde. Peine perdue. Comme d'habitude, son cerveau commença, de manière sadique, à se repasser le film de la veille au soir. Non qu'il eût beaucoup de reproches à se faire, mais il avait le sentiment de s'être laissé aller et d'avoir trop bu. Jörgen avait été d'humeur dépensière et avait commandé verre sur verre de ces boissons ornées de petits parasols.

Une mauvaise odeur monta à ses narines. Il porta la main à sa bouche et sentit son haleine. Beurk.

Il repoussa la couverture, se leva du lit et se traîna jusqu'aux toilettes. Il urina, étala un peu de dentifrice sur sa brosse à dents et se regarda dans le miroir. La mousse avait un mauvais goût, cela lui faisait toujours ça quand il avait la gueule de bois.

David, qui venait de Scanie, l'avait dragué et Jörgen l'avait poussé à accepter ses avances. Peu importait, apparemment, que Calle se déclarât ouvertement peu intéressé.

« Il fait seulement semblant d'être indifférent. Croyez-moi, je l'ai connu toute ma vie. On est obligé de ruser, de faire le forcing pour le séduire. Allez, Calle. David a envie de toi. Ne te fais pas prier… »

Le téléphone sonna. Calle se rinça vite la bouche et se dirigea vers l'appareil. Le prénom *Jörgen* apparut à l'écran.

— Allô ? fit-il d'une voix pâteuse. T'es déjà réveillé ?

— Bof, dit Jörgen, c'est pas la grande forme. On s'est fait jeter dehors, hier soir ?

— Ils trouvaient qu'on avait assez bu comme ça.

— Nous n'avons pas fait d'histoires, j'espère.

— *Nous*, non.

— Moi, oui, tu veux dire ?

— T'as essayé d'embrasser les vigiles.

— C'est vrai ?

— Tu ne t'en souviens pas ?

— Oh là là… Je me suis endormi dans le taxi. Le chauffeur m'a réveillé quand on est arrivés. Je ne savais plus qui j'étais. Ce n'est pas bien, il ne faut pas que je boive autant. C'est ta faute, Calle. C'est toi qui me tires vers le bas.

— Oui, c'est ça…

— Tu m'entraînes dans ces clubs homo underground. Mais maintenant je sais comment on drague dans ton milieu.

— Ça te fait une belle jambe…

Jörgen prit soudain un ton sérieux.

— Il était sympa, le type de Scanie.

— Absolument.

— Vous vous ressembliez beaucoup.

— Sur quel plan ? demanda Calle.

— Physiquement.

— Mais pas du tout !

— Même coiffure, même constitution physique. Vous feriez un joli couple, tout ce qu'il y a de convenable.

— Comment ça ?

— Comme Boule et Bill, ou Humle et Dumle[1]. Comme se sucer soi-même.

— Euh, ce n'est pas à l'ordre du jour, dit Calle.

— Je ne comprends pas pourquoi tu fais toujours le difficile. Tu te comportes comme un vrai ado. Dès qu'un homme s'intéresse à toi, il perd toute valeur à tes yeux. Le type était médecin !

— Je sais, merci. Il s'est empressé de le préciser.

— Qu'est-ce que tu veux dire ?

— C'est la profession qui compte les gens les plus vaniteux. Définition d'une nanoseconde : le temps avant qu'un médecin annonce qu'il est médecin.

Jörgen soupira.

— Là, tu es méchant. C'est moi qui lui ai demandé ce qu'il faisait comme métier. Il m'a répondu qu'il travaillait à Sös[2]. Je lui ai alors demandé ce qu'il y faisait. Il a répondu qu'il était aux urgences. J'ai demandé s'il était infirmier et il a répondu « médecin ». J'ai vraiment dû lui tirer les vers du nez.

— Bon, d'accord.

— C'était un type bien, Calle.

— C'est possible, mais je ne suis pas intéressé.

---

1. Deux personnages du premier programme télévisé suédois pour enfants, en 1958, qui adoraient la nourriture.

2. Diminutif pour Södersjukhuset, le plus grand hôpital de Stockholm, dans le quartier de Södermalm.

— Mais pourquoi ?

— C'est comme ça, un point c'est tout.

— Bon, je ne veux pas me disputer avec toi.

— Tant mieux.

— Je dis juste que…

— Non, Jörgen.

— Bon, d'accord.

Il y eut un silence de quelques secondes.

— Je t'appelais juste pour savoir si tout allait bien. Je me suis bien amusé hier soir.

— Merci pour les cocktails. Ça a dû te coûter une fortune.

— Pas de problèmes. J'ai les moyens. Bon, prends soin de toi et on se rappelle bientôt.

— OK, salut.

Calle reposa le téléphone et retourna dans la salle de bains. Il ouvrit le robinet et vérifia la température de l'eau avec la main avant de se mettre sous le pommeau de la douche. Il cligna des yeux sous le jet et la fin de la soirée lui revint en mémoire.

David et lui avaient mis Jörgen dans un taxi. Quand les phares rouges se furent éloignés dans la nuit, David l'avait embrassé. Calle ne s'y attendait pas et n'avait pas eu le temps de protester.

« J'habite au coin de la rue, avait chuchoté David.

— Merci, c'est gentil, mais je vais rentrer. J'aime bien me réveiller dans mon lit.

— C'est toi qui vois. »

David avait eu un sourire un peu méprisant. Comme si Calle avait peur de la vie. Le genre d'analyse psychologique à deux balles que Calle détestait.

L'imbécile.

26

Le bureau était situé dans un quartier fréquenté du centre de Copenhague et ils mirent du temps à trouver une place pour se garer. Gerdin avait appelé en chemin pour prévenir de leur arrivée. Un secrétaire avait noté leurs noms et ajouté qu'ils seraient les bienvenus. Sara Vallgren se trouvait dans son bureau et serait heureuse d'aider la police si elle le pouvait.

Ils furent introduits dans un bureau aux vitres en verre cathédrale martelé, où un secrétaire les pria de prendre un siège et leur demanda s'ils souhaitaient boire quelque chose. Cinq minutes plus tard, la porte s'ouvrait et Sara Vallgren entra en souriant et se présenta.

— Je vous prie de m'excuser de vous avoir fait attendre. J'avais une conversation qui s'est un peu prolongée. Si vous voulez bien me suivre dans mon bureau…

Elle leur tint la porte, leur fit un signe de tête quand ils passèrent devant elle, puis se tourna vers son secrétaire et le pria de ne pas lui transmettre d'appels. Cette mise en scène était censée donner une impression de professionnalisme.

— Prenez place, dit Sara en indiquant avec le bras les deux chaises pour visiteurs tandis qu'elle s'asseyait de l'autre côté du bureau. Bon, je vous écoute. En quoi puis-je intéresser la police suédoise ?

— Oui, cela doit vous paraître étrange, dit Karlsson.

Sara sourit.

— En effet.

Elle savait jouer la surprise, mais sans chercher à dissimuler que c'était un jeu.

— Nous enquêtons sur le meurtre de Mona Björklund, déclara Karlsson.

Sara fit semblant de réfléchir et secoua la tête.

— Ce nom ne me dit rien.

— C'était la compagne de Conny Bladh.

— Ça, ça me dit vaguement quelque chose, mais quoi ?

— Nous avons des renseignements selon lesquels Connie travaillait pour vous. Lui et Henk Utrecht.

— Henk, je le connais. Mais je ne crois pas avoir rencontré Conny. Vous voulez dire que sa compagne est morte ? Assassinée, dites-vous ?

— Quand avez-vous parlé avec Henk pour la dernière fois ?

Sara se pencha au-dessus du bureau.

— Excusez-moi, mais je ne vous suis pas très bien. Je reviens de quelques jours de vacances. Qu'est-ce que Henk a à voir là-dedans ? Est-ce qu'il est soupçonné ?

— Henk Utrecht a été retrouvé mort sur une aire d'autoroute, non loin de Jonköping.

— Pardon ?

— Vous avez entendu.

Sara regarda tour à tour les deux policiers.

— Mort ? Comment ça ?
— Une balle dans la bouche.
Sara se redressa et les regarda, interloquée.
— C'est affreux, finit-elle par dire. Ça s'est passé quand ?
— Dimanche dernier, selon le rapport préliminaire.
— C'est vrai ? Et Conny ?
— Que voulez-vous dire ?
— Lui aussi est mort ?
— Nous n'avons pas encore réussi à le retrouver.
Sara se pencha vers eux.
— Vous croyez que c'est lui ? chuchota-t-elle.
Gerdin sortit un document de sa serviette et le lui tendit.
— Est-ce que cela vous dit quelque chose ?
Sara regarda les chiffres écrits sur le papier, sans avoir l'air de comprendre.
— C'est un numéro de téléphone ?
— Exactement. Vous ne le reconnaissez pas ?
Elle secoua lentement la tête.
— Non, pas vraiment. J'écris toujours les numéros avec le nom de la personne, alors les chiffres tout seuls ne me disent rien. Vous voulez que je vérifie ?
— Ce serait gentil.
Sara ouvrit son tiroir et sortit un téléphone. Elle l'alluma et sourit pendant qu'il se mettait en route.
— Voyons voir… dit-elle en tapant les numéros inscrits sur le papier.
D'un air triomphant, elle leur montra l'écran :
— Non, il n'y a aucun nom qui apparaît. Je ne connais donc pas cette personne.
Gerdin hocha la tête.

— Vous gardez toujours votre téléphone éteint dans un tiroir ?

Sara le regarda, très calme.

— Ça m'arrive, dit-elle. Pourquoi ?

— Non, c'était juste comme ça, répondit Gerdin. Quelques jours de vacances, disiez-vous. Où êtes-vous allée ?

— En Suède. Dans votre pays.

— Seule ?

— Non, en compagnie d'un homme.

— Un homme ?

— Mattias Svensson. Nous travaillons ensemble.

— Ah, dit Gerdin. Alors c'était davantage un voyage professionnel ?

— Non, je ne dirais pas ça. Mattias et moi, nous sommes ensemble.

— Vous êtes un couple ?

— Je ne vois pas en quoi cela intéresse les forces de l'ordre suédoises, mais oui, de temps en temps.

— Alors c'était une petite virée en amoureux ?

— Nous avons fait un tour dans le sud de la Suède. Nous avons, entre autres, rendu visite à la mère de Mattias, à Höganäs.

— Bien sûr… dit Gerdin.

— Bien sûr… dit Sara Vallgren.

— Vous êtes restés ensemble tout le temps ?

— Plus ou moins. Pourquoi ?

Gerdin haussa les épaules.

— Pour savoir. Vous êtes allée à Bjuv ?

— Bjuv ? Je ne sais même pas où ça se trouve. Comment voulez-vous que je m'en souvienne ? On a roulé un peu au hasard. On est aussi descendus à l'hôtel. Pourquoi ces questions ?

— On est seulement curieux, dit Gerdin.

Ils s'observèrent un moment jusqu'à ce que Karlsson rompe le silence.

— On vous a dit que Henk a été retrouvé, un peu à l'écart, sur une aire d'autoroute ?

— Oui, vous me l'avez dit.

— Pourtant il n'y avait aucune voiture à proximité. Il n'avait pas non plus de téléphone portable sur lui.

— Ça sonne bizarre, reconnut Sara, pour ne pas dire mystérieux. Mais je ne vois pas ce que je viens faire là-dedans. Si le collègue et la compagne de Conny ont été retrouvés morts, est-ce qu'il ne vaudrait pas mieux parler avec Conny ?

— C'est probable, dit Gerdin.

Le silence se fit. Sara ouvrit les mains, un sourire aux lèvres, l'air interrogateur.

— Ce sera tout ?

Karlsson et Gerdin se levèrent.

— Pour le moment, répondit Gerdin. Quelque chose me dit que nous serons amenés à nous revoir. Pour l'heure, nous vous laissons à votre chagrin.

— Merci, c'est gentil à vous.

27

La rédactrice en chef voulait qu'Anders Malmberg laisse parler son cœur, tandis que son père lui recommandait de ne pas se mettre les gens à dos.

« Tu le paieras toujours, un jour ou l'autre », disait-il.

Ce qui en soi était vrai, mais le problème avec son père, c'est qu'il ne comprenait pas ce que ça impliquait, de divertir les autres. Comment ne pas blesser certains si on voulait faire rire le plus grand nombre ? Il n'avait pas le choix. Quelle personnalité publique ne risquait pas un jour d'être tournée en ridicule ? Qu'on puisse rire de ses dirigeants, c'était même la définition d'une société en bonne santé.

Anders savait que son père était animé des meilleures intentions et il était parfaitement conscient de franchir parfois la ligne jaune. Mais son côté transgressif, si on pouvait utiliser ce terme, lui avait permis de toucher un large public et de se faire un nom.

À quoi bon se montrer intelligent et modéré dans ses propos quand on a un mégaphone dans les mains ? Anders aurait pu citer plusieurs confrères doués qui avaient pris peur et s'étaient mis à déprimer quand ils avaient été promus et qu'on leur avait laissé une plus grande latitude.

Non, il allait continuer comme avant. Il ne serait pas méchant gratuitement, mais il n'hésiterait pas à dire ce qu'il pensait et défendrait son point de vue. Avec honnêteté et sincérité. Tout en gardant une certaine distance.

Les bonnes intentions étaient une chose, trouver un bon sujet en était une autre, et si Anders n'avait pas rapidement une idée, sa carrière de chroniqueur serait terminée avant même d'avoir commencé.

Il alla chez le marchand de journaux dans la Götgatan, parcourut lentement les couvertures des magazines suédois et anglais, en quête d'inspiration. Il y avait une foule de revues de yachting, de beauté, de mode, de langues, d'informatique, de téléphonie, de tatouages, de bricolage et d'autres loisirs dont l'intérêt lui échappait. Il y en avait vraiment pour tous les goûts et il passa vite devant les revues porno. Les gens commençaient malgré tout à le reconnaître en ville.

Un jeune vendeur installait des magazines pour la famille sur un présentoir.

— Je peux vous aider ? demanda-t-il.

— Euh, non, je jette seulement un coup d'œil, dit Anders, gêné, en reculant.

Comme la plupart des gens, il aimait feuilleter les magazines mais n'en achetait pas souvent. Son regard s'arrêta sur la revue que venait d'installer le vendeur. Un hebdomadaire qui promettait de vous rendre incollable sur les légumes de l'été, plus un dossier spécial barbecue. En marge apparaissait la photo d'une femme d'un certain âge qui regardait la mer. *Margit, de Höganäs, a perdu son fils de 13 ans : « Le chagrin ne fait que grandir... »*

Anders prit le magazine sur le présentoir et l'ouvrit à la page du reportage. C'était bien lui, c'était Kent. Le cœur d'Anders s'affola, il fut aussitôt transporté dans le temps et l'espace, se sentit mal. Il cligna plusieurs fois des yeux avant de se tourner vers le vendeur.

— Je prendrai ça, déclara-t-il comme si c'était une des décisions les plus importantes de sa vie.

— Je vous demande une seconde, répondit le jeune homme en finissant sa mise en place.

Ensuite il prit le magazine que lui tendait Anders et alla à la caisse pour lire le code.

— Trente couronnes, s'il vous plaît. Un reçu ?

— Non. Ou si, finalement.

Anders emporta la revue et alla s'installer au Wayne's, où il commanda un caffè latte tout en parcourant l'article. La jolie serveuse savait qui il était, ça se voyait à sa façon de le regarder. Elle sourit en découvrant ce qu'il était en train de lire. Son sourire avait une pointe d'indulgence, ce qui fit qu'Anders se sentit vieux, tout à coup. Cette fille derrière son comptoir, qui avait vingt-cinq ans à tout casser, trouvait apparemment qu'il avait des lectures de personne âgée.

— C'est du grand n'importe quoi, déclara-t-il en montrant la revue.

La jeune beauté ne comprenait pas.

— Cet article-là... C'était un type de ma classe, un vrai connard.

La fille comprenait encore moins et le regardait à présent comme si, en plus d'être un vieux croulant, il était carrément cinglé.

— Il est mort, dit Anders, et maintenant on a droit à un article pour faire pleurer dans les chaumières… Oh, c'est trop compliqué à expliquer.

La fille posa le café et encaissa. Elle ne paraissait pas du tout impressionnée, même si elle savait qui était Anders. Déçu, il prit son café et alla s'asseoir près de la fenêtre. Il sortit son ordinateur portable, commença aussitôt à écrire.

Dire du mal des morts

On dit que les Danois et les Finlandais se moquent de nous autres Suédois parce que nos vaches changent de sexe après leur mort pour devenir des filets de bœuf. Mais dans notre pays il n'y a pas que les animaux qui se transforment, les hommes aussi connaissent une métamorphose. Bien qu'alors ce ne soit pas le sexe mais la personnalité qui change…

Cela lui prit dix minutes pour écrire un premier jet, puis un quart d'heure – et tout son café presque froid – pour le peaufiner. Il relut son texte dans le métro en rentrant chez lui et une troisième fois dans la soirée avant d'envoyer sa chronique. Il n'y avait rien à ajouter. Son texte était personnel et fort : il y allait cash. Il pensa un instant à le transmettre à son père, se ravisa. Son paternel pousserait des cris d'orfraie, et Anders était assez grand pour prendre ses décisions tout seul.

28

— Bon, qu'est-ce qu'on a ? dit Karlsson.

Gerdin soupira.

— Concrètement ? Rien.

— Tous les voisins ont été interrogés ?

— Oui.

— Et qu'en pensent les agents de la police scientifique ?

— Pas grand-chose non plus. Des traces de poudre sur la joue de Mona. Du genre qui provient de gants en plastique.

— Est-ce qu'on peut espérer des empreintes digitales ?

— Non.

— Les caméras de surveillance ?

— Nous parlons de Bjuv, pas du centre de Londres. Mais nous avons une vidéo montrant Sara Vallgren et Mattias Svensson sur le pont entre le Danemark et la Suède. À l'aller et au retour.

— Les horaires correspondent ?

— Au petit poil.

Karlsson hocha la tête.

— Et toujours aucune trace de Conny ?

— Non, malheureusement. Cela étant, à en croire ses amis, il n'est pas du genre violent. Un type infidèle, client notoire de prostituées, mais pas un meurtrier.

— Alors tu penses qu'il s'est mis au vert, en attendant que ça calme ? dit Karlsson en étouffant un rot.

Gerdin acquiesça.

— Henk a appelé sa sœur depuis un restaurant à Brahehus. Nous le savons grâce aux caméras de surveillance et aux témoignages du personnel.

— Comment le personnel peut-il se rappeler tel ou tel client ? Ils voient défiler des milliers de personnes par jour.

— Oui, mais il n'y a pas beaucoup de gens qui restent cinq heures sur place. De plus, il avait l'air très nerveux.

— D'accord.

— Quand nous avons comparé la liste d'appels de Mona et celle de Henk, nous avons trouvé un numéro de carte prépayée qui, selon toute probabilité, a dû appartenir à Conny. Grâce à la géolocalisation, nous avons pu établir que Henk et lui sont partis de Stockholm pour aller à Brahehus dimanche dernier. Après Brahehus, le téléphone de Henk a été éteint. Ce qui donne le scénario suivant : Henk et Conny quittent Stockholm et roulent en direction du sud, avec sans doute de l'argent dans leurs bagages. Ils s'arrêtent à Brahehus, pour casser la croûte. Ensuite, soit ils se sont disputés, soit Conny a pris l'argent et s'est tiré. Quoi qu'il en soit, Henk a paniqué, il a téléphoné à sa sœur qui n'a pas répondu, puis a composé un numéro au Danemark…

— Sara ?

Gerdin haussa les épaules.

— Peu après, Mattias et elle se rendent en Suède.

— Et ?

— Hypothèse : tous deux vont à Brahehus récupérer Henk. Ils le conduisent à une aire d'autoroute, où on lui donne la possibilité de payer sa dette en se suicidant.

— Mais pour quoi faire, bordel ? s'écria Karlsson.

— Pour l'exemple.

— Ah, je n'ai jamais rien entendu de plus idiot.

Gerdin fit un geste de protestation pour obtenir le droit de conclure son argumentation.

— Ensuite, Sara et Mattias vont à Höganäs et rendent visite à la maman de Mattias pour se procurer un alibi. Le lendemain, ils continuent leur virée à Bjuv…

Karlsson leva la main.

— J'ai une question.

— Oui ?

— S'ils soupçonnent Conny d'avoir filé avec leur fric, ils auraient dû se rendre directement à Bjuv. Il y a plus de vingt-quatre heures entre les deux décès.

— Ils ignoraient peut-être qui était la compagne de Conny… hasarda Gerdin.

Karlsson soupira.

— Tu vas vraiment chercher midi à quatorze heures. Mona a été retrouvée morte chez elle. Son compagnon est porté disparu. *End of the story*, si tu veux mon avis. Quant à ce qui est arrivé à Henk

Utrecht, je m'en lave les mains. C'est à la police de Jonköping d'éclaircir ça, pas à nous. Mais j'apprécie ton imagination, qui ne manque pas de charme, si je peux me permettre…

29

Calle sortit. Il faisait trop beau pour rester enfermé. Une fois dehors, il marqua un temps d'arrêt, ne sachant trop où aller. Il fut un temps où il n'aurait eu que l'embarras du choix, mais cette fois-ci, il se sentait quelque peu désemparé.

Il se dirigea d'abord vers la bibliothèque. Ses pas l'entraînaient toujours là durant l'hiver. Il lisait les revues qu'il aimait feuilleter mais se refusait à acheter dans les kiosques, ou bien il s'installait dans une des salles de lecture et travaillait. C'était parfois plus facile de se concentrer au milieu d'inconnus que seul dans sa cuisine.

Le soleil chauffait. Cette sensation était indescriptible. Il ne pouvait quand même pas aller à la bibliothèque par un temps pareil ! Il continua donc son chemin vers la Handelshögskolan[1]. Des jeunes gens se penchaient les uns vers les autres devant l'établissement, certains se tenaient la main, riaient.

Calle se rappela la phrase de Jörgen : « Dès qu'un homme s'intéresse à toi, il perd toute valeur à tes yeux. »

1. L'École de commerce de Stockholm.

Était-ce vraiment le cas ? Mais alors…

Il regarda autour de lui dans l'espoir de se changer les idées, il fallait qu'il occupe son esprit à autre chose. Beaucoup de gens portaient des lunettes de soleil, presque tous en réalité. Et des grandes marques pour la plupart, ce détail avait visiblement son importance. Dire que des personnes dépensaient des milliers de couronnes pour enjoliver la monture qu'ils portaient… La plupart d'entre eux n'étaient pas originaires de Stockholm, ça se voyait, ils habitaient seulement la capitale, nuance ! En vérité, ils venaient de régions plus au nord ou de la Scanie.

Et il repensa à l'autre, là. Le médecin de Scanie…

Calle continua sur la Sveavägen et tourna à droite dans la Kungsgatan en direction de la place Stureplan. Il avait allongé le pas, car un vague plan avait germé dans son esprit. Il allait faire une vraie promenade et se balader dans Djurgården, s'il en avait le courage. Peut-être trouverait-il un petit café avec terrasse sur le chemin du retour pour boire quelque chose au soleil ?

Les cinémas de la Kungsgatan semblaient aussi abandonnés que les cours d'école. Il faut dire que ce n'était pas la saison pour les premières. Il jeta un coup d'œil au film qui passait, quelque chose avec Richard Gere…

Mais il était poursuivi par ce foutu type de Scanie ou quoi ?!

Calle traversa la rue pour prendre ses distances. Il n'allait pas se laisser gouverner par les éventuels projets que l'univers avait pour lui.

Il s'arrêta et contempla malgré lui son reflet dans une vitrine. Jörgen avait dit qu'ils se ressemblaient, l'homme de Scanie et lui. De quelle manière ? Il était quand même plus beau que l'autre, comment il s'appelait déjà ? Il ne s'en souvenait pas. Ce qui prouvait bien qu'il n'en avait rien à faire. Oui, rien à cirer.

David. Ça lui revenait.

Pour ce que ça changeait…

Calle descendit la Strandvägen, plissant les yeux à cause du soleil qui baignait le quartier de Södermalm. Le quai était bondé de promeneurs. Des couples de retraités élégants, de jeunes amoureux, des familles avec enfants.

Personne ou presque ne se promenait seul, sinon quelques demi-vedettes du petit écran, mais celles-ci étaient, comme chacun sait, invivables. Encore pires que les écrivains. Des monstres d'autosatisfaction, la plupart du temps alcoolisés. Il n'y avait qu'une seule profession qu'il abhorrait encore plus : les médecins. Toujours si prétentieux et imbus d'eux-mêmes, entourés de leur petite cour qui ne faisait que les conforter dans leur suffisance.

La sonnerie de son portable vint interrompre ses réflexions. Calle regarda l'écran et ne reconnut pas le numéro, ce qui pouvait signifier seulement une chose : cet entêté de médecin avait mal interprété le baiser qu'il lui avait volé. S'il ne remettait pas les pendules à l'heure immédiatement, il aurait l'autre à ses basques un bon bout de temps.

— Oui ? répondit Calle en bougonnant.

— Calle ? dit une voix de femme. C'est Anna. Anna Stenberg, du magazine *Familles*.

— Ah, bonjour, répliqua Calle sur un ton plus gai.

— Je te dérange ?

— Non, pas du tout. Je croyais que c'était quelqu'un d'autre.

— Je comprends. Je suis désolée de t'appeler comme ça un dimanche…

— Ce n'est pas grave.

— … mais j'ai le journal du soir entre les mains et, oui, je crois qu'il écrit sur toi.

— Qui ça ?

— Anders Malmberg. Une chronique en dernière page. Mais je te préviens, il n'y va pas avec le dos de la cuiller…

30

Åsa Malmberg accrocha son manteau à la patère, échangea quelques phrases de politesse avec une collègue et entra dans son bureau. Elle posa son sac à main sur la table, s'assit, réveilla l'ordinateur en veille.

— Advienne que pourra, murmura-t-elle.

Ce proverbe l'avait accompagnée une grande partie de sa vie d'adulte, une formule rabâchée que, par superstition, elle continuait d'employer.

Elle entama la journée par une longue lettre pleine d'empathie. Un non, bien sûr, mais un non positif qui se voulait encourageant, presque un oui, en somme. La jeune femme qui avait écrit le manuscrit serait forcément publiée, tôt ou tard. Mais ce qu'elle avait envoyé là n'était pas assez abouti. Il restait à espérer que la femme vulnérable – la plupart des personnes qui écrivent ont les nerfs malades – ne prendrait pas mal la nouvelle.

Ensuite, elle appela le journaliste pour lui dire à peu près la même chose. Cet homme s'était jeté sur Åsa lors d'un déjeuner, ce qui constituait plutôt la règle que l'exception. Åsa ne pouvait jamais rester tranquillement assise quelque part sans que quelqu'un l'aborde en prétendant avoir une vocation et, comme par hasard, tente de lui placer un texte qui, à l'en croire, dormait dans un tiroir à la maison…

Bref, elle était experte pour envoyer balader quelqu'un en y mettant les formes.

Le journaliste ne s'occupait pas des livres, normalement, bien sûr que non, mais il se trouvait qu'il avait pas mal écrit à côté. Des pages qui, pour une raison ou une autre, n'avaient pas été acceptées ou publiées.

— Bon, j'ai fini de lire, annonça Åsa après s'être rapidement présentée. Et il y a beaucoup de bonnes choses, indéniablement.

Elle préférait appeler, ce qui lui épargnait de laisser des traces écrites de ses jugements mensongers. Mais il s'agissait de savoir mesure garder et de ne pas faire trop de compliments non plus. Si elle manifestait trop d'intérêt, le journaliste pourrait lui proposer de retravailler son texte, ce qui du coup l'obligerait à relire ces platitudes plusieurs fois.

— Le problème, c'est que nous avons plusieurs livres de ce genre en cours de fabrication. Je veux dire, qui traitent du même thème.

Elle écouta, les yeux fermés, une longue tirade concernant les objections qu'elle venait de formuler et proposant des solutions alternatives. Ce journaliste lui faisait de la peine. En parcourant son texte inepte, elle avait envisagé un court instant de lui dire les choses crûment : son amour de l'écriture, malgré sa profession, n'était pas payé de retour et il n'avait clairement pas la moindre once de talent.

— Non, non, mentit Åsa, ce n'est vraiment pas mauvais, pas du tout.

En un sens, elle disait la vérité : ce n'était pas mauvais… C'était minable.

— Vous savez manier la plume, continua-t-elle, sentant presque son nez grandir comme celui de Pinocchio. Vous devriez essayer dans une autre direction…

Ce qui au fond était carrément méchant, puisque cela ouvrait le champ à des mois de faux espoirs.

— Nous devons malheureusement dire non pour cette fois-ci.

(*Ne te méprends pas, j'essaie seulement de ne pas t'enfoncer.*)

— En tout cas merci de m'avoir fait lire votre texte.

(*Et veille bien à m'épargner la suite.*)

Elle termina sa conversation, raccrocha. Åsa avait refusé des milliers d'histoires impubliables, dans lesquelles leurs auteurs se répandaient en fadaises aux allures de confession. Presque toujours, il s'agissait d'hommes jeunes qui racontaient leur adolescence difficile. Ce n'était pas tant l'écriture qui attirait ces hommes, mais la célébrité et le statut d'écrivain. Les écrivains étaient un triste ramassis de gens bourrés d'espoir, et le pire qui pût leur arriver était précisément que leurs rêves se réalisent. Dans le meilleur des cas, ils obtenaient une poignée de critiques aimables, peut-être des interviews, voire quelques minutes dans un canapé de télévision ; mais ces miettes étaient tellement dispersées dans le temps que leur heure de gloire était déjà passée au moment où ils avaient enfin l'impression d'avoir atteint la notoriété. Quand les médias se détournaient d'eux, ils découvraient pour de bon ce qu'étaient le désespoir et l'amertume. Et plus ils avaient été sous les feux des projecteurs, plus dure était la chute.

Quatre-vingt-dix pour cent des hommes qui encombraient l'accueil de la maison d'édition située dans la Sveavägen faisaient partie de cette catégorie d'aigris. Ils faisaient le pied de grue dans l'espoir de voir leurs éditeurs les emmener dans un bon restaurant, les caresser dans le sens du poil et leur parler potins. Ces derniers éviteraient de mentionner les nouvelles coqueluches du monde des lettres ainsi que les chiffres de vente, tandis que les écrivains se lamenteraient sur le manque d'intérêt pour la Grande Littérature. Comme des disques rayés répétant à l'infini le complexe de Strindberg.

C'était toujours comme ça au mois d'août. Åsa n'aurait su compter le nombre de générations d'auteurs qui ne s'étaient jamais remis de Strindberg, l'écrivain national par excellence.

Son portable sonna et elle le sortit de son sac. Le nom de Bengt s'affichait sur l'écran.

— Oui ?

— Tu as vu ce qu'il a écrit ?

La voix était indignée. Les méchancetés qu'écrivait leur fils étaient devenues leur sujet de conversation numéro un.

— Non, qu'est-ce qu'il a encore fait ? dit Åsa en se tournant vers son ordinateur.

— Lis, tu verras.

Elle se rendit sur le site du journal et trouva la chronique de son fils, « Dire du mal des morts ». Elle parcourut l'article, avec une sensation d'oppression de plus en plus prononcée.

— Je te rappelle, dit-elle sans quitter le texte des yeux.

31

Ce serait son jour de gloire. Le dernier numéro de *Familles* l'attendait sur le sol de l'entrée quand Margit était rentrée du travail, le vendredi. Sa photo était en couverture. Une belle photo, d'ailleurs. Margit était sûre que Katta avait vu la revue durant le week-end et elle savait déjà que sa collègue ferait comme si de rien n'était. Margit ne la laisserait pas s'en tirer à si bon compte. Elle avait acheté deux exemplaires en plus, chez des marchands de journaux différents, pour ne pas attirer l'attention, et elle avait bien l'intention d'en donner un à sa collègue de travail.

Margit cacha le magazine dans son sac à main et lui dit bonjour comme d'habitude quand elles se virent, le lundi matin. Elle attendit la pause-café de la matinée, et qu'elles aient chacune bu une gorgée, pour passer à l'attaque :

— Ah, au fait, j'ai reçu la revue, vendredi.

Katta la regarda et fit mine de ne pas comprendre.

— Avec l'interview, précisa Margit en sortant le magazine de son sac et en le lui tendant. Je pensais que t'aurais peut-être envie de le lire.

— Ah, merci.

Katta eut un sourire pincé.

— C'est tout au début, ajouta Margit.

Katta regarda la couverture et hocha la tête.

— C'est bien.

— Tu n'as qu'à le garder. J'en ai d'autres exemplaires. Ils nous en donnent quand il y a un article sur nous.

— Merci. Je le lirai quand je serai chez moi.

— Oui, tu verras.

Katta poussa de côté la revue, but une autre gorgée de café et détourna les yeux. Bon, c'était couru d'avance, Margit le savait. Katta lirait l'article à la loupe, relèverait chaque mot, chaque tournure, dans l'espoir de trouver quelque chose à redire. Et comme elle ne trouverait rien à critiquer, elle ne commenterait jamais l'article.

Margit la tenait, sa revanche. C'est pourquoi elle fut si étonnée quand, dans l'après-midi, lors de leur dernière pause-café, elle découvrit une Katta rayonnante.

— Tu as lu l'article ? lui demanda sa collègue.

— Évidemment, répondit Margit. Je l'ai lu avant qu'il soit imprimé.

À dire vrai, elle avait même lu la version imprimée plusieurs fois sans trouver la moindre chose à y redire.

— Je ne te parle pas de celui-ci, dit Katta en agitant devant elle le journal du soir. Mais de celui-là.

Margit ne comprenait pas.

— Anders Malmberg, le camarade de classe de Kent dont tu m'as parlé. Eh bien, il écrit sur toi.

Margit ne comprenait toujours pas mais l'inquiétude la gagna. Ce qui rendait Katta joyeuse avait, en règle générale, l'effet contraire sur elle.

— Tiens, lis.

Margit prit le journal à contrecœur. Rien que le titre de la rubrique l'inquiéta : « Dire du mal des morts ». Elle parcourut rapidement les premières lignes et tout son monde s'effondra, s'écroula comme un château de cartes.

32

Calle ne fut pas surpris outre mesure. Il avait vaguement espéré que Margit ne verrait pas la chronique incendiaire d'Anders Malmberg, sans se faire trop d'illusions. Les horreurs finissent toujours par ressortir, car on n'a jamais assez de mauvaises nouvelles. Il savait qu'il ne pourrait éluder cette conversation. Tôt ou tard, il serait obligé de s'expliquer, alors autant faire ça aujourd'hui et passer à autre chose.

Il décrocha au milieu de la deuxième sonnerie.

— Vous avez vu ce qu'il a écrit ?

La voix de Margit était plus haineuse que chagrinée.

— Oui, c'est assez affreux, reconnut Calle, compatissant. Je ne sais pas quoi dire, si ce n'est que ça retombera sur lui.

— Vous m'aviez écrit l'autre fois qu'il me passait le bonjour. Honnêtement, je ne sais pas qui c'est.

— C'étaient ses parents que j'avais rencontrés.

— Et vous deviez me transmettre son bonjour ?

— Enfin, pas directement. Mais quand j'ai compris que Kent et Anders étaient allés dans la même classe, j'ai pensé que…

— Vous avez pensé quoi ? Comment peut-on écrire

des choses pareilles ? Comment saviez-vous qu'ils étaient dans la même classe ?

— C'est leur professeur qui me l'a dit.

— Qui ça ?

— Selma Sellin.

— Je ne sais pas qui c'est.

— Elle était leur professeur principal. Je l'ai appelée pour savoir si elle pouvait me parler un peu de Kent…

— Vous avez téléphoné à un prof ? Sans me demander ? Pourquoi ? Vous aviez parlé avec Mattias et moi…

— Je fais toujours comme ça, pour avoir plusieurs points de vue. Ce professeur a mentionné Anders et il se trouve que je venais de rencontrer ses parents, la semaine précédente, par le biais d'un ami commun. Ce qu'il a écrit, là…

— Ça devrait être interdit… ça devrait être interdit de parler comme ça d'un mort, un enfant, qui ne peut pas se défendre. Est-ce que vous comprenez ce que vous avez fait ? Est-ce que vous vous rendez compte à quel point il m'a blessée ? Et vous aussi ?

— Chère Margit, je n'ai rien à voir là-dedans. C'est à peine si je sais qui est cet Anders Malmberg, je ne l'ai jamais rencontré.

— Vous deviez me transmettre son bonjour, répéta Margit.

— Comment aurais-je pu savoir que Kent et Anders n'étaient pas amis ?

— Qu'est-ce qu'elle a dit, la prof ?

— Rien de particulier.

— Mais alors pourquoi vous avez parlé d'Anders ?

— Je ne sais pas, elle l'a mentionné. Parce qu'il était journaliste, je pense. Comme moi.

— Maintenant vous mentez. J'entends que vous mentez. Vous avez dit qu'il me transmettait son bonjour.

— C'était une façon de parler.

— Comment ça ?

— Chère Margit, c'est à moi qu'il s'en prend. Il écrit que mon texte n'est qu'un prêchi-prêcha hypocrite et mensonger.

— Je veux savoir ce que vous comptez faire.

— Faire ? répéta Calle. Malheureusement, il n'y a pas grand-chose que je puisse faire.

— Vous baissez les bras ? Ça ne vous gêne pas de vous faire insulter ? Et vous restez là sans rien faire…

— Voyons, chère Margit. Il ne mentionne même pas le nom de Kent. Il n'y a pas grand-chose qu'on puisse faire contre lui.

— Vous, peut-être pas.

— Margit… Allô ?

Elle avait raccroché.

33

Sara Vallgren avait compté dix-sept morts jusqu'ici et il restait encore une heure de film. La violence au cinéma n'avait aucun intérêt. Savoir que la majorité de ces hommes taiseux, qui occupaient tout l'écran avec leurs muscles saillants, se promenaient au quotidien avec un sac à main détruisait toute la magie. Ah, ce qu'une femme devait endurer pour rétablir la paix dans les ménages !

Cela faisait quatre ans que Matte était à ses côtés, mais elle n'envisageait aucun avenir avec lui. Et ses scrupules moraux étaient un nouvel aspect de lui, qui collait mal avec sa mission.

Sara le regarda en douce. La main qui plongeait dans le cornet de pop-corn. Remontait et plongeait encore. Les yeux écarquillés. Les mâchoires qui broyaient. Pas vraiment le signe d'un ADN de premier choix.

Il s'arrêta et sortit son portable, qui venait de vibrer dans sa poche poitrine. Il lut le nom sur l'écran, raccrocha et retourna à ses pop-corn.

Nouvel appel entrant, même procédure.

La troisième fois, il répondit en chuchotant :

— Je suis au ciné.

Le spectateur derrière lui soupira tout haut.

— Maman, je te rappellerai… tenta Matte.

L'homme derrière lui marmonna en substance que les Suédois étaient vraiment des imbéciles. Sara se dit que la scène dans la salle menaçait de se révéler bien plus intéressante que celle sur l'écran.

— Non, je ne l'ai pas vu. Tu pleures, maman ?

Le spectateur donna des coups de pied dans le dossier de Matte.

— Bordel, mais tu peux pas la fermer !

L'homme était excédé. À ses côtés se trouvait une belle femme qui paraissait sûre d'elle. Comme la silhouette du dos de Matte se distinguait parfaitement, même dans la pénombre de la salle, Sara supposa que ce spectateur devait apprécier un certain degré de violence. Sans doute qu'afficher une attitude agressive suffisait la plupart du temps…

Matte se retourna.

— Arrête ça, dit-il.

Le spectateur hésita un instant mais il était trop tard pour faire marche arrière. Il sortit une longue tirade sur ces débiles de Suédois en les comparant à des problèmes de chiottes et en donnant une chiquenaude sur la tête de Matte pour souligner ses propos.

— Maman, tu peux attendre une seconde ?

Matte tendit à Sara le téléphone et les pop-corn. Elle les prit et remarqua que presque plus personne dans la salle ne suivait l'action du film.

Le spectateur se leva avec le vain espoir d'impressionner Matte. N'obtenant pas l'effet escompté, il n'eut d'autre choix que de frapper le premier. Matte esquiva le coup, saisit l'homme par le bras droit et envoya le tout valdinguer par-dessus la rangée de fauteuils. Il l'enjamba, attrapa son adversaire par les cheveux et cogna par deux fois son visage contre l'accoudoir avant de le soulever au-dessus de sa tête et de l'expédier deux rangées plus loin.

Matte se rassit. Sara lui rendit son portable.

— Recommence depuis le début, maman. Et parle calmement, pour que j'entende ce que tu dis.

La petite amie du spectateur rassembla ses affaires et quitta la salle. Sara plongea la main dans le cornet, y prit une poignée de pop-corn.

34

Presque toutes les décisions que Conny Bladh avait prises durant sa courte vie avaient été impulsives, à court terme et idiotes. En d'autres termes, mauvaises. Mais à quoi bon changer puisque tout serait bientôt terminé ? Quand il repensait à sa vie, il ne voyait qu'une succession d'échecs. Il n'avait rien accompli. Des babioles à droite et à gauche, des situations tendues et des moments forts, la plupart oubliés la seconde d'après.

Il ne laisserait rien derrière lui, pas même une compagne en deuil. Mona avait tout fait pour lui, elle l'avait attendu fidèlement malgré ses incartades, elle avait toujours été là. Son seul refuge. Mona était parfaite dans ce rôle.

Mais ce n'était pas pour l'épargner qu'il avait pris le large. Ce n'était pas pour lui épargner de le voir fondre et se ratatiner qu'il avait pris l'argent et quitté le pays. Il avait la ferme intention de se soûler et de baiser et de se permettre tout ce qui était humainement possible avant que les douleurs deviennent trop insupportables. Alors il irait dans un hôtel, accrocherait l'écriteau *Ne pas déranger* sur la porte et mettrait un terme à sa vie de la manière la plus adéquate qui soit. Un seul mot, *Pardon*, peut-être. Ou rien du tout. Il pourrait aussi se débarrasser de ses papiers d'identité pour donner un peu de grain à moudre aux autorités. Ce n'était pas une mauvaise idée. Au fond, c'était encore ce qu'il savait le mieux faire. Il ne demandait pas qu'on l'applaudisse, mais il fallait bien qu'il y ait aussi des gens comme lui dans la société. Sans lui, le monde était plus difficile à comprendre.

Mourir d'une balle, c'était ça qui l'attendait. Le père de Conny avait fondu, à la fin. En l'espace de deux ans, la montagne de muscles qu'on craignait était devenue rachitique, pitoyable. Pas question de suivre son exemple. La maladie devait se vivre en secret.

Son premier arrêt avait été le Reeperbahn[1]. Conny y était venu une première fois adolescent, et il fut déçu en revoyant le quartier. C'était devenu une attraction touristique. Il en vint même à se demander si les putes n'étaient pas des actrices payées par la ville. Il préféra monter dans un taxi pour rejoindre un bordel un peu à l'écart. La femme se lava le sexe avec une serviette mouillée avant de s'enduire de lubrifiant. Dès qu'il la pénétra, elle poussa des gémissements peu crédibles. Pourtant ça lui faisait de l'effet. Conny donna des coups de butoir plus agressifs, jusqu'à l'éjaculation. À cet instant précis, il fut convaincu de son immortalité. La seconde suivante, il se sentit submergé par le vide.

Quand ils se séparèrent, Conny se demanda finalement si sa tournée d'adieu était une si bonne idée. Encore qu'il n'avait pas tant d'options que ça. Plus

1. La rue principale du quartier chaud de Hambourg.

maintenant en tout cas, après avoir piqué le fric de la Danoise. Il se demanda ce que Henk en pensait. Quand il apprendrait la mort de Conny, il comprendrait. Il verrait alors tout sous un autre jour.

Conny descendit dans un hôtel voisin, mais les douleurs dans le ventre l'obligèrent à passer la moitié de la nuit aux toilettes. Les pilules que lui avait données son médecin le soulageaient, mais le fatiguaient aussi terriblement.

Le lendemain, il se sentit mieux et réussit sans trop de difficulté à rallier Cologne, où il but bière sur bière et rencontra une autre femme, une qui lui sourit d'elle-même et qui resta dans son lit tandis qu'il reprenait son souffle. Il eut presque envie de lui demander si elle ne voulait pas l'accompagner en Espagne. Ils pourraient boire de la sangria au soleil et baiser l'après-midi dans une chambre d'hôtel fraîche avant de sortir manger des tapas. Mais elle se leva du lit et Conny vit que son corps était moche et empâté. Il trouverait de plus belles gonzesses sur sa route. Pourquoi d'ailleurs se contenter d'une seule quand le temps était compté ? Une seule, c'était des soucis. Comme Mona, qui remettait toujours leur voyage en Thaïlande sur le tapis. Pourquoi l'aurait-il traînée là-bas ? On n'avait que l'embarras du choix dans ce pays…

S'il avait pu choisir librement, il aurait continué jusqu'à Amsterdam, mais il se méfiait des contacts que la Danoise devait avoir là-bas. Bruxelles, c'était une autre histoire. Des bonshommes grassouillets, en costume trois-pièces gris, avec, à n'en pas douter, des orientations sexuelles limite. Il entra… et ressortit de la ville aussi sec. Le centre du pouvoir de l'Union européenne était morne à pleurer. Il plaignait ceux qui étaient obligés de passer une partie de leur vie dans un tel environnement. Aucun salaire au monde ne valait un sacrifice aussi grand.

Il descendit dans un hôtel un peu à l'extérieur de la ville. Il n'aurait pu faire cinq cents mètres de plus. La seule femme présente était une alcoolique, installée au bar. Elle suivit Conny dans sa chambre mais quand il sortit son portefeuille, elle se mit à crier et à gesticuler. Comment aurait-il pu deviner qu'elle n'était pas une professionnelle ? Il voulait être correct et voilà que ça lui retombait dessus. Alors qu'il avait largement déjà payé en commandant d'autres verres de vin et en écoutant patiemment son verbiage ! Surtout que, de sa voix rauque et avinée, elle parlait encore plus mal anglais que lui !

Le lendemain fut sa meilleure journée. Son ventre le laissa tranquille et avoir pu baiser une femme gratis l'avait mis de bonne humeur. D'accord, c'était une alcoolique qui avait connu des jours meilleurs, mais quand même. Ça prouvait qu'il savait encore y faire.

Il constata également que même si la Belge n'avait pas voulu se faire payer, l'argent n'en disparaissait pas moins à toute vitesse. Passer d'un hôtel à l'autre n'était pas donné, et quand il affirmait avoir perdu son passeport, ils exigeaient une importante avance.

Il prit son petit déjeuner dans la chambre et fit une promenade le long de la route. Des voitures et des camions le frôlèrent tandis qu'il marchait sur la bande d'arrêt d'urgence, les mains derrière le dos, tel un policier d'autrefois en patrouille. Il se trouvait dans un des lieux les plus moches d'Europe, et pourtant il eut presque envie d'y rester une nuit de plus. Il se ravisa au dernier moment.

Il roula jusqu'à Paris et dut faire appel à toute sa concentration pour ne pas avoir d'accident. Les Français roulaient à tombeau ouvert et ne respectaient apparemment aucune règle. Il se gara non loin de la tour Eiffel, prit son sac à dos avec l'argent et s'approcha pour la voir de plus près. Il n'avait pas la force de faire la queue pour monter, ça lui suffisait de l'avoir vue de près.

La nuit était tombée quand il quitta la capitale et prit la route du sud. Il n'eut pas le courage d'inventer une histoire bidon pour son passeport et se dit qu'il n'avait aucune raison d'être recherché par la police. Et quand bien même ce serait le cas, ça ne changeait pas grand-chose. Mieux valait être retrouvé par la police que par Sara. C'était d'ailleurs son plan B, se présenter spontanément à la police. Il n'aurait pas besoin de balancer, se contenterait de ses affaires à lui et réclamerait leur protection. Même si là, c'en serait fait de lui. Car, dès qu'on l'aurait coffré avec d'autres, sa vie ne vaudrait plus tripette. Sara Vallgren connaissait tout le monde.

Conny dormit bien. Un cauchemar le réveilla mais il réussit à se rassurer suffisamment pour se rendormir. Le lendemain, il prit un petit déjeuner quelconque dans une salle blafarde. Quelqu'un l'avait-il repéré ? Non, il s'accordait plus d'importance qu'il n'en avait. Il se resservit du café, éprouva le besoin d'un contact humain, une forme de communication. Il se rendit alors à l'accueil.

— *Computer, Internet ?* demanda-t-il.

L'homme à la réception lui indiqua un ordinateur dans un coin de la pièce.

— *Thank you.*

Conny se força à sourire et rejoignit l'ordinateur. Il se renseigna sur différentes destinations de voyage, consulta des journaux suédois. Plusieurs articles concernaient des programmes de télévision, mais il était bien en peine de faire la différence entre eux. Il parcourut une série de photos de célébrités à moitié nues, en vacances, vit passer un article exposant de nouvelles recherches sur ce qui provoquait ou non le cancer. Mieux valait tard que jamais, songea Conny, dont le regard fut à cet instant attiré par un entrefilet à propos d'une femme retrouvée étranglée chez elle. Sans trop savoir pourquoi, il cliqua sur l'article.

La photo représentait l'immeuble où habitait Mona. Il le reconnut tout de suite, tout comme le vélo noir garé n'importe comment à droite de la porte d'entrée.

Une femme de trente-deux ans a été retrouvée hier étranglée chez elle à Bjuv, non loin de Helsingborg...

Conny en oublia de respirer. Ses yeux lurent ligne après ligne.

La femme n'est pas connue des services de police. Contrairement à son compagnon disparu, que la police recherche activement, mais sans succès.

Il remplit ses poumons comme après une longue apnée et continua à lire.

Le commissaire de la brigade criminelle Karlsson, de la police de Helsingborg, a été le premier à découvrir la femme à Bjuv et il décrit le meurtre comme « choquant ».

« Je crois que c'est une des pires choses que j'ai vues », dit l'enquêteur criminel, qui apparemment en avait pourtant vu d'autres.

Conny se leva. Il faillit perdre l'équilibre et dut s'appuyer contre le mur du couloir pour rejoindre sa chambre.

Il s'aspergea le visage d'eau froide, se regarda dans la glace. Il avait l'air hagard, ça cognait dans sa tête et il n'arrivait pas à organiser ses pensées.

On ne pouvait pas lui mettre ça sur le dos, ah non, pas ça. Cette ordure de Henk, comment, bordel, avait-il pu s'en prendre à Mona ? Elle n'avait rien à voir là-dedans, c'était un acte indéfendable à tout point de vue.

— *Can I use your phone ? Telephone ? Ring ring. I pay.*

Conny brandit un billet de cinquante euros sous le nez du Français, qui lui prit l'argent et posa un téléphone fixe sur le comptoir.

35

— Oui ? dit Karlsson.

— J'ai un certain Conny Bladh à l'appareil. Il demande à parler au responsable de l'enquête sur le meurtre de Mona Björklund à Bjuv. Je vous le passe ?

— Évidemment !

— Un instant…

— Allô ? Conny ?

— Non, c'est encore moi, j'ai dû me tromper de bouton. Je réessaie.

L'appel fut enfin transféré.

— Allô ? Conny Bladh ?

— Je voudrais parler avec celui qui enquête sur le meurtre de Mona Björklund.

— C'est moi. Je vous entends mal. Vous êtes où ?

— L'homme que vous recherchez s'appelle Henk Utrecht.

— Henk Utrecht est mort.

— *Quoi ?!*

— Henk Utrecht est mort, répéta Karlsson. On l'a retrouvé sur une aire d'autoroute à proximité de Jonköping, vingt-quatre heures avant que Mona Björklund soit étranglée chez elle à Bjuv.

Conny Bladh en resta sans voix.

— Alors vous comprenez qu'on aimerait bien discuter avec vous.

— Henk est mort ?

— Malheureusement. Vous êtes où ?

— Comment il est mort ?

— On dirait un suicide, mais certains éléments laissent penser à autre chose.

— Les salauds, ils sont complètement dingues. Trois cent mille, c'est une goutte d'eau.

— Nous avons besoin de vous ici, sur place.

— Vous n'avez qu'à parler à Bäckelin, à l'hôpital de Helsingborg.

— Qui ça ?

— Bäckelin, c'est un médecin.

Conny raccrocha. Karlsson rappela le standard.

— Je veux avoir le numéro de celui qui vient d'appeler, et la prochaine fois vous me le passez dans la seconde. Vous comprenez ce que je vous dis ?

— Oui, mais c'est pas la peine de vous énerver. Ça arrive à tout le monde de se tromper.

— Bon, dépêchez-vous.

Karlsson posa le combiné et sortit dans le couloir.

— Gerdin ! cria-t-il.

Son collègue passa la tête hors de son bureau.

— Conny Bladh vient d'appeler, la conversation a été interrompue. Je crois qu'il est à l'étranger…

Le téléphone de Karlsson sonna et il se dépêcha de répondre.

— Allô ?

— Ce n'est pas la peine de crier…

La standardiste était visiblement une femme de caractère.

— Alors ?
— Vous avez demandé le numéro.
— Oui !
— Vous voulez l'avoir ?
— Je vous écoute, dit Karlsson en prenant du papier et un stylo.
La standardiste lui dicta les chiffres.
— Merci, fit Karlsson, pressé de raccrocher.
— Vous ne voulez pas savoir d'où venait l'appel ?
— Vous le savez ?
— Ça venait de France et l'indicatif correspond à la région parisienne.
— Comment vous savez ça ?
— J'ai travaillé là-bas comme fille au pair.
— Il a donc appelé de France ? demanda Karlsson.
— Vous voulez que je rappelle le numéro pour vous ?
— Bien sûr.
— Maintenant ?
— Oui !
— Bon, je vais le faire. Attendez une seconde. Voyons voir. Non… On va plutôt faire comme ça. Attendez…
L'appel fut transféré et quelqu'un répondit en français.
— Euh, *yes, my name is inspector, no, chief inspector Karlsson, at the Swedish police, and I would like to talk to a Conny Bladh. A Swedish guy*[1].
Il eut droit en retour à une longue tirade en français.
— *Speak english ?* hasarda Karlsson.

1. « Je suis l'inspecteur principal Karlsson, de la police suédoise, et j'aimerais parler à un certain Conny Bladh. Un Suédois. » [En anglais dans le texte.]

— *No*, dit la voix avant de raccrocher.

Karlsson en resta tout con, le téléphone collé à l'oreille.

Il se tourna vers Gerdin.

— Il a raccroché. Conny a dû emprunter le téléphone de quelqu'un. Mais qu'est-ce qu'il fout à Paris, bordel ? Il a dit qu'on devait parler avec quelqu'un à l'hôpital. Un nom comme… Backlund ?

36

C'était elle. Même si ce n'était pas elle, c'était elle. Rien n'arrivait sans que Sara Vallgren y soit mêlée, tout le monde le savait pertinemment. Peu importaient quelles mains commettaient le crime, la décision provenait toujours d'elle.

Conny se rappelait déjà Mona autrement. Son sourire au début de leur relation, l'impression qu'il avait d'être enfin l'élu de quelqu'un ; les premiers temps, qu'ils avaient pratiquement passés au lit ; les samedis soir à la pizzeria ; ses récits sur les riches et leur fausse gaieté, leur inclinaison de tête censée traduire leur empathie…

« Vous habitez à Bjuv ? Je ne sais pas si j'aurais choisi précisément cet endroit-là, mais la Scanie est une belle région. Il en faut pour tous les goûts. »

Elle le faisait rire quand elle imitait les gens chez qui elle faisait le ménage. Dans ces moments-là, il ressentait envers elle presque de l'amour. Quelque chose, en tout cas. Il aurait dû l'emmener en Thaïlande. Elle avait une peau qui bronzait facilement et prenait une jolie couleur. Ils auraient pu retrouver leur complicité d'avant.

Se présenter à la police n'était pas une option. Il leur raconterait des choses et on le croirait, mais à quoi bon ? Ils pourraient l'équiper d'un micro, l'envoyer dans la fosse aux lions et espérer obtenir des preuves enregistrées. Mais cela n'arriverait pas. Il n'oserait pas le faire, Sara Vallgren était trop fine mouche pour ça.

Conny se rappela un moment décisif dans sa vie. Il était en sixième, n'avait pas vraiment d'amis et un statut de bouffon. Il avait suivi quelques gars de la classe sur le toit goudronné de l'école. Il faisait de son mieux pour rester avec eux sans trop passer pour un boulet. De temps en temps, ils se retournaient pour lui dire de foutre le camp, mais sinon ils avaient mieux à faire. Tant qu'il était discret, ils acceptaient sa présence.

La couche de goudron chauffait sous le soleil printanier. Conny se sentait tout heureux d'être avec des mecs qui n'avaient peur de rien. L'un d'eux regarda par-dessus le bord du toit et commenta la hauteur à laquelle ils se trouvaient. Ils commencèrent à s'exciter et à se lancer des défis : qui oserait sauter en bas ? Personne. Soudain Conny avança près du bord et sauta. Il se cassa la jambe, mais il avait sauté. Quand sa mère vint enfin le voir à l'hôpital, elle le frappa pour avoir été aussi inconscient. Quelques jours plus tard, il eut la visite de la classe. Ce souvenir lui faisait encore chaud au cœur. Le chef de la bande avait été le dernier à rester dans la chambre et lui avait donné, avant de partir, une tape sur l'épaule en signe de respect. Après ça, il n'avait plus jamais eu de problèmes. Conny était devenu un des leurs et n'eut plus jamais à baisser les yeux. Il avait fait quelque chose qu'il ne se serait jamais cru capable de faire, et cela valait largement la douleur et l'inconfort d'une jambe cassée.

À présent, une nouvelle mission l'attendait.

37

— *Yes, I understand. Thank you. Thank you very much.*

Karlsson raccrocha et croisa le regard interrogateur de Gerdin.

— Tu parles d'une bande d'incapables ! Ils l'ont laissé filer. Il avait déjà quitté l'hôtel.

— On fait quoi ?

— Je ne sais pas.

— Comment est-il arrivé là-bas ? Je veux dire, à l'hôtel ?

Karlsson haussa les épaules.

— Tu crois qu'il est descendu en voiture ? reprit Gerdin. L'endroit est un peu excentré. S'il y est allé en voiture, on devrait l'avoir sur des caméras de surveillance.

— Va donc expliquer ça aux Français ! Ces imbéciles ne comprennent pas l'anglais.

— Et si on allait voir par nous-mêmes ?

Gerdin avança la tête, tenta de se façonner une attitude humble. Il avait toujours secrètement rêvé d'aller à Paris.

— Bof, dit Karlsson, je ne crois pas que ce soit nécessaire.

— Si nous ne réussissons pas à mettre la main sur lui, l'enquête risque de piétiner.

— C'est vrai.

— Qui parle français par ici ?

— Helga, la standardiste, peut appeler l'hôtel pour savoir s'ils ont des caméras de surveillance. Avec un peu de chance, on pourra lire la plaque d'immatriculation. Bon, il faut contacter ce médecin dont Conny a parlé. Comment il s'appelait ? Ba… quelque chose.

— Je crois que tu as dit Bäckström.

Karlsson regarda l'heure.

— Si on y va tout de suite, on aura le temps de déjeuner en ville après. À ce qu'il paraît, le petit restaurant italien dans la Dronninggatan n'est pas mal du tout.

— Lequel ?

— Celui à l'angle de la Tägagatan.

— Il n'est pas un peu trop à la mode ?

— On y mange bien, à ce qu'on dit.

— OK, c'est toi qui décides.

38

— Maman ?

Åsa Malmberg était assise dans l'escalier devant l'appartement d'Anders. Quand ce dernier sortit de l'ascenseur, elle se leva aussitôt.

— Bonjour, mon chéri.

Ils s'embrassèrent. Anders la regarda.

— Qu'est-ce que tu fais là ?

— Je t'attendais. Je voudrais te parler.

— OK, dit Anders en reculant la tête. Ça a l'air sérieux.

— Mais non.

Sa mère sourit sans réussir à être convaincante. Anders sortit ses clés de la poche de son pantalon et ouvrit la porte de l'appartement. Il se débarrassa de ses chaussures, accrocha sa veste au portemanteau.

— Je ne crois pas avoir grand-chose à t'offrir, la prévint-il en allant dans la cuisine.

— Ne t'en fais pas.

— Du café ?

— Volontiers, dit Åsa. Si tu en prends aussi.

Anders rinça la cafetière et la remplit d'eau, puis prit un filtre Melitta qu'il remplit de café à ras bord.

Pendant ce temps, Åsa jetait un coup d'œil dans l'appartement.

— Tu es bien installé, dit-elle. Et c'est propre.

— Merci.

— Tu as toujours aimé l'ordre. Même petit, nous n'avons jamais eu besoin de te demander de ranger ta chambre.

Anders brancha la cafetière électrique, qui se mit bruyamment en marche.

— Où est papa ?

— À la maison.

— Il s'est passé quelque chose ?

— Anders, tu sais comme nous sommes fiers de toi, papa et moi.

— Ça recommence. C'est à propos de ce que j'ai écrit ? J'ai quand même le droit d'exprimer ce que je veux. C'est mon style. Je ne sais pas faire autrement.

— Bien sûr que tu dois écrire ce que tu as envie d'écrire. Je suis d'accord avec toi, tu sais. Et ton père aussi, tout au fond de lui. Ce n'est pas pour t'embêter qu'il te fait la leçon. Mais cette fois-ci, c'est différent. Et ce n'est pas à cause de toi.

Anders se détourna, sa respiration était devenue saccadée. Åsa prit place sur une chaise de la cuisine et le regarda.

— Sur le fond, j'approuve tout ce que tu as écrit, dit-elle. Il n'y avait rien de bon chez Kent Svensson. Je crois, honnêtement, que c'est le gamin le plus méchant que j'aie rencontré de ma vie. Je ne sais pas ce dont tu te souviens, mais pour ton père et moi, c'est comme si c'était hier. On était à la fenêtre à te regarder partir pour l'école sans savoir ce qui t'attendait et ce que tu allais devoir endurer ce jour-là. Tu comprendras ça le jour où tu seras parent.

— Est-ce que c'est papa qui t'a demandé de venir ?

Åsa le regarda, les yeux embués.

— Nous voulons seulement ton bien.

39

Le médecin en chef Bäckelin était assis sur le bord de la chaise, l'avant-bras droit reposant sur une petite table dans ce bureau sans fenêtre. Sur les étagères s'entassaient les manuels de médecine ainsi que des rapports et des dossiers. Des ordinateurs et un vieux magnétophone se trouvaient à portée de main. Bäckelin regarda les policiers en civil qui venaient de lui exposer le motif de leur visite.

— Non, dans ce cas je ne vois aucune raison d'invoquer le secret médical, dit-il en dessinant avec l'index sur la table. Conny Bladh est arrivé dans mon service il y a un peu plus de deux mois, il perdait ses forces et avait mal à la tête. Ses valeurs sanguines étaient catastrophiques et des examens complémentaires ont révélé une tumeur dans le pancréas avec des métastases intra-abdominales au foie, à l'aorte et aux reins. Il n'y avait rien à faire.

— Vous lui avez dit combien de temps il lui restait à vivre ?

— Grosso modo, oui.

— Et on peut savoir ?

— C'est drôle à quel point cela intéresse tout le

monde. J'ai dit à Conny que l'on ne peut jamais l'affirmer avec exactitude, car il y a toujours des exceptions, mais dans son cas il lui restait au maximum six mois. C'était, comme je vous l'ai dit, il y a deux mois.

— Et il n'existe aucun traitement ? dit Karlsson.

Bäckelin joignit les mains et tourna ses pouces.

— Dans des cas extrêmes comme le sien, on parle plutôt de soins palliatifs, c'est-à-dire pour soulager les souffrances.

— Comment a-t-il réagi ? voulut savoir Gerdin.

— Il est resté très calme. Tous les patients ne sont pas à même d'entendre une telle nouvelle. Certains hochent la tête comme si on leur racontait une histoire intéressante, d'autres fondent en larmes. Conny Bladh n'a pas bronché. Il voulait savoir combien de bonnes journées il lui restait encore à vivre. Naturellement, je ne pouvais pas lui répondre, mais il a été très clair sur le fait qu'il refusait toute chimiothérapie. Il semblait bien connaître la problématique, alors je l'ai interrogé et il m'a dit que son père était décédé d'un cancer du côlon quand lui-même était adolescent.

Bäckelin tapa sur ses genoux et regarda les policiers.

— C'était donc la petite amie de Conny dont on a parlé dans le journal, celle qu'on a retrouvée à Bjuv ? Vous croyez que c'est lui qui l'a tuée ?

— Non, on ne le pense plus, dit Karlsson.

40

Calle et Jörgen étaient au restaurant asiatique de Slussen : de grandes baies vitrées sales donnant sur l'eau, des bouteilles de bière de cinquante centilitres pour moins de cinquante couronnes pièce. Ils en avaient déjà bu deux chacun.

— C'est un cauchemar, cette histoire !

Calle opina.

— Comment peut-il écrire ça sur quelqu'un qui ne peut pas se défendre, bordel ? poursuivit Jörgen. Et s'en prendre à toi, par-dessus le marché ?

— C'était réellement un connard, dit Calle.

— Celui qui est mort, tu veux dire ? Sûrement, mais il y a quand même des limites. Tu veux que j'aille leur parler ?

— À ses parents, tu veux dire ? Non, pour quoi faire ?

— Ils doivent avoir les yeux qui leur sortent des orbites. En tout cas, ç'aurait été ma réaction, dit Jörgen en poussant un soupir las.

Le monde lui paraissait parfois constitué uniquement de vieux boucs émissaires qui prenaient leur revanche sur le tard. Qui n'a pas eu une enfance misérable ? Il suffisait de gratter un peu avec l'ongle pour que chacun trouve des raisons de se plaindre.

— C'est ma faute, tu sais, déclara Calle. Je n'aurais pas dû dire qu'ils lui transmettaient le bonjour, alors que j'avais compris que Kent et Anders n'étaient pas les meilleurs amis du monde, loin de là. Mais c'était juste une façon de parler, une façon de meubler…

Jörgen fit signe à la serveuse en formant le chiffre deux avec ses doigts.

— D'accord, mais je ne comprends toujours pas pourquoi la mère du mort a réagi aussi violemment, dit-il dès que la serveuse eut acquiescé à sa commande.

— Je crois que le reportage était important pour elle, répondit Calle. J'ai eu cette impression. Et ensuite, elle était contente que je lui transmette le bonjour d'un type à moitié connu qui fait l'idiot dans les médias. C'est du moins ce que j'ai cru.

— J'aurais pensé qu'ils étaient plus difficiles à impressionner, les gens de là-bas. Ils ont quand même eu la visite de Robert Wells, l'été dernier !

Calle eut un rire bref.

— C'est vrai, j'avais oublié.

La serveuse revint avec les bouteilles. Jörgen remplit aussitôt son verre.

Et comment ça va du côté de l'amour ?

— Qu'est-ce que tu veux dire ?

— Tu as parlé avec le type de Scanie ?

— Pourquoi je lui aurais parlé ?

— Il était sympa et semblait attiré par toi.

— Ce n'est pas comme si moi, je l'étais.

Jörgen respira profondément.

— Non, dit-il, ce n'est pas pareil, mais je ne comprends pas pourquoi tu refuses d'emblée de le connaître. C'est lui qui nous a invités, lui qui est venu vers nous. Pas le contraire. Nous ne laissons pas n'importe qui nous approcher, toi et moi. Et quand quelqu'un fait la démarche, je trouve qu'on doit le respecter.

Calle marmonna quelque chose d'inaudible. Jörgen posa la main sur le bras de son ami.

— Tu te rappelles quand nous avons pris le ferry pour rentrer ? Tu n'étais pas autant sur la défensive à ce moment-là. Si tu veux obtenir quelque chose, il faut aussi savoir donner. Pas rester chez soi à se morfondre.

— Je ne fais pas ça.

— Si, c'est ce que tu fais. Dès que quelqu'un manifeste le moindre intérêt pour toi, tu joues l'indifférent. Je ne comprends pas ce qui te fait si peur.

— Et c'est peut-être toi qui vas me le dire ? Toi et ta psychologie à deux balles !

Calle but sa bière et regarda autour de lui, l'air contrarié. La clientèle n'était pas reluisante, la plupart des gens étaient penchés au-dessus de leurs verres telles des mères pingouins surprotectrices. Faut dire que la bière bon marché attirait un certain public.

— Qu'est-ce qu'il y a ? demanda Jörgen.

— Je ne sais pas. Je tiens trop à mon confort, sans doute. Je n'ai pas la force de faire des efforts pour autrui, de m'adapter… Ramasser les caleçons sales de quelqu'un d'autre, non merci. Ou alors, être en couple mais vivre séparément.

Jörgen acquiesça et leva son verre.

— C'est toujours un début.

Calle se tassa sur sa chaise.

— À quoi ça sert de se monter la tête ? marmonna-t-il. C'est pas comme s'il avait appelé ou donné signe de vie.

— Et toi, tu l'as appelé ?

— Je n'ai même pas son numéro.

— Ça ne doit pas être bien difficile à trouver. Tu sais où il travaille : aux urgences de Sös. Casse-toi une jambe, je ne sais pas, moi…

41

Karlsson avait poussé un tableau blanc sur roulettes dans son bureau, puis écrit et souligné les noms de ceux à qui il avait téléphoné. Ces noms étaient reliés par des traits ou des flèches. Il gardait le marqueur à la main, prêt à en ajouter d'autres. Gerdin aimait bien son collègue mais appréciait moins son recours systématique aux tableaux blancs.

— Voilà où on en est, dit Karlsson en pensant à haute voix. Henk et Conny travaillent pour la Danoise. Il y a une embrouille entre eux. Conny a parlé de trois cent mille couronnes, en disant que c'était une goutte d'eau. On va poser comme hypothèse que Conny a piqué l'argent à Henk, il a pris le fric et il s'est taillé en France pour y mourir.

— Mais l'argent appartenait à Sara Vallgren et la faute est retombée sur Henk, précisa Gerdin en étouffant un bâillement.

Il ne voyait pas l'intérêt de répéter ce qu'ils avaient trouvé jusqu'ici.

— Et c'est pour ça que Henk se serait suicidé ? fit Karlsson. Parce qu'il était désolé de s'être fait rouler par son pote ?

— La thèse du suicide est tout sauf défendable, dit Gerdin. On voit mal comment il serait parvenu sur l'aire d'autoroute, ni pour quelle raison il aurait effacé toute empreinte digitale de la balle avant de la mettre dans le chargeur, de glisser le canon dans sa bouche et de tirer… Le tout sans oublier de se débarrasser de son téléphone…

— Il avait des traces de poudre sur la main…

— On l'aura obligé à le faire.

— Tu veux dire que quelqu'un se trouvait à ses côtés ? dit Karlsson, sceptique. Du genre : tire-toi une balle sinon je le fais à ta place ?

Gerdin eut un mouvement d'épaules.

— Tu as une meilleure théorie ?

— Non, répondit Karlsson. Je serais seulement curieux de savoir comment on s'y prend pour pousser quelqu'un à se supprimer. Si Henk tient l'arme chargée dans sa main, qu'est-ce qui l'empêche de la retourner contre son agresseur ? Non, quelque chose m'échappe. Mais bon, on va dire que tu as raison. Conny pique le fric, la faute retombe sur Henk et il est tué par la Danoise.

Karlsson dessina une croix après le nom de Henk et entoura encore une fois le nom de la Danoise avant dc poursuivre :

— Ensuite, Sara Vallgren cherche à retrouver Conny Bladh.

Karlsson tira un nouveau trait.

— Sara va voir sa petite amie à Bjuv…

Encore un autre trait.

— … qui, comme elle ne veut pas dire où est Conny, le paie elle aussi de sa vie. Pourquoi ? Pour que nous recherchions Conny pour elle.

Karlsson remit le capuchon du marqueur, arrachant un soupir de soulagement à Gerdin. C'était prématuré : il ôta le capuchon, traça un cercle serré autour de *la Danoise* et inscrivit *Sara Vallgren* en marge.

— Oui, c'est ce qui a dû se passer, conclut-il. On imagine mal un autre scénario.

Il tambourina avec son marqueur contre le tableau pour souligner sa conclusion.

— Et pour en avoir la preuve formelle, il faut retrouver Conny, rappela Gerdin.

— Exactement.

— Qui se cache en France.

— Peut-être, dit Karlsson. À moins qu'il ait continué sa route. À ton avis ?

— Aucune idée. Il faut essayer de se mettre à sa place. Il pique l'argent à Henk, le laisse dans une cafétéria sur la route et file vers le sud. Là, il apprend que sa petite amie est morte. Il pense que c'est Henk et nous appelle. Quand tu lui racontes que Henk aussi est mort, il raccroche brutalement.

— Et alors ?

— J'essaie d'imaginer ce que je ferais si j'étais en phase terminale de cancer et que j'apprenais que ma petite amie et mon pote ont été assassinés à cause d'un vol que j'ai commis…

— Et donc ?

— Je crois bien que je monterais au créneau, dit Gerdin.

42

Janina avait vingt-sept ans, venait de Lituanie et travaillait pour Sara depuis un an et demi. Elle ne débutait pas dans la branche, personne ne l'avait forcée, du moins pas Sara, et elle était relativement expérimentée. Ce qui rendait l'incident de la veille difficilement explicable. Devant le chaos provoqué, Matte avait été obligé de jeter dehors le client concerné, ce qui n'était jamais très bon pour les affaires.

— *He from Russia. Call me bad things*[1].

— C'est possible, mais tu n'es pas payée pour…

— *He bad man*[2].

— Écoute, il faut que t'apprennes à parler la langue…

L'interphone l'interrompit. Sara fit un geste vers Janina et appuya sur la touche haut-parleur.

— Vous avez de la visite, annonça son secrétaire. Les hommes de la police suédoise.

— Encore ? Fais-les attendre, s'il te plaît.

1. « Lui de Russie. Me traite de tous les noms. »
2. « Lui mauvais homme. »

Elle raccrocha. Kling et Klang[1] ? Qu'est-ce qu'ils lui voulaient, cette fois ? Comme si elle n'avait pas assez d'ennuis comme ça… Elle se retourna vers Janina.

— *I don't like Russians*[2], déclara celle-ci en faisant une moue d'adolescente.

— Et moi je n'aime pas les putains qui ont des préjugés. À partir d'aujourd'hui, tu t'occuperas personnellement de chaque Russe qui franchira le seuil. Et avec un sourire reconnaissant.

— *No*.

— C'est drôle, tu comprends parfaitement ce que je dis et pourtant tu continues à parler anglais en monosyllabes. Soit tu fais ce que je t'ai dit, soit je te mets au travail dans l'hôtel en face…

La porte s'ouvrit en grand et Karlsson fit son entrée, Gerdin sur ses talons. Derrière eux, Sara aperçut son secrétaire affolé, qui n'avait pas réussi à les arrêter. Sara leva la main pour lui faire comprendre qu'il n'y avait pas de problème. Karlsson regarda la jeune femme puis s'adressa à Sara :

— Est-ce que nous vous dérangeons pendant un rendez-vous important ? demanda-t-il.

— Non, Janina allait justement partir.

D'un mouvement de tête, elle indiqua la porte. Janina les quitta en faisant claquer ses talons aiguilles et en fermant violemment la porte derrière elle.

---

1. Noms des policiers dans le célèbre livre pour enfants *Fifi Brindacier*, d'Astrid Lindgren.

2. « Je n'aime pas les Russes. »

— Des soucis ? s'enquit Karlsson.

— Juste une putain qui a des préférences, répondit Sara d'un ton indifférent. Bon, qu'est-ce qui me vaut votre visite, cette fois ?

43

La télévision était allumée. Anders Malmberg allait passer en revue l'offre de la soirée. Sa chronique paraîtrait dès le lendemain matin dans le journal.

Sur l'écran passait une émission sur la littérature, et des gens sérieux débitaient des platitudes sans prendre la moindre distance par rapport à eux-mêmes.

L'animateur était antipathique, d'une incroyable suffisance. Anders y jeta un coup d'œil distrait, ses pensées ailleurs.

Il n'avait jamais vu sa mère aussi insistante, aussi peu maîtresse d'elle-même. Presque comme si elle était quelqu'un d'autre. Tout ce discours sur la différence entre penser une chose et l'écrire noir sur blanc ; sur le fait de ne pas perdre de vue son propre intérêt ; d'en être conscient et de ne pas piétiner ceux, inférieurs à soi, qui n'avaient pas de voix pour se défendre…

Anders aurait aimé comprendre pourquoi son texte sur son ancien bourreau à l'école déclenchait de telles foudres. Sa mère lui avait dit qu'elle haïssait Kent Svensson au point qu'elle souhaitait sa mort. Quand son souhait s'était réalisé, elle avait été prise d'un immense sentiment de culpabilité, comme si ses pensées l'avaient rendue complice. Elle avait raconté à Anders avoir croisé la mère de Kent au supermarché, quelques mois après l'accident, et s'être sentie si paniquée qu'elle avait laissé son caddie rempli au beau milieu d'une allée pour sortir précipitamment.

Mais pourquoi ?

« Je pensais que cela aurait pu être toi. C'était un gamin. Un sale gosse, mais un gosse tout de même. Il devait bien y avoir une autre facette de lui qu'on n'a pas vue. En même temps, j'étais heureuse qu'il ne soit plus là. Tout était différent sans lui, en mieux. »

Sa mère lui avait rappelé l'épisode des chaussures. Il l'avait refoulé et se sentit mal quand le souvenir refit surface. Ces chaussures que papa lui avait achetées et qui coûtaient si cher, qui l'avaient rendu si heureux. Il les avait portées à la maison toute la soirée, c'était tout juste s'il réussissait à mettre un pied devant l'autre, les yeux incapables de se détacher d'elles. S'acheter une forme de respect était mieux que ne pas en avoir du tout : tel avait été le raisonnement de son père. Il avait eu droit à un répit. Jusqu'à ce qu'il retrouve ses chaussures couvertes de merde.

« Nous avions eu un rendez-vous avec le proviseur, qui avait voulu qu'on passe l'éponge. Ce n'était rien, selon lui.

— Alors ce n'est pas étonnant que j'aie écrit tout ça.

— Ce n'est pas étonnant, non, mais ce n'était pas la peine. Et puis c'est indigne de toi. Tu es au-dessus de ça.

— Non.

— Eh bien il faudrait que tu le sois. »

Åsa lui avait raconté que Bengt et elle avaient rencontré Calle Collin, l'auteur de l'article sur Kent.

C'était un bon ami de Jörgen Petersson, leur voisin, là-bas sur l'île. Ce journaliste était un homme sympathique, qui leur avait fait des compliments sur les textes d'Anders.

« D'accord, j'ai compris, mais qu'est-ce que tu veux que je fasse ? Que j'écrive un nouveau papier où je demande pardon ? Que je contacte la mère de Kent ? Que je téléphone au journaliste de l'hebdomadaire ?

— Rien de tout ça, voyons. Mais n'en rajoute pas une couche. Il faut simplement que tu comprennes ce que tu fais.

— Qu'en dit papa ? »

Åsa n'avait pas répondu.

« C'est lui qui t'a demandé de venir me parler, non ? »

Åsa avait respiré un bon coup et acquiescé, les paupières baissées.

« Nous trouvons tous les deux que tu es allé trop loin.

— J'ai été félicité pour ce texte.

— Par des gens qui ne sont pas concernés directement. Le style est bon, tu te mets à nu, et tu l'as écrit avec ton cœur. Tu es doué, à tout point de vue très doué. Je dis seulement que ta chronique est inappropriée, voire dangereuse. Il faut que tu penses à toi. Ceux qui te tapent dans le dos maintenant ne seront pas là quand les choses tourneront moins bien pour toi. Sois intelligent, c'est tout ce que je dis. »

Ces mots avaient résonné longtemps dans la tête d'Anders. Il jugeait tantôt que sa mère avait raison, tantôt qu'elle ne savait pas de quoi elle parlait. Les écrivains lâches n'apportaient rien au débat public, même s'ils avaient une jolie plume.

Ces chroniques étaient sa chance, à lui, Anders. S'il marchait sur les pieds de quelqu'un, tant pis.

Une méchanceté bien formulée réjouissait un grand nombre, une gentillesse insipide n'intéressait personne. D'ailleurs, en quoi c'était mieux de s'attaquer à des gens encore en vie ? Eux non plus ne pouvaient pas toujours se défendre. Et les morts n'en avaient cure. Même si c'était un peu nauséabond de les attaquer, Anders le reconnaissait.

D'un autre côté, il n'avait jamais mentionné le nom de Kent. Pas plus que celui du journaliste qui avait écrit le texte. Il n'avait même pas cité le nom de l'hebdomadaire qui avait publié l'article mensonger et larmoyant.

Anders alluma son ordinateur et commença à écrire :

> Les critiques littéraires sont comme les commentateurs sportifs. Ils montrent ce que tout le monde voit, s'excitent inutilement et exagèrent en permanence. Si ce n'est pas extraordinaire, c'est lamentable, il n'y a rien entre les deux. Sur le navire de guerre de la culture se réunissaient hier un groupe d'exhibitionnistes se prenant fort au sérieux qui, tous…

44

— Bon, alors qu'est-ce qu'on fait ? fit Matte.

— Mais rien. Le moins possible, répondit Sara. Si Conny est promis à une longue agonie, ce n'est pas à nous d'abréger ses souffrances. Par contre, nous ferions bien de garder les yeux ouverts.

— Tu crois qu'il va revenir ?

— Je ne le crois pas assez courageux pour ça. D'un autre côté, il est mourant et n'a rien à perdre. On n'est jamais assez prudent. Est-ce qu'il a des amis ?

Matte haussa les épaules.

— Je sais pas. C'est Henk qui l'a pris avec lui.

— Il traînait dans les clubs ?

Matte fit oui de la tête.

— Tu peux toujours interroger encore une fois les serveurs, dit Sara sur un ton qui indiquait que l'entretien était terminé.

— Absolument.

Matte hocha docilement la tête mais sans se résoudre à partir. Sara le regarda :

— Il y avait autre chose ?

Matte passa le poids de son corps sur son autre pied.

— Et si la police pose des questions ?

Sara se renversa dans son fauteuil de bureau.

— Où nous étions à telle ou telle heure, tu veux dire ? Eh bien, le mieux c'est de ne pas s'en souvenir du tout.

— Et si quelqu'un nous a vus ?

— À Bjuv ? Ils nous auraient déjà contactés. Si contre toute attente ils obtiennent un témoignage, nous dirons que nous y étions pour voir Conny et que nous sommes repartis, comme il n'y avait personne à la maison.

— Et si on me demande pourquoi je n'en ai pas parlé avant ?

— Tu diras que nous craignions d'être accusés d'avoir un rapport avec la mort de Mona. Nous aussi avons lu les journaux et sommes autant sous le choc que les autres.

— On apparaît certainement sur les caméras de surveillance du pont.

— Oui, et nous étions chez ta mère, chez qui nous avons même été interviewés par l'autre tafiole. Tu ne t'en souviens pas plus que si on te demandait ce que tu as fait mercredi dernier…

— Mercredi dernier ?

— Tu vois, les jours se mélangent.

Sara posa les pieds sur le bureau et poursuivit :

— Comment va-t-elle, d'ailleurs ? Elle s'est remise de la chronique ?

— Maman ? Non, elle continue à me bassiner. Elle insiste pour que j'intervienne, qu'il s'en sorte pas aussi facilement.

Sara le regarda.

— Quoi ? dit Matte. Je peux rien faire, bordel.

Sara leva les paumes en signe d'apaisement. Matte ne se calma pas.

— Tu le sais bien, toi. Le mec est journaliste. Si je lui casse la figure, ça fera les gros titres.

Sara l'observa un peu trop longuement, avec un regard critique, avant d'enlever ses pieds de la table et de hocher la tête sans conviction.

— Tu as certainement raison.

Elle regarda ses papiers.

— J'ai du travail.

La conversation était terminée. Peu importait qu'ils couchent ensemble. Matte ne pouvait pas rester en compagnie de Sara sans y être convié ni même s'asseoir si elle ne lui en avait pas donné l'autorisation. Le rapport de forces était clairement défini. Sara décidait, Matte obéissait. Seulement quand il était blessé, elle lui jetait un os en guise de consolation. Elle venait de manifester son mécontentement.

Matte se leva pour partir.

« Tu as certainement raison. »

Ce qui voulait dire le contraire. Qu'il avait tort et qu'il n'était qu'un lâche. Le chroniqueur d'un hebdomadaire avait sali à la fois sa mère et son frère mort, et Matte allait rester les bras croisés ? Sara avait eu l'air étonnée de sa réaction, comme si elle avait espéré autre chose de sa part. Ce n'était pas bien. Dès qu'elle se lasserait de lui, il serait en danger. Elle devait avoir raison, il ne pouvait pas laisser passer ça. Un texte répugnant de bout en bout. Est-ce que l'autre s'imaginait être une victime ? Un adulte qui pouvait s'exprimer comme il le voulait dans un des plus grands magazines du pays ? Il n'était qu'une petite merde.

Sur le pas de la porte, Matte se retourna.

— Je peux prendre un ou deux jours de congé ?

— Pour ?

— Je pensais aller faire un tour à Stockholm.

Sara lui lança un regard sans relever la tête.

— Ça me paraît une bonne idée, dit-elle.

— Je peux toujours aller lui parler, annonça Matte en se forçant à se sourire.

Sara ne répondit pas.

45

Plus de faux-fuyants. Conny Bladh avait une dernière chance de faire quelque chose de bien dans sa vie. Celui qui ne pouvait pas faire de bien se devait au moins d'enlever ce qu'il y avait de mauvais en lui, d'ôter la partie malade des tissus sains.

Il avait été imprudent. En appelant avec le téléphone de l'hôtel, il avait révélé où il se trouvait. Si son grand projet devait se réaliser, il fallait absolument qu'il prenne les commandes.

Pour l'instant, il ne ressentait aucune douleur. La pensée qu'il allait mourir bientôt était irréelle. Et si les médecins s'étaient trompés ? Si seulement cela pouvait être le cas…

Il gagna la Belgique avant d'être obligé de s'arrêter pour faire le plein. Il mangea un hot-dog en observant les autres clients. La vie continuait son cours et il en faisait partie. Certes, en tant que spectateur, mais c'était toujours ça. Il fit le plein de boissons rafraîchissantes et de bonbons, s'acheta une compilation de hits en CD. Il sauta dans la voiture, monta le volume à fond et chanta les refrains à tue-tête.

46

— Anders !

Il se retourna.

— Bonne chronique !

— Merci.

— Vraiment. Elle va se retrouver sur plein de réfrigérateurs.

Anders Malmberg continua d'avancer d'un pas léger dans la salle de rédaction. Comme s'il marchait sur la lune. Il ne fallait pas que ça lui monte à la tête, se dit-il. C'était facile, au fond, de rester modeste quand les choses allaient bien ; c'était quand ça se corsait que ça devenait plus difficile. Il serait lui aussi un jour dans le creux de la vague, tout le monde connaissait ça. Il espérait se montrer suffisamment intelligent à ce moment-là pour laisser la place à de jeunes plumes. Le jour où il se ferait critiquer par des morveux, il prendrait soin d'abonder dans leur sens et de laisser dire. Si quelqu'un l'attaquait dans les médias, il avait l'intention de répondre avec amour, en complimentant ses détracteurs. Bref, Jésus-Christ. En dehors du texte, bien sûr. Dans son texte, il serait obligé de dire la vérité, d'écrire ce que d'autres n'osaient pas. Mais toujours avec autocritique et distanciation. Tout était pour de faux, comme disait la rédactrice en chef. C'était précisément le plus difficile à expliquer aux gens qui n'étaient pas du métier. Des gens qui faisaient tout un foin, qui accordaient une importance démesurée au contenu des journaux et des revues. Comme s'ils ne comprenaient pas que chaque jour paraissait une feuille de chou qui chassait celle de la veille. Et ainsi de suite.

Anders posa la housse de son ordinateur sur le bureau, suspendit sa veste au dossier de sa chaise.

— Un café, dit-il tout haut.

Il alla vers le coin cuisine en s'efforçant d'avoir l'air modeste. Ce n'était pas facile. Comme se retenir de rire devant les touristes étrangers qui se pâmaient devant la vue sur Stockholm depuis la Fjällgatan.

Il prit un mug dans le placard et le plaça sous la machine à espresso. Il y avait un tas de capsules différentes, mais toutes avaient en commun l'absence du moindre goût de café. Il choisit la moins infâme et la machine se réveilla avec la souplesse d'un monstre de film en noir et blanc.

Anders prit son mug, le porta à sa bouche et goûta prudemment le breuvage, tout en se retournant pour se retrouver face à face avec la jeune stagiaire de vingt-trois ans qui attendait son tour derrière lui.

— Je ne voulais pas te faire peur, dit-elle.

— Pas de problème.

Anders essuya le café qu'il avait renversé sur sa main.

— Cela m'épargnera d'être obligé de tout boire. Rien que la moitié, ça m'écœure déjà.

La stagiaire lui sourit comme s'il avait dit quelque chose de drôle. La situation ne manquait pas de piquant, et ce pour différentes raisons, la première étant qu'elle l'avait suivi jusqu'à la machine à café et non l'inverse. Aucun homme de la rédaction ne pouvait garder les yeux rivés sur son écran quand la stagiaire passait à côté de lui.

— J'ai lu ta chronique de télé, dit-elle. J'aime bien comment t'écris.

— Merci.

Il aurait dû bien sûr s'en aller, ne pas rester à sourire et se faire tout un scénario. Il ne servait à rien de quémander les faveurs d'une femme, c'était perdu d'avance. Toutes les jolies femmes étaient déjà prises, il l'avait compris depuis longtemps, même s'il lui restait encore quelques années avant la trentaine.

Détourne-toi et va-t'en, s'intima-t-il à lui-même. *Ne va pas t'imaginer des choses, ne force pas le destin, satisfais-toi de ce que tu as*.

Anders s'excusa en souriant et retourna à son bureau. Il alluma l'ordinateur, commença à consulter des pages qu'il avait mises en signets.

Dire que la vie pouvait parfois être si agréable ! Ah, si seulement ça pouvait durer. Il était prêt à renoncer à famille et enfants pour prolonger indéfiniment cet instant. Être au cœur des événements, avec une colonne à remplir. C'était beaucoup mieux que d'écrire des livres dans la solitude. Des livres que personne ne lisait et dont la durée de validité pouvait se comparer à celle de la crème aigre.

L'instant d'après, il aperçut un peu plus loin un critique musical qui avait passé la limite d'âge. À l'instar des artistes qu'il avait un jour interviewés, le critique arborait la même coiffure et les mêmes vêtements qu'à l'époque de sa grandeur. C'était à la fois triste et pathétique. À ce point, c'en était presque beau.

Anders se jura qu'il quitterait le journal au plus tard avant trois ans.

47

Matte prit le train express d'Arlanda jusqu'à la gare centrale de Stockholm. Il trouva un café avec vue sur l'entrée du journal et appela le standard de la rédaction en demandant à parler à Anders Malmberg.

— De la part de qui ?

— Sven Niemand.

La standardiste transféra l'appel.

— Allô ? dit Anders d'une voix légère et assurée.

— Oui, bonjour. Je m'appelle Sven Niemand et je suis de la police de Stockholm. Avant de continuer, je veux m'assurer que vous êtes bien Anders Malmberg, résidant au 40, Odengatan…

Matte avait cherché sur Internet et n'avait trouvé qu'un seul Anders Malmberg né la même année que son frère. Il y avait l'adresse mais pas le numéro de téléphone.

— Tout à fait, répondit Anders. C'est à quel sujet ?

— Je suis désolé de vous déranger, mais un de vos voisins nous a signalé que la porte de votre appartement est grande ouverte. Il semblerait que vous ayez eu de la visite et qu'on ait fouillé un peu partout. Je suis en chemin en ce moment et ce serait bien si on pouvait se retrouver sur place pour faire aussitôt, le cas échéant, les déclarations de vol.

— Oui, oui… naturellement.

Anders paraissait déjà stressé.

— C'est pas possible, on n'est jamais à l'abri d'un cambriolage dans cette ville ! lâcha-t-il, excédé.

— Voyons voir… Il vous faut combien de temps pour venir ?

— Je pars tout de suite. J'y serai dans vingt minutes.

— OK, mais restez calme. Ce n'est pas forcément si grave que ça.

Matte regarda l'heure. Une minute et quarante secondes plus tard très exactement, Anders Malmberg quitta précipitamment les locaux du journal et héla un taxi. Matte but la dernière gorgée de son café, sortit dans la rue et suivit son exemple.

Quand Matte arriva à l'adresse, Anders avait déjà disparu à l'intérieur. Il sonna à l'interphone.

— Oui ?

— Sven Niemand, de la police.

— Entrez.

Matte prit l'ascenseur et sonna à la porte. Plus gros que sur les photos – comme pour la plupart des journalistes –, Anders Malmberg lui ouvrit.

— Entrez, dit-il. C'est vraiment bizarre. La porte était fermée et je ne vois aucune trace d'effraction…

Il jeta un coup d'œil autour de lui avant de regarder de nouveau Matte, et là, il eut comme un pressentiment. L'homme qui se prétendait policier ne ressemblait pas à un flic. De plus, il avait menti. Matte s'avança vers lui et agrippa ses cheveux.

— T'aurais pas dû écrire ce tas de merde, dit-il en cognant le visage d'Anders violemment contre le mur.

Le cartilage du nez se brisa avec un bruit sec.

— Est-ce que tu comprends ce que je dis ?

Matte cogna encore une fois le visage d'Anders et le frotta ensuite de gauche à droite, dessinant des traînées de sang sur le mur.

— J'ai dit : « Est-ce que tu comprends ce que je dis ? »

Anders essaya de bredouiller un oui, mais aucun son ne sortit de sa bouche. Quand Matte relâcha sa prise, Anders s'écroula par terre comme un pantin. Matte se planta au-dessus de lui, jambes écartées.

— Comment veux-tu que je sache si t'as compris ou pas, si tu peux même pas parler correctement ? Peut-être qu'il faudrait que t'apprennes d'abord à parler, hein ? Et laisser d'autres écrire à ta place. Attends, je vais voir si je peux t'aider…

Matte s'accroupit. Il prit la main droite d'Anders, l'ouvrit et saisit ses doigts. Avant de les briser, il posa l'autre main sur la bouche d'Anders pour étouffer le cri qui, il le savait, ne manquerait pas de jaillir. Il maintint sa main sur la bouche ensanglantée jusqu'à ce que le cri se soit transformé en sanglots.

— Tu remarqueras que j'ai épargné le pouce, dit Matte en allant se rincer les mains dans la cuisine.

Il tira sur la manche de son pull pour essuyer d'éventuelles empreintes sur le mitigeur.

— Maintenant, j'espère que je vais plus entendre parler de toi. Ceci n'est qu'un avant-goût de ce qui t'attend si tu persistes. Est-ce que tu comprends ce que je dis ? Encore un mot de toi et je ne serai plus aussi gentil.

Il tira la poignée de la porte, la main dans sa manche, et referma derrière lui.

48

— L'hôpital Södersjukhuset, bonjour.

— Oui, bonjour. Je m'appelle Calle Collin et je cherche un médecin du service des urgences.

— C'est à quel sujet ?

— Rien de grave. Je cherche juste à retrouver quelqu'un que j'ai rencontré en ville, il y a quelques semaines. Tout ce que je sais, c'est qu'il s'appelle David et qu'il travaille chez vous aux urgences. Il est médecin.

— Je comprends. De quoi s'agit-il ?

— C'est privé.

— Alors je vous suggère de le contacter chez lui.

— Le problème, c'est que je ne sais pas où il habite. Je ne connais même pas son nom de famille. Est-ce que vous pourriez lui demander de m'appeler ?

— Un instant.

Il fut mis en relation avec le service des urgences, où il répéta son laïus.

— David est occupé pour le moment. Je peux prendre un message ?

Calle laissa son nom et son numéro de téléphone.

— Et il sait de quoi il s'agit ?

— Non.

— Mais il sait qui vous êtes ?

Calle hésita.

— Je l'espère, dit-il d'un ton peu assuré avant de raccrocher.

Il regarda son téléphone et sentit battre son pouls. Une idée stupide, complètement débile du début à la fin. Encore une fois, tout était la faute de Jörgen. Pourquoi mettait-il toujours le bazar dans sa vie ? Il était toujours là, faussement sûr de lui, à l'abreuver de conseils tous plus ineptes les uns que les autres…

Calle n'aimait pas cette situation. Voilà qu'il était en position d'infériorité. L'important médecin aurait son message tandis qu'il se hâterait dans un couloir, un stéthoscope se balançant à son cou. Calle imaginait déjà l'infirmière essayant de le rattraper :

— Docteur David, un certain Calle Collin a appelé pour vous parler…

Elle doit courir pour marcher au même rythme que lui.

— Qui ça ? demande David sans la regarder.

— Calle Collin. Il paraissait avoir l'esprit troublé.

Ils sont dans une salle, maintenant. Le médecin David, en quelques gestes, sauve la vie d'un enfant à deux doigts de mourir.

— Je ne connais pas de Calle Collin.

L'infirmière recule contre le mur et s'incline avec respect. Le médecin sort vite pour sauver le prochain patient…

Calle vérifia que son portable n'était pas en mode silencieux et retourna près de la fenêtre pour regarder dehors. Il faisait beau. De nouveau. Et il était seul dans son appartement. Comme un adolescent prétentieux.

Le téléphone sonna. Calle se dépêcha de retourner dans le bureau et regarda l'écran. Numéro masqué. Il déglutit, attendit la troisième sonnerie pour ne pas avoir l'air trop pressé.

— Allô ? fit-il en prenant un ton posé.

— Salut, Calle, c'est David.

— Oh, ça me fait plaisir ! dit-il en faisant semblant d'être surpris.

Il ferma les yeux, s'accroupit.

— Tu m'as appelé.

— Oui, c'est ça…

Calle ne savait pas ce qu'il devait dire ; il avait préparé un certain nombre de répliques, en avait même testé quelques-unes devant la glace de la salle de bains, mais là, pour le coup, il restait muet. Aucune phrase ne passait le seuil de ses lèvres.

— Allô ? dit David.

— Je suis là.

— C'est drôle, j'avais pensé t'appeler. Mais tu avais l'air si peu intéressé, l'autre fois.

— Euh, pas vraiment, j'étais surtout fatigué.

— Ton copain est bien rentré chez lui ?

— Oui, tout à fait.

— On a passé une bonne soirée.

— Oui, tout à fait.

Qu'est-ce qu'il avait à répéter ça comme un perroquet ? Et dire que le langage était son outil de travail !

— Bon, pourquoi tu m'as appelé ?

Calle hésita.

— Eh bien, je voulais savoir si tu serais d'accord pour qu'on se revoie pour prendre une bière, ou autre chose…

— Une bière ? dit David.

— Oui.

— Non, au moins un dîner. Sinon, laisse tomber.

Calle rit, soulagé.

— D'accord.

— Il fait quel temps ? Je n'ai pas mis le pied dehors de toute la journée.

— Il fait beau, le soleil brille.

— Il y a un restaurant à Årstaviken, au bord de l'eau, presque à Eriksdal. Tu vois l'endroit ?

— Pas vraiment.

— D'accord, mais tu peux trouver le chemin jusqu'à Sös ?

— Tout à fait.

Troisième fois.

— Bon, retrouve-moi devant l'entrée principale à quatre heures et on ira ensemble.

— Tout à fait.

Putain, encore une fois.

— Bon, à tout à l'heure.

Calle raccrocha et se mit à danser. Il avait dit « tout à fait » quatre fois, mais tant pis. Il avait enfin fait quelque chose d'irréfléchi. Il regarda sa montre, il restait plusieurs heures avant le rendez-vous. Que faire ? Il n'avait pas le calme nécessaire pour s'asseoir et travailler. Quelle tenue porter ? Il explora son dressing, constata que sa chemise préférée était au sale. Quelle importance ? Il n'avait qu'à en acheter une nouvelle, saisir l'occasion et se sentir un peu à son avantage, pour une fois. C'était une bonne idée. Le moyen parfait de tuer le temps.

Il enfila ses chaussures, prit une veste sur un cintre et descendit l'escalier d'un pas léger. Une fois dehors, il leva quelques secondes son visage vers le soleil avant de commencer sa promenade. Il marcha et arriva à l'Odengatan, aperçut l'immeuble où habitait le chroniqueur Anders Malmberg. Calle ne l'avait pas vu dans le quartier, mais savait qu'il finirait bien par tomber sur lui un jour. Il n'avait pas encore décidé s'il l'éviterait ou pas.

Jörgen s'était emporté contre la chronique d'Anders Malmberg, disant qu'il n'avait jamais rien lu de plus nul, ça puait l'autosatisfaction. Sa colère avait touché Calle, qui, à son tour, avait pu se montrer grand seigneur et compréhensif, en soulignant que le garçon qui avait été renversé par une voiture était tout sauf un ange.

« Aucun homme n'est fait d'un bloc, disait Jörgen. Et ce genre de simplification qu'on trouve dans les journaux du soir, ça enlaidit et abêtit le monde, ça rend les gens peureux et angoissés. Pour l'autre, ça lui fait ni chaud ni froid, vu qu'il est mort. C'est sa mère qui se prend tout dans la figure.

— Encore que, honnêtement, elle ne valait guère mieux…

— Raison de plus pour la laisser en paix. La presse quotidienne ne connaît aucune limite, et si on leur fait la moindre critique, ils montent sur leurs grands chevaux et se moquent de ceux qui ont osé élever la voix. Comme le faible qui, terrorisé, raille les autres souffre-douleur dans la cour de récréation, de peur que ça lui arrive à son tour. »

Calle était presque arrivé devant la porte d'entrée d'Anders Malmberg quand celle-ci s'ouvrit, laissant passer un homme de grande taille. Calle le reconnut. Leurs regards se croisèrent brièvement et Calle leva la main pour le saluer.

Mattias Svensson passa devant lui sans un mot.

49

— Ils te cherchent.

— Je sais.

Conny Bladh regarda à l'intérieur du canon, sans trop savoir pourquoi. Il n'avait jamais compris ce qu'il espérait y découvrir.

— Et le viseur fonctionne ?

— Tu touches une balle de tennis à cent mètres. Mais le recul est puissant.

Conny Bladh hocha la tête et rendit le fusil. Le vendeur dévissa le viseur, remit le tout dans l'étui. Puis il sortit une boîte de cartouches d'un tiroir et la posa sur le côté.

— Cinquante, ça te suffit ? T'en veux pas plus ?

— Non.

Le vendeur le scruta.

— J'espère que tu sais ce que tu fais.

— On avait dit combien ? Vingt ?

— Plus cinq pour le viseur. Je t'offre les cartouches.

— Et en euros ?

— La peseta européenne ?

L'homme prit une calculette et convertit la somme

avec un cours lamentable. Conny le regarda, il réagit en haussant les épaules.

Conny ouvrit son sac à dos, en sortit une liasse de cent billets de cinquante.

— Le compte y est.

Le vendeur cassa la liasse contre la table et recompta vite fait avec le pouce.

— Il ne me reste plus qu'à te souhaiter de réussir dans tes projets, conclut-il. Je lirai sans doute le résultat dans les journaux.

Conny Bladh prit le fusil et s'en alla. Inutile de s'attarder plus que nécessaire, le temps lui était quand même compté.

50

Calle était satisfait de sa nouvelle chemise, qui le rendait plus beau qu'il n'était. Il se sentait sûr de lui, le cœur plein d'espoir, lorsque David sortit de l'hôpital après avoir pris une douche. Ils se reconnurent de loin et se sourirent. Aussitôt, sa belle assurance s'envola. Principalement parce que David paraissait aussi décontracté que s'il s'était trouvé chez lui. Ceci était son terrain de jeu, alors que Calle se trouvait en terre étrangère. Son visage se contracta. Devaient-ils s'embrasser sur la joue ou se serrer la main ? Difficile de savoir. Calle hésita. David lui tendit la main.

— Salut, ça fait plaisir de te revoir.

— Désolé, je suis un peu nerveux, dit Calle.

David renversa la tête et le regarda, étonné.

— Il faut bien que je dise comment je me sens, se justifia Calle, sinon ce sera encore pire.

David lâcha sa main et lui donna une tape amicale sur l'épaule.

— Nous allons prendre les choses calmement. Tu m'as appelé, c'était courageux de ta part.

Calle eut un hochement de tête reconnaissant.

— C'est Jörgen qui m'a obligé.

— Il a bien fait, dit David. Viens, on y va.

Ils passèrent devant les petites cabanes des jardins collectifs et descendirent vers le rivage où chacun rivalisait plus ou moins d'activité – jogging, promenade avec les chiens, trempette des pieds –, tout ce qu'il convient de faire quand il fait beau en été.

— Tu viens souvent ici ? demanda Calle.

— Pas aussi souvent que je devrais. Parfois à l'heure du déjeuner, si j'ai le temps.

— Est-ce que c'est stressant ?

David haussa les épaules.

— Oui et non, mais les gardes sont très longues.

— Qu'est-ce que tu fais, au juste ?

— Je raccommode les gens. Je coupe, je rafistole.

— Ce doit être éprouvant.

— Parfois. C'est surtout gratifiant. Moralement, c'est très simple et inattaquable. Je crois que c'est comme quand on a des enfants en bas âge.

Calle ne comprit pas.

— Tous réclament notre attention, on sent qu'on a besoin de nous et qu'on est apprécié, ce qui flatte forcément notre ego. Ce n'est pas le métier que je rêvais d'exercer enfant. Je voulais être commentateur sportif, parler sans interruption et mettre ma touche personnelle sur ce qui était apparent aux yeux de tous. J'ai postulé pour l'école de journalisme, mais je n'ai pas été admis. J'écris comme une merde, contrairement à toi.

Calle secoua la tête.

— Tu n'en sais rien.

— Tu écris très bien, c'est émouvant. J'ai acheté le magazine *Familles*, et j'ai presque eu les larmes aux yeux quand j'ai lu ton texte sur le garçon décédé.

Calle le regarda, l'air sceptique.

— Merci, dit-il quand il comprit que le compliment était sincère.

— Je dis simplement ce qui est. Voilà, le restaurant est devant nous. Enfin, quand je dis restaurant, c'est plutôt un club house avec une cafétéria. Mais la cuisine est bonne et la vue, magnifique.

Ils firent la queue au comptoir, commandèrent des sandwichs aux crevettes et une bouteille de rosé.

— Tu n'auras pas besoin de payer, dit David. Je plaisantais, au téléphone.

Calle fit un geste de protestation.

— C'était mon idée.

— T'es sûr ?

— Tout à fait. Je veux dire, oui.

— Bon, la prochaine fois ce sera mon tour. En attendant, je vais nous trouver une table.

David en choisit une le plus près possible de l'eau. Le soleil scintillait dans le sillage des bateaux qui se dirigeaient vers l'écluse. Calle posa le plateau et versa le vin.

— Du rosé, dit-il en levant son verre pour en admirer la couleur. Ça fait une éternité que je n'en ai pas bu.

— Qu'est-ce qu'on ne fait pas pour garder ses préjugés ?

Ils trinquèrent et burent. David posa des questions à Calle sur l'article qu'il avait lu. Calle lui raconta la vérité derrière le reportage mensonger : la mère en colère, le frère mutique genre gorille et sa petite amie au sourire psychotique. Il parla de la chronique d'Anders Malmberg et de la conversation avec Margit.

— Et aujourd'hui, quand je suis passé devant

l'entrée de l'immeuble d'Anders, j'ai vu le frangin qui en sortait. J'ai voulu le saluer, mais il a continué son chemin.

— Tu veux dire qu'il serait venu mettre une raclée au chroniqueur ? dit David.

Calle prit une expression grave, comme si la pensée ne l'avait pas effleuré jusqu'ici.

— Non, finit-il par dire, quand même pas…

David haussa les épaules et tourna son regard vers l'eau.

— D'après ta description, ce frère n'était pas du genre à faire des discours.

Cette pensée inquiétante s'enracina chez Calle, alors qu'il l'avait d'abord rejetée, voulant avoir des choses plus agréables en tête. Une sonnerie de portable interrompit le cours de ses réflexions. Il sortit son téléphone de sa poche de veste, numéro inconnu. Il regarda David, qui lui fit signe de répondre. Calle passa son doigt sur l'écran.

— Oui ?

— Bonjour, Calle, comment ça va ?

— Excusez-moi, qui est à l'appareil ?

— Sara Vallgren. On s'est vus à Höganäs.

— C'est drôle que vous appeliez, j'étais justement en train de dire à un bon ami que j'ai croisé…

— J'ai lu votre article, l'interrompit Sara avec une amabilité naturelle. Je l'ai lu avec grand intérêt. Désormais, je suivrai de très près ce que vous faites.

— Je ne comprends pas très bien.

— Mais si, vous m'avez parfaitement comprise. Vous êtes un homme raisonnable et intelligent. Quelqu'un qui ne va pas lancer des accusations à tort et à travers. Nous avons des amis à Stockholm.

Vous aimeriez peut-être faire la connaissance de certains d'entre eux ?

Calle resta interdit.

— Eh bien, il ne me reste plus qu'à vous souhaiter de connaître d'autres succès dans votre vie d'écrivain, conclut Sara. Prenez soin de vous, surtout.

Elle raccrocha et Calle fit de même, le regard absent.

— Qu'est-ce qu'il y a ? demanda David. Il s'est passé quelque chose ?

Calle leva la paume et regarda les nouvelles sur son téléphone. Il lut, en gros titre :

`Un journaliste gravement agressé chez lui`

51

David connaissait une infirmière aux urgences de Sankt Göran. Au début de leurs carrières respectives, ils avaient travaillé ensemble dans un centre de soins en périphérie de Stockholm.

— Tu n'as pas idée du nombre de journalistes qui ont défilé ici, il faut faire attention à ce qu'on dit. Encore que les plus jeunes d'entre nous sont flattés d'avoir l'attention des médias et se lâchent. Ah, je n'aime pas ça.

— Je te présente Calle Collin. C'est un ami proche de la famille Malmberg, il doit impérativement parler aux parents. Je suppose qu'ils sont là.

— Oui, je viens de croiser le père. La mère doit être dans la chambre.

— Il est très amoché ?

— Fracture du nez, lèvres ouvertes, quatre doigts de la main droite brisés.

— Aïe.

— Comme tu dis. Mais rien qui soit de nature à mettre sa vie en danger.

— Est-ce que la police est venue ? Mon ami a des informations qui pourraient se révéler utiles.

L'infirmière scruta Calle. Était-il un témoin qui s'était bien gardé d'intervenir ? Un citoyen timoré qui avait assisté à la scène, caché derrière un arbre ?

— Les parents ne sont plus là, déclara-t-elle après avoir fait un tour dans la chambre du patient. Il dort, maintenant. Nous lui avons donné des sédatifs. Le pauvre était dans tous ses états.

— Ça ne m'étonne pas, dit David. Se faire tabasser chez soi…

— Oui, ça n'arrive pas souvent, commenta l'infirmière, qui marqua clairement une pause. Je vais voir si je peux trouver le père ou la mère. Attendez ici.

Calle et David restèrent un peu désemparés dans la pièce avant de s'asseoir.

— Il… devait être là-haut, dit Calle, qui avait du mal à respirer. Quand je suis passé, je veux dire. J'aurais dû comprendre, monter et frapper à sa porte…

David lui prit la main et l'attira vers lui. L'infirmière revint avec Åsa Malmberg à sa suite. Celle-ci regarda, étonnée, les deux hommes, qui relâchèrent leur étreinte. Calle lui tendit la main.

— Bonjour, je ne sais pas si vous vous souvenez de moi. Calle Collin, on s'est rencontrés sur l'île de Tegel. J'étais chez Jörgen. Jörgen Petersson.

L'infirmière tança David du regard. C'est ça qu'il appelait « un ami proche de la famille » ?

Le visage d'Åsa ne laissa rien paraître.

— Je me souviens, dit-elle.

— Eh bien, dit Calle en inspirant profondément. Je crois savoir qui a agressé Anders.

Åsa hocha la tête puis se tourna vers l'infirmière.

— Y a-t-il une pièce où ce monsieur et moi pourrions parler en privé ?

52

Calle avait du mal à savoir si Åsa Malmberg le regardait d'un mauvais œil ou si elle était simplement sous le choc et incapable d'exprimer la moindre émotion. Son fils était couché dans la pièce voisine, elle aurait dû être auprès de lui et non avec un homme qu'elle n'avait rencontré qu'une fois.

— Je suis passé aujourd'hui devant l'immeuble d'Anders à l'heure du déjeuner, dit Calle. Et j'ai vu sortir Mattias Svensson.

Åsa ne dit rien. Calle poursuivit :

— Mattias Svensson est le frère de Kent Svensson, qui était dans la même classe qu'Anders.

Toujours aucune réaction.

— J'ai écrit un article sur Kent Svensson, celui qui est mort dans un accident de voiture. Là-bas, à Höganäs.

— Oui.

— Et après, Anders a publié une chronique sur mon article. Kent et lui n'étaient pas les meilleurs amis du monde pendant leur scolarité, si j'ai bien compris.

Bengt Malmberg entra dans la pièce et posa un regard curieux sur Calle, qui lui tendait la main.

— Je ne sais pas si vous vous souvenez de moi, on s'est rencontrés sur l'île de Tegel.

Bengt retira vite sa main et vint se placer aux côtés de son épouse.

— Calle a vu Mattias Svensson sortir de l'immeuble d'Anders, dit Åsa. Aujourd'hui, à l'heure du déjeuner.

Bengt ne fit aucun commentaire.

— La mère de Kent m'a appelé, il y a quelques semaines, dit Calle. Elle avait lu la chronique d'Anders et elle était furieuse, elle voulait savoir ce que je comptais faire. Je lui ai dit que je ne pouvais pas faire grand-chose. Alors elle a dit : « Vous, peut-être pas. »

— Vous avez vu Mattias Svensson, le frère de Kent, sortir de l'immeuble d'Anders ? résuma Bengt.

Calle opina du bonnet.

— Vous en êtes vraiment sûr ?

— Oui.

— Vous croyez donc que c'est lui qui a agressé Anders ?

— Évidemment. J'ai voulu le saluer, mais il ne s'est pas arrêté. Et il y a quelques heures, sa compagne a appelé pour me menacer. Enfin, quand je dis menacer… Elle a dit qu'elle garderait un œil sur moi et qu'elle avait des amis à Stockholm. Oui, de fait, elle m'a menacé.

— Sa compagne ? dit Åsa.

— Elle était présente lors de l'interview. La reine danoise des boîtes de nuit. Mattias travaille pour elle. Comme « responsable de la sécurité » – un homme de main, je dirais. Ces deux personnes ne sont pas du genre à plaisanter, si vous voulez mon avis.

Les époux Malmberg échangèrent un regard.

— Allez raconter ça à la police, dit Bengt.

— Bien sûr, répondit Calle, aussitôt prêt à rendre service.

Bengt eut l'air de prendre son courage à deux mains pour dire quelque chose, se ravisa, finit par demander :

— Il y a une chose que je ne comprends pas. Comment Margit savait-elle que la chronique d'Anders parlait d'elle ? Il n'a cité aucun nom, il n'a mentionné ni Höganäs ni le titre de votre journal.

Calle regarda par terre et bougea un peu les pieds avant de lever les yeux.

— Je crois que je lui ai dit bonjour de votre part. C'est-à-dire que j'ai parlé avec un ancien professeur qui a cité Anders comme l'exemple de quelqu'un qui avait réussi dans la vie. À la différence de Kent, dont elle n'avait rien à dire de bien. Ensuite, quand j'ai parlé à Margit, j'ai mentionné que je vous avais rencontrés. Je croyais qu'elle serait flattée. Flattée qu'une personne connue sache qui elle était.

Åsa respira profondément et se tourna vers son mari.

— Je retourne voir Anders, dit-elle en sortant sans même accorder un regard à Calle.

Bengt resta et hocha la tête.

— Vous raconterez tout ça à la police, dit-il.

Calle se redressa.

— Bien sûr.

Bengt lui donna une rapide tape sur l'épaule et partit rejoindre sa femme.

53

— Salut, maman.

— Dis-moi que ce n'était pas toi.

— Quoi ?

— Mon petit Matte, dis-moi que tu n'as rien à voir là-dedans.

— Dans quoi ?

— Tu n'as pas entendu ? Le journaliste a été agressé.

— Quel journaliste ?

— Celui qui a écrit ces conneries. Il a été tabassé dans son appartement.

— Maman, arrête de t'imaginer des trucs.

Elle poussa un soupir.

— Tant mieux, dit-elle. J'ai eu si peur. Je me suis dit que c'était peut-être toi.

— Moi quoi ?

— Toi qui avais fait ça. Qui l'avais frappé. Encore qu'il ne l'a pas volé. Je veux pas que t'aies des ennuis.

— T'inquiète.

— Bon. Quand est-ce que je te reverrai ?

— Je sais pas, maman. J'ai pas mal de trucs à faire.

— Sara va bien ?

— Oui.

— Je suis contente, elle me plaît. Vous allez bien ensemble. Vous n'avez pas pensé à…

— À quoi ?

— Non, non. Tu es si jeune. Mais elle a passé la trentaine, non ?

— Maman…

— Oui, je sais. Je trouve seulement qu'elle paraît, comment dire, assez carrée. Et elle vient d'une bonne famille, on peut pas dire le contraire. Des médecins et tout. Tu m'as dit qu'ils avaient travaillé à l'étranger ?

— Maman…

— L'Arabie saoudite ou quelque chose comme ça.

— Le Koweït.

— C'est ça. Le Koweït. Elle a grandi là-bas, tu m'as dit ?

— Maman, je peux pas trop parler maintenant. Je te rappellerai plus tard.

— D'accord. Tant mieux que t'aies rien à voir avec ça. Tu m'ôtes un poids.

— À plus, maman.

— Oui, rappelle-moi quand tu pourras. Au revoir, mon garçon.

54

— Tu te sens mieux ?

Ils étaient assis dans la cuisine de Calle. David l'avait suivi au commissariat, l'avait attendu patiemment pendant l'interrogatoire et l'avait raccompagné chez lui. Ils buvaient du thé et mangeaient des tartines de fromage.

— Briser les doigts de quelqu'un, dit Calle. Qui fait ça ?

— Tu l'as rencontré.

— Ça paraît surréaliste.

David but une gorgée de son thé.

— Je vois ce genre d'horreurs chaque semaine.

— Quoi ?

— Des bagarres. Des mauvais traitements, des coups de couteau…

— C'est… habituel ?

David eut un haussement d'épaules.

— Habituel, je ne sais pas. Ça arrive. Ils déboulent dans nos services pour se faire soigner. On les recoud, on leur met un pansement, on souffle dessus. Les criminels d'aujourd'hui sont de la génération Emla.

Calle ne comprenait pas.

— Emla est une crème anesthésiante qu'on met sur la peau du patient pour atténuer la douleur quand on va lui faire une piqûre.

— Je ne sais pas si cela me rassure vraiment.

David prit la main de Calle.

— Tu n'avais pas le choix. Tu étais obligé de dire ce que tu as vu, et tu devras témoigner, si nécessaire. Je crois que tu serais plus en danger si tu n'avais rien dit. Tu as bien fait.

Calle se força à sourire.

— Bizarre, dit-il, mais personnellement, je n'en suis pas du tout convaincu.

David se leva.

— Tu ne m'as pas montré ta chambre à coucher.

55

La fenêtre était entrebâillée, et Conny Bladh avait décalé la commode du mur afin d'avoir un appui pour son coude. La pièce était plongée dans la pénombre. L'entrée de la boîte de nuit était bien visible de la fenêtre. Conny estima la distance à une centaine de mètres. Le videur avait les mains dans les poches de son blouson, les filles fumaient. L'une portait un short en jean et un haut moulant, l'autre, une jupe courte et une veste en jean. Toutes deux en talons aiguilles.

Le viseur avait bien la précision annoncée par le vendeur. Conny s'était exercé dans la forêt. S'il coinçait la crosse dans le creux de l'épaule et appuyait doucement sur la détente, il toucherait la cible au centre du réticule.

Matte, le gorille de Sara, était sur place. Conny l'avait vu entrer dans le club, quelques heures plus tôt. Matte était obligatoirement impliqué dans le meurtre, d'une manière ou d'une autre, même si l'ordre émanait toujours de Sara. Les initiatives personnelles n'étaient pas les bienvenues. Et Conny comptait bien ne pas seulement nettoyer un peu, mais arracher les mauvaises herbes avec leurs racines…

Il posa le fusil sur la commode et regarda sa montre. Cela faisait trois heures qu'il surveillait l'entrée. C'était sa première soirée. Il avait de quoi boire et manger pour une semaine et la chambre était payée. Le tarif horaire multiplié par vingt-quatre multiplié par sept. Un prix faramineux. Pas étonnant que la canaille à la réception, tout content, ait gratté sa barbe jaune nicotine. Il fallait payer le prix, si on voulait éviter les questions. Et Conny avait encore largement assez de fric.

Des coups sourds et rythmés résonnaient dans la chambre à côté. Cela ne l'excitait même pas. Quelques jours plus tôt, il aurait pu être celui qui ramonait jusqu'à l'épuisement, aujourd'hui cela lui paraissait tellement lointain.

Pour la première fois depuis longtemps, sa vie avait un sens. Ce changement l'enivrait presque, il se sentait heureux et imaginait déjà en quels termes il passerait à la postérité.

Sara visitait régulièrement ses clubs. Elle était comme ces fameux cuisiniers qui vont en salle pour voir leurs clients et s'assurer que tout va pour le mieux. Sara Vallgren avait une telle aura qu'elle donnait à son activité un vernis de distinction. Les gens qui connaissaient mal le monde du crime disaient : « Il se peut que tout ne soit pas fait dans les règles, mais c'est beaucoup plus calme depuis que Sara a repris les affaires en main. » Comme si elle était la garantie que tout resterait à un niveau convenable.

Conny pensait lui loger une balle dans la tête. Dès que ce serait fait, il allumerait le plafonnier, s'installerait dans le fauteuil et attendrait la police.

Il n'avait plus l'intention de fuir encore une fois.

Le son des sirènes vint interrompre ses pensées et lui fit jeter un coup d'œil par la fenêtre. Des lumières bleues balayèrent les façades et trois voitures de police se garèrent devant la boîte de nuit.

Conny regarda dans le viseur. Quatre policiers entrèrent, deux restèrent à l'extérieur. Trop peu pour une descente de police, trop pour un contrôle de routine. Au bout de quelques minutes, ils ressortirent, encadrant Matte, menotté, mais qui ne semblait ni fâché, ni inquiet. Sans opposer la moindre résistance, il monta à l'arrière d'une des voitures. L'instant d'après, tout était redevenu calme et le videur avait réapparu pour laisser entrer les hommes d'affaires, dont la plupart avaient déjà un verre dans le nez.

56

Bengt alla directement à la cuisine et remplit deux verres de vin. Debout près de l'îlot central, Åsa le regardait. Il lui tendit un verre. Il faillit, par habitude, lever son verre pour trinquer en silence, mais se ravisa et tourna la tête. Un téléphone sonnait.

— C'est le tien, dit-il.

Åsa alla dans l'entrée et sortit son portable de son sac. Elle jeta un coup d'œil sur l'écran et Bengt comprit qu'elle ne connaissait pas le numéro.

— Allô ? Oui, c'est moi, Åsa.

Elle écouta.

— Non, je n'étais pas au courant.

Nouveau silence.

— Non, dit-elle d'une voix lasse.

Bengt chercha à croiser son regard pour déterminer si la situation était grave ou pas. Elle l'évita.

— Vous ne pouvez rien faire, reprit-elle sur un ton neutre. Restez impassible et laissez dire. Ne répondez surtout pas, c'est une bombe à retardement. Et cela n'a aucune importance pour les ventes, ou plutôt si, mais dans le bon sens. Cette femme n'a de pouvoir réel que sur votre mauvaise humeur, sur rien d'autre. Gardez ça en tête.

Bengt poussa un soupir d'énervement. Il prit une grande gorgée de vin, appuya ses fesses contre le plan de travail. Åsa reconnut les signes et tourna le dos à son mari.

— Excusez-moi mais je ne peux pas vraiment vous parler maintenant… Pour des raisons privées… Oui, on reprendra cette conversation plus tard. Je vous rappellerai. Au revoir.

Elle raccrocha et retourna dans la cuisine.

— Excuse-moi, dit-elle.

— Laisse-moi deviner. Un écrivain ? C'était quoi, cette fois, une mauvaise critique ?

— Il n'a rien eu depuis plusieurs semaines et voilà que la première qui paraît est incendiaire.

— Et ?

— Il avait peur que ça déteigne sur les autres.

Bengt ne dit rien.

— C'est souvent ce qui arrive, reprit Åsa. Tous les critiques regardent sur Internet ce que les autres pensent avant de se faire leur propre opinion. Une bonne première critique ne constitue aucune garantie, car c'est toujours bien vu de se démarquer des autres, mais une critique assassine fait que le livre risque fort de connaître un sort agité.

Bengt posa son verre. Åsa vit sa cage thoracique se soulever exagérément.

— Notre fils s'est fait sauvagement agresser chez lui et toi, tu consoles un écrivain parce qu'il a eu une mauvaise critique pour un livre que je soupçonne d'être inintéressant ?!

Åsa baissa les yeux, Bengt alla vider son verre de vin dans l'évier.

— Alors on fait quoi ? fit-il en croisant les bras.

— Qui parle de « faire » quoi que ce soit ? répondit Åsa, en espérant le calmer.

Bengt était au bord de l'implosion.

— Je te parle. Alors on fait quoi ?

Åsa se laissa choir sur une chaise. Elle porta une main tremblante à son visage. Bengt ne se démonta pas.

— Je ne sais pas, dit-elle.

— Tu ne sais pas ?! Alors on est deux. Comment peux-tu te déconnecter à ce point, bordel ?!

— Me déconnecter ?

— Un imbécile t'appelle, je cherche à croiser ton regard et tu te détournes pour éviter ma question.

— Quelle question ?

— Qui t'appelle ? Notre fils est à l'hôpital, je te rappelle. Alors le moindre signal du monde extérieur peut avoir quelque chose à voir avec ça.

— J'ai seulement parlé au téléphone.

— Tu as parlé au téléphone, j'ai cherché ton regard et tu t'es détournée.

— Tu voulais que je fasse quoi ? J'ai abrégé la conversation dès que j'ai pu.

— Tu aurais pu me faire signe que ce n'était pas l'hôpital ou la police. Tu aurais pu lever les yeux au plafond, secouer la tête, n'importe quoi, mais pas me tourner le dos ! Ce n'est pas normal, il y a un truc qui ne va pas chez toi.

— Je suis désolée.

— Notre fils est à l'hôpital. Je veux savoir ce qu'on va faire.

Bengt alla chercher un nouveau verre qu'il remplit de vin. Åsa le regarda.

— Il faut lui dire, dit-elle. On ne peut pas continuer comme ça. Il faut lui dire.

57

Conny Bladh n'avait aucune télé à regarder, aucune radio à écouter. Sa seule distraction était les halètements qui, à intervalles réguliers, lui parvenaient depuis l'autre côté du mur.

Le jour se levait et le business dans la rue avait presque cessé. Conny connaissait de vue certains de ces types. Du moins en avait-il l'impression. C'était difficile de voir à cette distance, et au fond cela n'avait guère d'importance. Les Danois s'appelaient tous Preben, avaient les cheveux roux, des parkas vertes et des vélos noirs. Ils se ressemblaient à s'y méprendre, et on pouvait au moins être sûr que c'étaient tous des gens mal intentionnés. Ils mettaient un point d'honneur à rouler les Suédois dans la farine. Même les femmes savaient ce qu'elles faisaient. Les putes suédoises ne n'y risquaient pas. Concurrence déloyale, songea Conny. Au Danemark, c'était légal, elles se battaient pour avoir des clients. En Suède, elles faisaient l'amour comme des harengs morts en fixant le plafond. Les Danoises griffaient et étreignaient, ça faisait une grande différence. Il eut envie de s'offrir une dernière baise. Les vibrations dans le mur diminuèrent avant de cesser tout à fait. Peut-être que Conny pouvait la choper quand elle sortirait ?

Il cacha le fusil, prit de l'argent dans le sac à dos, colla son oreille contre la paroi pour savoir où ils en étaient. La femme s'était relevée du lit. Le client restait allongé. Elle s'habillait, il parlait. Ses réponses étaient brèves. Conny n'entendait pas ce qu'il disait. Le lit craqua quand le client se releva. La pute prenait congé. Conny s'approcha de la porte. Il entendit des pas rapides sur des talons aiguilles. Dès qu'elle eut passé la porte, il l'ouvrit doucement et jeta un coup d'œil dans le couloir.

Ce n'était pas quelqu'un qu'il connaissait. Tant mieux.

— T'as un moment ?

Elle s'arrêta et se retourna. Conny passa la tête par la porte et agita sa liasse de billets. Elle revint sur ses pas. Il tenait les gros billets entre deux doigts. Elle lui sourit, prit l'argent et compta les billets prestement, en habituée.

— Je veux que tu te donnes entièrement, dit Conny. Comme si tu m'aimais vraiment.

— *With this money, you can come on my face*[1].

— Ce ne sera pas nécessaire. *I mean, do you understand what I'm saying ?*

— *I understand, yes*[2].

Conny lui tint la porte et la femme entra. Elle regarda autour d'elle.

— *You live here*[3] *?*

1. « Pour cet argent, tu peux jouir sur mon visage. »
2. « Au fait, tu comprends ce que je dis ? – Je comprends, oui. »
3. « Tu habites ici ? »

— Je veux que tu fasses de ton mieux.

— *I always do best*[1].

Elle lui embrassa la poitrine, en professionnelle. Conny secoua la tête.

— Pas comme ça. Je veux que tu fasses comme si c'était pour de vrai.

Il se planta devant elle.

— *Pretend it's real*[2] *?* dit la prostituée.

Conny leva la main et elle tressaillit, effrayée. Il lui sourit gentiment et lui caressa doucement la joue du dos de la main. Elle était pétrifiée.

— *You scare me*[3].

— Fais juste semblant, dit Conny.

---

1. « Je fais toujours le mieux. »
2. « Faire semblant que c'est vrai ? »
3. « Tu me fais peur. »

58

Matte n'ouvrit pas la bouche avant d'avoir parlé à son avocate. Alors il déclara :

— Je n'ai pas agressé Anders Malmberg.

Les policiers de Stockholm qui avaient fait le déplacement à Copenhague avaient une foule de questions à lui poser.

— Vous savez donc qui est Anders Malmberg ? Nous avons un témoin qui vous a vu sur place à une heure qui correspond à l'agression. Est-ce que vous réfutez cette affirmation ? Nous avons des preuves que vous avez fait l'aller-retour en avion à Stockholm ce jour-là. Que veniez-vous y faire ? Comment appelez-vous ça ?

Ils montrèrent des photos prises à l'hôpital. Matte daigna à peine y jeter un coup d'œil.

— Est-ce que vous avez une idée de qui peut lui avoir écrabouillé le visage et brisé les doigts ?

— Je n'ai pas agressé Anders Malmberg.

— C'est à cause de ce qu'il a écrit dans le journal ? Pour venger votre honneur et celui de votre frère décédé ?

— Je n'ai pas agressé Anders Malmberg.

— Vous l'avez déjà dit. Et si, au lieu de nier, vous nous disiez plutôt ce qui s'est réellement passé ? Vous ne croyez pas que vous vous sentiriez mieux, après ?

— Je n'ai pas agressé Anders Malmberg.

— Arrêtez, on dirait un perroquet. Personne d'autre que vous ne croit à ce que vous racontez.

L'avocate se racla la gorge.

— Comme mon client vous le répète calmement et de bonne grâce, il n'a rien à voir avec l'agression d'Anders Malmberg. Si vous n'avez pas d'autres questions, je propose que vous…

Ils le laissèrent partir. L'avocate sortit avec lui du poste. Matte l'interrogea des yeux.

— Il a refusé de dire que c'était toi. Ils vont le travailler au corps, lui redonner courage. Ses copains journalistes en ont déjà fait un héros. Il va subir une pression terrible. S'il continue à te protéger, il descendra de son piédestal. Un journaliste qui a les jetons ne vaut plus rien aux yeux de ses collègues. Si j'étais toi, je ne m'affolerais pas. Les prochains jours seront décisifs. S'il parle, nous n'aurons plus qu'un seul argument comme défense.

— Lequel ?

— Qu'il ne t'a pas livré tout de suite.

L'avocate lui posa une main sur l'épaule. Matte la dépassait tellement en taille que ça lui fit bizarre.

— Un journaliste ! Qu'est-ce qui t'a pris ?

Ils se séparèrent et Matte prit un taxi pour rejoindre le bureau de Sara. Au moment où il franchissait la porte, une pensée lui traversa l'esprit. Et si Sara se mettait en tête qu'il avait parlé ? L'inquiétude s'empara de lui.

Sara se leva de sa chaise et vint à sa rencontre en

lui ouvrant les bras. Un geste exagéré ? Matte sentit ses muscles faciaux se contracter. Cela ne dura qu'une seconde, mais assez pour que ce soit perceptible par quiconque le connaissait suffisamment.

— Ça fait plaisir de te voir.

Elle le serra dans ses bras, longuement. C'était une forme de tendresse qu'elle ne lui avait pas témoignée jusqu'ici. Elle pressa la joue contre sa poitrine en promenant ses mains derrière son dos. Cherchait-elle à voir s'il avait un micro caché sur lui ?

— J'ai dit que dalle.

Elle lui prit les mains et le regarda droit dans les yeux.

— Je le sais bien. Viens, assieds-toi. Tu veux boire quelque chose ?

— Non, ça va.

— Félicitations, je dois dire.

— L'avocate a dit qu'ils allaient le convaincre de témoigner.

— Il y a toujours un risque, mais la seule personne qui ait parlé jusqu'ici, c'est cet imbécile qui bosse pour un hebdomadaire. Pourtant, c'est pas faute de l'avoir prévenu.

Sara eut un regard absent.

— Je commence à perdre la main, dit elle.

Matte se pencha vers elle.

— Tu veux que j'aille lui parler ?

— Non, maintenant on se tient à carreau. Aucune raison de s'énerver.

— On attend ?

Sara eut un rapide sourire.

— Briser les doigts ? Et broyer son visage de cette façon… Il aurait suffi que tu le gifles, cela lui aurait flanqué la frousse, à ce fumier. Et on ne laisse jamais de témoin derrière soi. Maintenant tu es dans la merde.

Elle fit le tour du bureau, s'assit, prit une pile de documents qu'elle commença à lire. Matte fut désemparé.

— Tu veux… que je m'en aille ?

D'un geste du pouce par-dessus son épaule, il indiqua la porte. Sara n'interrompit pas sa lecture.

— Referme la porte derrière toi, s'il te plaît.

59

Conny Bladh demanda à Janina de se mettre à la fenêtre et de regarder dehors.

— *How*[1] ?

— Reste juste là.

— *Like this ? Why*[2] ?

Il se plaça derrière elle et l'entoura de ses bras. Comme un couple amoureux à l'hôtel dans une ville étrangère. L'aube qui pointait, tout le champ des possibles qui s'offrait à eux. L'illusion ne dura qu'une poignée de secondes, puis elle guida sa main vers sa chatte.

Conny était apparemment le seul romantique dans la pièce. Elle se retourna avec un regard de séductrice, l'attira vers le lit, déboutonna son pantalon et prit son membre dans sa main.

— Attends.

Une douleur l'élança dans le ventre. Conny repoussa la fille et se précipita aux toilettes. Il ouvrit le robinet en grand pour atténuer le bruit. Cela ne servit pas à grand-chose et certainement pas contre l'odeur.

1. « Comment ? »
2. « Comme ça ? Pourquoi ? »

Quand il revint, Janina s'apprêtait à s'en aller.

— *You sick. I go*[1].

Conny nota qu'elle se cramponnait à son sac à main. Il jeta un coup d'œil à son sac à dos, vit qu'il avait été ouvert.

— Ne te gêne pas, surtout !

Il lui prit son sac à main, en renversa le contenu sur le lit, ramassa les liasses de billets et la laissa ranger le reste à l'intérieur. Il ne pouvait pas la laisser sortir. Aussitôt qu'elle aurait franchi le seuil de la porte et parlé à ses amis du riche client de la chambre 21, il serait un homme mort. Il se campa devant la porte.

— *Let me out, I want to go*[2].

— Attends.

Il n'avait pas le choix.

— Reste.

Elle le regarda d'un air méfiant. Conny s'efforça de lui parler calmement et de lui inspirer confiance.

— Reste quelques jours, une semaine, et je te donnerai tout.

Elle ne comprenait pas. Il brandit des liasses de billets.

— *Pay you everything. If you stay*[3].

1. « Toi malade. Je m'en vais. »
2. « Laisse-moi sortir. Je veux m'en aller. »
3. « Je te donnerai tout. Si tu restes. »

60

Calle était pris d'un vrai fou rire. Il en avait mal aux joues. Il ne s'était jamais senti aussi conforté dans son être ni aussi beau… Sans parler des baisers. Comme si la vie était tout à coup en couleurs. David ouvrit les yeux, lui sourit.

— Quoi ?

Calle secoua la tête.

— Rien.

— Rien ?

Calle respira profondément.

— Je me sens presque fiévreux, dit-il.

— Fiévreux ?

— Comme à côté de mes pompes, en jet lag. Comme si je n'avais pas dormi depuis plusieurs jours.

— Ce n'est pourtant pas le cas.

David tendit la main vers le sexe de Calle.

— Négligé et un peu gonflé ici.

— Et sensible.

— Il vaut mieux que le docteur y jette un coup d'œil…

Vingt minutes plus tard, ils se levèrent du lit. David alla le premier sous la douche tandis que Calle préparait le petit déjeuner. Il prit le journal dans l'entrée et lut, interloqué :

Agresseur présumé relâché.
Anders Malmberg : « Ce n'était pas lui. »

David se plaça derrière lui, une serviette autour de la taille.

— Il s'est dégonflé, dit Calle. Ces salauds ont réussi à l'effrayer.

— Ou alors ce n'était pas lui.

— Et comment expliques-tu qu'un gangster qui opère à Copenhague se trouvait, comme par hasard, à Stockholm quand Anders Malmberg s'est fait agresser ?

David haussa les épaules. Calle soupira.

— Tu ne crois quand même pas que…

— Il est arrivé des choses plus bizarres.

— Et pourquoi la mère maquerelle m'a appelé, aussitôt après ?

— Tu as raison, admit David, qui repartit dans la chambre à coucher pour se rhabiller.

Quand il revint, Calle avait déjà versé le café.

— Bien sûr que j'ai raison, dit-il. Mais je ne vais pas laisser passer ça. Anders creuse sa tombe s'il maintient sa position. Est-ce qu'il ne comprend pas ça ? Comment pourra-t-il continuer à bosser ? À écrire ses papiers ? Quel journal voudra de lui s'il cède maintenant ?

David regarda l'heure et se beurra une tartine.

— Il est en vie, au moins, dit-il en prenant une bouchée debout.

Calle attrapa le journal et parcourut la rubrique des yeux.

« Ce n'était pas lui » ? Il aurait pu dire qu'il n'avait pas vu son agresseur, que tout s'était passé si vite qu'il ne pouvait l'identifier avec certitude. N'importe quoi mais pas ça.

David avala sa dernière bouchée.

— Tu n'auras pas à témoigner, c'est toujours ça. Je dois m'en aller.

Calle lâcha le journal et le raccompagna à la porte.

— On ne se verra donc pas pendant quelques jours.

— Non.

— Peut-être que je me casserai la figure et me blesserai, dit Calle. Et que je devrai aller aux urgences.

— Tu sais où me trouver.

— Je… commença Calle, avant de s'interrompre.

David le regarda.

— Oui ?

— Rien, dit Calle en secouant la tête. Laisse, ça ne ferait que compliquer les choses.

David eut un petit rire, puis le regarda sérieusement et acquiesça.

— Bien. D'accord.

Calle l'embrassa.

— On se voit dans quelques jours.

— Et on s'appelle d'ici là. Salut.

Calle ferma la porte derrière lui et retourna dans la cuisine. L'euphorie retombait et une forme d'appréhension commença à le gagner. Il fallait qu'il se protège, qu'il ne brûle pas les étapes, car c'était le plus sûr moyen de tout faire foirer. Ou bien se trompait-il ?

Pourquoi ne pas se réjouir des bonnes nouvelles et laisser les mauvaises attendre ?

D'ailleurs, c'était ridicule de sa part. Rien n'était plus éphémère que le sentiment amoureux. Tout romantique cynique savait que les relations stables étaient fondées sur le contrôle de l'autre, la culpabilité et la honte.

Calle chercha son téléphone et appela Jörgen. Ils s'étaient parlé brièvement à l'occasion de l'agression.

— Je présume que ton *lover boy* est parti puisque tu as soudain du temps pour moi, fit remarquer Jörgen.

— Tu as lu le journal ? Anders se dégonfle, il n'ose pas témoigner.

— C'est étrange.

— Ce n'est pas étrange, c'est lâche. Encore une de ces grandes gueules qui ne l'ouvrent que devant leur clavier d'ordinateur. Il ne peut pas la fermer maintenant, c'est pas possible. Il se saborde lui-même.

— Il ne faut peut-être pas trop en vouloir à un type qui s'est fait briser les doigts…

— Cela n'a aucune importance. On ne peut pas se laisser intimider. Quelle que soit la méthode employée.

— Ce n'est peut-être pas le type dont tu m'as parlé ?

— Arrête ! Tu sais très bien que c'était lui. Qui d'autre, sinon ?

— Il a peut-être laissé un pote faire le travail. Qui sait s'il n'est pas resté dans la cage d'escalier pour se contenter de vérifier que le boulot était fait ?

Calle hésita. Jörgen avait peut-être raison. Il était possible que Matte ait recouru aux services d'un tiers et fait le guet en bas, pendant l'agression. Ensuite,

Matte et son copain avaient quitté les lieux, chacun de son côté pour ne pas éveiller l'attention.

— Il faut que je lui parle, dit Calle.

— À qui ? demanda Jörgen.

— À Anders. Je veux savoir ce qui s'est réellement passé.

61

Anders Malmberg n'était plus à l'hôpital ni dans son appartement. Calle le soupçonna d'être rentré chez ses parents. Ce qui, en soi, n'avait rien d'étonnant compte tenu des récents événements. Calle trouva l'adresse des parents et prit un taxi pour Bromma.

Ce fut Åsa qui vint ouvrir.

— Oui ?

Elle ne lâcha pas la poignée de la porte et le regarda comme s'il était un vendeur indésirable.

— Bonjour, j'aurais aimé m'entretenir un peu avec Anders.

— Je ne crois pas que ça l'intéresse.

— J'ai lu le journal, insista Calle. Je sais qu'Anders dit que ce n'était pas cet homme-là, mais je l'ai vu, moi. Je sais qu'il était là-bas.

Le visage d'Åsa s'assombrit.

— Je ne sais pas si c'est Mattias Svensson qui a agressé Anders, poursuivit Calle, mais même si c'était quelqu'un d'autre, il était là, lui aussi. Je l'ai vu, de mes propres yeux, sortir de l'immeuble. Il est forcément impliqué, d'une manière ou d'une autre.

Bengt surgit derrière Åsa, se plaça à côté d'elle et passa un bras autour de sa taille.

— Bonjour, dit Calle.

Bengt répondit par un bref hochement de tête.

— Excusez-moi de vous déranger, mais... Si Anders se dégonfle, en d'autres termes s'il se couche, il aura beaucoup de mal à se relever.

— Qu'est-ce que vous voulez ? dit Bengt.

— Je veux parler à Anders.

— Il se repose.

— J'ai témoigné. Moi aussi j'ai été menacé.

— Notre fils a eu le nez cassé et quatre doigts fracturés. Dans son appartement.

— Je sais, c'est pourquoi je voudrais lui parler.

Bengt sortit sur le pas de la porte.

— Vous ne croyez pas que vous avez assez parlé comme ça ? Transmettre des bonjours à droite et à gauche, vous faire bien voir et écrire ces fadaises mensongères ? Qu'est-ce que vous venez faire dans notre vie ? Nous ne voulons pas de vous dans notre monde. C'est pourtant pas difficile à comprendre !

Calle recula.

— Alors vous pensez que Mattias doit s'en sortir ? Après ce qu'il a fait ?

Il y eut un mouvement derrière Åsa et Bengt. Tous deux se retournèrent. Anders se tenait dans l'entrée. Le nez tuméfié, bourré de coton, le bras droit plâtré en écharpe.

— Ce n'était pas lui, OK ? La police m'a montré des photos. Ce n'était pas lui.

Calle avança d'un pas.

— Mais il était là, il a peut-être fait le guet et laissé un autre faire le travail.

— J'ai déjà dit que ce n'était pas lui.

Bengt, tremblant de colère, envoya un regard rageur à Calle avant de lui claquer la porte au nez.

Calle en avait à présent la certitude : c'était bel et bien Mattias Svensson qui avait agressé Anders Malmberg.

62

Conny Bladh enlaçait Janina. C'était son vrai nom, pas celui qu'elle utilisait avec les clients. Ils étaient au lit et se reposaient. Dehors, le monde tournait sans eux. Janina voulait savoir ce qu'il faisait là. S'il disposait d'autant d'argent, pourquoi n'avait-il pas choisi de vivre dans un vrai hôtel ?

— J'ai une mission.

Janina voulut savoir laquelle. Conny lui répondit que c'était une mission importante.

Elle lui demanda s'il était malade et il répondit oui. Ils ne parlaient pas la même langue mais se comprenaient quand même. Et ils n'avaient même pas fait l'amour. Ils dormaient côte à côte, comme un couple plus âgé, en confiance, sans effort.

C'était déjà l'après-midi quand il se réveilla en l'entendant prendre une douche.

— *I must go*[1], expliqua-t-elle, enveloppée dans une serviette.

Sinon, des gens commenceraient à se poser des questions et à la rechercher. Il fallait qu'elle change

1. « Je dois m'en aller. »

de vêtements, qu'elle montre qu'elle était en vie. Elle pourrait au passage rapporter quelque chose à manger. Est-ce qu'il aimait la cuisine chinoise ?

Il aimait bien la cuisine chinoise.

— Si tu parles, tu seras obligée de partager l'argent avec les autres, dit Conny.

Janina ne dirait rien. Elle reviendrait. Conny Bladh avait confiance en elle.

Matte regardait le téléphone. Appeler ou pas ? Il ne savait pas s'il oserait. Il n'avait rien à dire, il voulait seulement lui rappeler son existence et proposer ses services.

Sara l'avait mis en quarantaine. Comme s'il ne fallait plus compter avec lui. Elle avait vraiment un don pour jeter les gens. Son attention était comme un projecteur dans une salle obscure. Si elle l'éteignait, on cessait d'exister.

Et s'il allait chez elle ? Non, pas sans y être invité. D'un autre côté, ils étaient un couple, ils avaient traîné ensemble pas mal d'années, couché ensemble chaque fois qu'elle en avait eu envie.

C'était peut-être ça. Elle ne voulait plus de lui ? Pourquoi ? À cause de ce qui s'était passé à Stockholm ? Alors que c'était pour ainsi dire elle qui l'avait envoyé là-bas, qui avait exigé qu'il corrige cet enfoiré de journaliste ? Qu'est-ce qu'elle entendait par là, quand elle avait dit que cela aurait suffi qu'il lui flanque une bonne gifle ? C'est elle qui aimait la violence, qui le récompensait d'habitude pour s'être bien acquitté de sa tâche.

Matte considéra de nouveau le téléphone. Non, mieux valait attendre.

C'était quoi, le problème ? Cet imbécile de journaliste n'avait pas osé le dénoncer. Il l'avait au contraire formellement disculpé, ce qui en soit était assez étrange. « Je n'ai pas vu qui c'était, mais ce n'était pas lui. »

Un enfant aurait vu qu'il mentait. Rien que cela aurait dû rendre Sara heureuse, lui montrer qu'elle ne risquait rien. D'ailleurs, elle n'avait rien à voir là-dedans et n'avait pas besoin de se faire du souci.

Et puis, ce n'était pas Matte qui était allé trop loin. Sara n'avait-elle pas étranglé une femme uniquement parce que ça l'excitait ? N'avait-elle pas persuadé un de leurs collaborateurs les plus fiables de s'enfoncer le canon d'un pistolet dans la bouche et de se faire exploser la tête, juste à titre d'expérimentation ? Elle n'avait vraiment pas froid aux yeux, bordel !

Est-ce qu'elle s'imaginait qu'il avait craché le morceau ? Est-ce que c'était ça, la raison ? Est-ce qu'elle croyait qu'il avait tout déballé en échange de sa liberté ? Qu'il était désormais aux ordres des policiers et rassemblait des preuves contre elle ? Non, elle ne pouvait quand même pas croire une chose pareille…

Avait-elle une liaison avec un des hommes qu'elle rencontrait dans la journée, ceux en costume trois-pièces avec qui elle déjeunait dans les bons restaurants ? Non, elle les avait entendus étouffer des rires nerveux quand il venait dans ses boîtes de nuit. Elle savait qu'il n'y avait que du vent derrière leur fausse assurance…

— Matte.

— Oui ?

Une jeune mère de famille de trente ans, avec deux enfants, la poitrine tombante, lui faisait signe. Elle travaillait principalement dans la journée, souvent obligée de tout laisser tomber quand l'école l'appelait à cause de son aîné. Le gamin avait dix ans à tout casser et il s'annonçait comme une future recrue prometteuse. Étonnant comme chaque corps de métier a son propre système de recrutement interne.

— Quelqu'un veut te parler. Derrière, à l'extérieur.

Matte se leva.

— Qui ça ?

— Janina.

Il s'interrompit en plein geste.

— Elle n'a plus rien à faire ici, elle travaillera seulement à l'hôtel.

— Elle dit qu'elle a quelque chose d'important à te dire.

Matte soupira. Qu'est-ce qui pouvait être si important ? Il jeta un regard dans la salle : tentures de velours rouge, chaises noires, des chromes et une poignée de clients. La danse sur scène était au mieux mécanique, mais à cette heure de la journée, cela ne changeait pas grand-chose. Tant que la fille écartait ses grandes lèvres avec son string, les types étaient satisfaits.

Il se dirigea vers la sortie de secours en râlant. Janina l'attendait, sûre d'elle, crâneuse.

— Oui ?

— *You know, the man you looking for*[1]...

— Quoi ?

---

1. « Tu sais, l'homme que vous cherchez… »

— *You show me picture. Man fuck whores, take your money*[1]...

— Oui, oui. Alors quoi ?

— *I know where he is*[2].

Conny Bladh avait presque commencé à douter. Cela faisait plus d'une heure que Janina était partie. Mais elle finit par revenir, comme promis. Avec des plats chinois et des baguettes pour manger.

Conny n'avait pas l'habitude de se servir des baguettes. Tous deux rirent à ses tentatives. C'était un peu comme dans un film. Elle lui demanda ce qu'il guettait, lui qui allait si souvent à la fenêtre.

— Sara Vallgren, tu sais qui c'est ?

— *I hate, she bad. Want me fuck Russians free. I hate Russians*[3].

— Elle a tué mon partenaire et ma compagne.

Janina prit peur, se mit à pleurer et demanda ce qu'il comptait faire, disant qu'elle ne voulait pas participer. Elle voulait s'en aller tout de suite, oublier qu'elle avait été là. Elle n'était pas malade, elle, elle devait vivre. Si Sara Vallgren apprenait que…

— Tu peux t'en aller, dit Conny en l'enlaçant. Je nc veux pas t'entraîner dans tout ça ; pars si tu n'as pas le choix. Je peux payer pour ta compagnie.

Janina ne voulut pas le laisser, elle voulait rester.

---

1. « Tu me montres photo. Homme baise putes, prend ton argent… »

2. « Je sais où il est. »

3. « Je déteste, elle mauvaise. Veut que je baise les Russes gratos. Je déteste les Russes. »

Ils firent l'amour, elle se donna à lui. Il y avait une vraie intimité entre eux et ils restèrent tous deux allongés après. Elle roula un joint et il tira une taffe, qui l'étourdit aussitôt. Ils burent du whisky directement au goulot, se sentirent gais et se chatouillèrent.

Son rêve était en passe de se réaliser. Il n'avait pas imaginé que cela aurait lieu dans un minable hôtel de passe de Copenhague, mais au fond cela ne faisait que renforcer cette sensation. On s'attend à être heureux sur une plage de sable, sous un parasol, mais dans une chambre au papier peint arraché par endroits et aux draps pas lavés, le contraste était encore plus grand et l'émotion d'autant plus forte.

Quand le soir tomba, ils firent le guet à tour de rôle. Il posa le fusil sur la table et dit que quand Sara entrerait dans le club, Janina pourrait prendre l'argent et s'en aller. Quand Sara ressortirait du club, Conny serait alors prêt.

— *And then*[1] ?

— Je ne sais pas.

---

1. « Et ensuite ? »

63

— Bizarre, dit Jörgen.

Calle haussa les épaules.

— Pas vraiment. Anders est mort de trouille. Toute la famille semble avoir peur. Et ils s'en prennent à moi, comme si c'était ma faute.

— Que dit la police ?

— Ils ont compris, ils ne sont pas bêtes.

— Est-ce qu'ils peuvent faire quelque chose ?

— Pas tant qu'Anders refuse de collaborer.

— Ils devraient quand même pouvoir le convaincre, dit Jörgen. Tu n'as pas reçu d'autres menaces ?

— De la mère maquerelle ? Non, et la conversation était si légère et ambiguë qu'elle pourra sans problème jouer les innocentes et me qualifier de paranoïaque.

Calle inspira profondément et expira par à-coups.

— C'est quand même dingue que je me retrouve impliqué, alors que c'est Anders qui a écrit ce texte incendiaire, pas moi.

— Je te rappelle que c'est lui qui s'est fait agresser, pas toi.

— Il ne manquerait plus que ça.

Jörgen eut un rire bref mais se reprit aussitôt.

— Tout va bien avec David ? demanda-t-il pour changer de sujet.

— C'est si bien que j'ai presque peur.

— Peur ?

— De le perdre. Si ça foire, ce sera encore plus dur, maintenant que j'y ai goûté.

— Pourquoi voir les choses comme ça ? Prends le temps de vivre, profite. Tu verras assez tôt…

Calle se boucha les oreilles et déclara qu'il ne voulait pas savoir ce qui arriverait avec le temps. Jörgen rit et examina sa tasse de café vide.

— La vache, ça revient plus cher que de boire de la bière, constata-t-il en regardant autour de lui. Qu'est-ce qu'elle va devenir, cette génération de siroteurs de café ? Leur vie manque tellement de sens.

— On ne peut pas s'enfiler bière sur bière en plein après-midi.

— Pourquoi pas ? fit Jörgen.

Calle lui envoya un regard sévère.

— Non, ça ne se fait pas.

— Bon, d'accord.

Calle prit le reste de mousse de café avec la petite cuiller.

— Ils étaient silencieux.

— Qui ça ?

— Les Malmberg. Tu te rappelles, à la campagne, quand j'ai dit que j'allais à Höganäs. Ils n'ont rien dit. Pareil à l'hôpital, ils se sont refermés comme des huîtres. Ça a dû être très tendu. En même temps…

— Quoi ?

— Margit n'avait aucune idée de qui était Anders Malmberg. Quand je lui ai transmis un bonjour de sa part.

— Qui est Margit ?

— La mère du garçon décédé.

— Le harceleur ?

— Oui.

— T'aurais dû le dire tout de suite !

— Je croyais que tu avais compris.

Jörgen fit un geste qui signifiait que c'était bon, maintenant.

— OK, c'était un enfoiré de première qui s'en est particulièrement pris à Anders Malmberg, résuma-t-il. Åsa et Bengt détestent ce garnement qui a fait de leur fils son souffre-douleur. Puis il se fait renverser par une voiture et ils ont mauvaise conscience.

— Mais leur silence… insista Calle.

— Ce gamin a dû laisser des traces profondes. Celui qui est harcelé n'a plus de vie, alors que pour le harceleur, ce n'est qu'un passe-temps, un divertissement. Mais je suis étonné, je l'avoue, que la police abandonne aussi facilement. Ils devraient exiger que le molosse justifie sa présence dans la cage d'escalier d'Anders.

— Je crois qu'ils le font. Mais cela sous-entend qu'Anders coopère.

— Sinon, il faut que tu l'y obliges, dit Jörgen.

— Comment ça ?

Jörgen écarta les tasses de café et se pencha pardessus la table.

— Anders a construit sa carrière en répandant des vérités présumées, c'est-à-dire sans réfléchir au fait que des gens puissent se sentir insultés.

— Il travaille pour un quotidien du soir, protesta Calle. C'est son boulot.

— C'est vrai. Il a pour sa défense d'être honnête, il

dit ce qui est, il ose l'écrire noir sur blanc. Avant de débuter dans ce journal, il mesurait disons un mètre quarante. Mentalement, je veux dire. Maintenant il fait deux mètres dix. Il a gagné en confiance.

— Et ?

— Si tu t'adresses aux médias et racontes ce que tu sais, tu l'obligeras à répéter son mensonge devant les caméras, expliqua Jörgen.

— Je ne vois toujours pas où tu veux en venir.

— Tu as décidément bu trop de café. Ce n'est pas bon pour le cerveau. Je recommence : si tu racontes ce que tu sais, les gens se rendront compte qu'Anders ment et qu'il ment parce qu'il a peur.

— Ce n'est pas très gentil, ça.

Jörgen redressa le buste et haussa les épaules.

— On ne peut pas toujours être gentil.

64

Karlsson était enfoncé dans son fauteuil et lançait une gomme le plus haut possible, sans toucher le plafond. Assis sur la chaise destinée aux visiteurs, Gerdin tordait un trombone puis essayait de lui faire retrouver sa forme initiale.

— Je pense à la mère de Mattias Svensson, dit-il au bout d'un moment.

— Eh bien ? fit Karlsson en rattrapant sa gomme.

— Nous devrions aller la voir et entendre ce qu'elle a à dire. La Danoise a dit qu'ils lui avaient rendu visite. Nous devons vérifier les horaires.

— Je croyais que ça avait été fait.

— Oui, mais nous n'avons pas parlé avec cette femme.

Karlsson reposa la gomme sur son bureau.

— Comment avons-nous pu oublier de faire ça ?

Gerdin haussa les épaules.

— Nous avons pensé sur le moment que c'était une perte de temps. La Danoise est trop maligne pour nous donner un faux alibi.

— Ce restaurant dans le port de Höganäs fait de

sacrées bonnes tartines aux crevettes, dit Karlsson, qui s'était déjà relevé.

Une demi-heure plus tard, ils frappaient à la porte de Margit Svensson. Elle ouvrit et les dévisagea avec étonnement. Karlsson lui tendit la main.

— Commissaire Karlsson, police de Helsingborg.

Margit n'avait toujours pas lâché la poignée de la porte. Karlsson se tourna légèrement vers Gerdin, qui sourit, en bon subordonné.

— Nous aimerions vous poser quelques questions.

Margit ne se laissa pas avoir par cette fausse amabilité. Ce n'était clairement pas la première fois que la police sonnait à sa porte en raison des agissements de son fils.

— Matte n'a rien fait à cet infâme individu. Vous avez lu ce qu'il a écrit sur nous ? S'il y a quelqu'un qui devrait se retrouver en prison, c'est bien lui. Oser dire des choses pareilles à propos d'un camarade de classe, une personne morte !

Karlsson et Gerdin échangèrent un regard.

— Excusez-moi, mais je ne suis pas sûr de vous suivre… dit le premier.

Margit les précéda dans la cuisine. Elle ne leur proposa pas une tasse de café même si elle venait de s'en préparer. Elle s'assit à sa place habituelle. Karlsson indiqua les chaises vis-à-vis pour demander s'ils pouvaient s'asseoir. Margit détourna les yeux comme pour dire qu'elle n'avait pas vraiment le choix. Les policiers s'assirent.

— Qui a écrit quoi ? demanda Karlsson.

En moins de deux, Margit alla chercher les articles et les leur donna à lire.

Une heure plus tard, les policiers étaient enfin attablés dans le restaurant du port avec chacun sa tartine aux crevettes. Une conversation avec des inspecteurs de la police de Copenhague leur avait fourni tous les renseignements nécessaires concernant l'agression à Stockholm.

— Calle Collin, dit Karlsson. Pourquoi ce nom me dit quelque chose ?...

— Il a écrit sur nous dans un journal, il y a quelques années.

Karlsson tressaillit.

— Pour dire quoi ?

— Pour dire que nous aurions pu sauver la femme qui a été détenue dans une cave à Hittarp.

— Cet enfoiré-là ! s'écria Karlsson avant de prendre une grosse bouchée de crevettes.

Tout en mâchant, il jeta un regard agressif autour de lui.

— Quelque chose ne va pas ? demanda Gerdin.

— Pas du tout. Je trouve juste que c'est bizarre.

— Quoi donc ?

— D'abord il interviewe Matte, ici à Höganäs. Quelques semaines plus tard, il tombe sur lui à Stockholm. Dans le même temps où l'autre journaliste se fait agresser.

— Qu'est-ce que tu veux dire ? demanda Gerdin.

— Je veux dire que cela ne peut pas être une coïncidence.

— Quoi donc ?

— Il doit être impliqué, d'une manière ou d'une autre.

— Qui ?

— Calle Collin.

— Pourquoi aurait-il donné son complice ? rétorqua Gerdin.

— Ça, je ne sais pas, mais il y a un truc louche. Tu crois que les collègues à Stockholm auraient d'autres éléments là-dessus ?

— Comment ça ?

— S'il y a bien une chose que ce métier m'a appris, c'est que le hasard n'existe pas. J'appellerai Stockholm dès que nous serons à la gare, ça c'est sûr.

65

Anders fut ramené chez lui en voiture par sa mère. Trois nuits chez eux suffisaient. Bengt avait lavé et repassé ses vêtements et tout mis dans une boîte bleue Ikea. Il serra longtemps Anders contre lui avant de le laisser repartir. Anders se contenta de lui caresser doucement le dos de sa main indemne. Bengt resta dans l'allée du garage et agita la main quand ils s'éloignèrent.

Ni Anders ni sa mère n'ouvrirent la bouche. Tous deux fixaient la route. En passant le pont de Traneberg, Åsa le regarda enfin à la dérobée. Elle chercha quelque chose à dire pour briser le silence.

— Comment tu te sens ?

Anders prit quelques secondes avant de réagir.

— Tu veux dire, la main ?

Åsa n'acquiesça pas. Anders préférait ne parler que de sa main.

— Ça continue de m'élancer, mais moins. Ça va aller.

Il n'avait pas dormi beaucoup d'heures d'affilée. Il aimait pouvoir s'agiter, se retourner, pousser ou tirer la couette selon son plaisir, alors il avait du mal à dormir, même si le cadre lui était familier. La douleur l'aidait presque, l'empêchant de penser à autre chose, du moins par courtes périodes.

Ils ne dirent rien d'autre. Åsa trouva un endroit où se garer et accompagna son fils chez lui. Anders ouvrit la porte de son appartement et y jeta un coup d'œil, comme si un danger l'attendait. Des journaux et du courrier jonchaient le sol de l'entrée.

Cela faisait vingt-quatre heures que la police avait quitté les lieux. Åsa était ensuite venue pour faire le ménage. C'était l'expression qu'elle avait employée : faire le ménage. Elle avait lavé le mur et le sol avec une éponge mouillée pour enlever les taches de sang.

Anders posa la boîte avec les vêtements propres sur le lit et regarda sa mère.

— Ça va aller, la rassura-t-il.

Åsa restait debout et réfléchissait à ce qu'elle allait dire.

— C'est à toi de voir, finit-elle par déclarer. C'est toi qui décides, je n'ai pas d'opinion sur la question.

Anders lui lança un regard peu convaincu. Åsa parcourut la pièce des yeux.

— Tu es sûr que tu ne veux rien ? Il n'y a pas grand-chose dans ton réfrigérateur.

— Je vais y arriver. Merci quand même.

Åsa alla vers lui et le prit dans ses bras.

— Maman, attention à ma main.

— Oh, pardon.

— Non, ça va.

Åsa hocha la tête.

— Dans ce cas, je vais m'en aller. Et s'il y a quoi que ce soit, tu m'appelles, tu le sais.

Anders la raccompagna dans l'entrée, ouvrit la porte

et la referma à clé derrière elle. Il alla dans la cuisine, ouvrit le frigo. Rien ne le tentait. Il prit la bouteille de sirop dans le placard et dut la placer entre ses jambes pour dévisser le bouchon. Tout devenait plus compliqué quand on ne pouvait se servir que d'une seule main.

Son verre dans sa main valide, il alla à la fenêtre et regarda dans la rue. Il avait mal et il hésita à prendre un nouvel antalgique. Mais cela le priverait de boire de l'alcool et il avait sérieusement envisagé de se soûler et de voir comment il sentirait alors les choses.

On sonna à l'interphone. Sa mère avait sans doute oublié quelque chose. Anders posa son verre et alla dans l'entrée pour répondre.

— Oui ?

— Bonjour, c'est moi, Calle Collin. Enfin ! J'ai sonné chaque fois que je suis passé. Il faut que nous parlions.

Anders ne put prononcer un seul mot.

— C'est important. Je veux te parler avant d'aller plus loin.

Anders coupa le son, s'éloigna de l'interphone, le regard fixé dessus, comme ensorcelé. Cela faisait à peine dix minutes qu'il était rentré et le cauchemar recommençait de plus belle.

66

La police de Stockholm ne lui fut pas du tout reconnaissante et ne le prit même pas au sérieux. Karlsson expliqua la raison de son appel et ce qu'il pensait de l'agression : Anders Malmberg avait ridiculisé Calle Collin. Aussi ce dernier lui avait-il rendu visite chez lui pour lui infliger une correction. Ensuite, il avait pointé du doigt un autre homme pour lui faire porter le chapeau.

— Une hypothèse intéressante, lui fut-il répondu dans un rire. Mais pourquoi se mêler de l'enquête si l'on est soi-même l'agresseur ? Nous savons que Mattias Svensson a pris l'avion pour faire l'aller et retour à Stockholm précisément ce jour-là. Nous avons aussi reçu, il y a quelques heures, un autre témoignage, cette fois celui d'un chauffeur de taxi qui affirme avoir conduit Mattias Svensson à l'adresse d'Anders Malmberg à Stockholm. En outre, Calle Collin habite dans le quartier d'Anders Malmberg, alors il n'y a rien d'étonnant à ce qu'il soit passé par là.

— Si vous le dites, grommela Karlsson, déçu.

— Mais c'est gentil d'avoir appelé, ajouta son interlocuteur, en pensant strictement le contraire et en dissimulant à grand-peine son amusement. N'hésitez pas à nous rappeler si vous avez d'autres tuyaux.

Ils lui avaient ri au nez. Il tendait la main, offrait ses services… et ils le méprisaient ouvertement.

Karlsson raccrocha.

— Eh bien ? dit Gerdin.

— Euh, ils étaient plutôt sur une autre piste. Pas de nouvelles de Conny ?

— Non.

Karlsson tendit la main pour saisir le marqueur pour tableau blanc. Gerdin fut debout dans la seconde.

— J'ai du travail à finir, expliqua-t-il en se hâtant de sortir.

Calle resta au pied de l'immeuble un bon quart d'heure avant qu'un locataire en sorte et lui offre la possibilité de se faufiler à l'intérieur. Il prit l'ascenseur jusqu'à l'appartement d'Anders, appuya sur la sonnette. Aucune réaction. Il frappa plusieurs fois à la porte, finit par se mettre à genoux pour parler à travers la fente destinée au courrier.

— Anders, il faut que nous parlions. S'il te plaît, ouvre-moi et écoute ce que j'ai à dire. Tu n'as besoin de répondre à aucune question, tu n'as rien à dire, juste à m'écouter. C'est important.

Anders ouvrit la porte. Un peu gêné, il s'écarta.

— Merci, dit Calle en entrant.

Ils se jaugèrent.

— Comment ça va ? demanda Calle.

— Bof, répondit Anders.

Calle indiqua du menton la main plâtrée.

— Ils vont se remettre ? demanda-t-il. Les doigts, je veux dire.

Anders acquiesça.

— Je suis déjà passé plusieurs fois, reprit Calle. Mais je n'ai jamais eu de réponse.

— J'étais chez mes parents. Tu le sais bien, puisque tu es venu.

— Je suis venu, en effet.

Anders passa son poids sur son autre jambe.

— Qu'est-ce que tu veux ?

— Parler avec toi de ce qui s'est passé.

Anders gonfla ses poumons pour se préparer mentalement. Calle leva les mains pour qu'il se calme.

— Ne dis rien, écoute-moi seulement.

Anders soupira.

— Je sais que Mattias Svensson était ici, dit Calle. Je l'ai vu ressortir par la porte d'en bas. Maintenant, il y a même un chauffeur de taxi qui témoigne l'avoir déposé ici. Je comprends que tu aies peur, c'est normal. Je ne sais pas ce qu'il t'a dit ou ce qu'il a menacé de te faire, peu importe. Tant que tu te tairas, tu seras sous cette menace. Ils feront tout ce qu'ils peuvent pour te convaincre qu'ils ne plaisantent pas. Ce n'est qu'en disant la vérité que tu t'en sortiras. Dis ce qui s'est passé tel quel ; dans tes chroniques en tout cas, tu es passé maître là-dedans. Pense à toi et raconte exactement ce qui s'est passé.

Anders ouvrit la bouche, mais uniquement pour dire :

— Ce n'était pas lui.

La voix était à peine audible et le regard, fuyant.

— Tu mens, dit Calle, ça se voit comme le nez au milieu de la figure. Je sais que tu mens. La police sait que tu mens. La seule question est pourquoi. De quoi est-ce qu'il t'a menacé ? La violence physique est terrible, je sais. Ça provoque une terreur indélébile. Mais la police peut te protéger. Ces gens-là ne sont pas aussi influents qu'ils veulent te le faire croire, tu ne dois pas avoir peur d'eux. Avant tout : tu resteras terrorisé aussi longtemps que tu te coucheras devant eux. Tu n'as pas le choix, il faut que tu craches le morceau.

— Je n'ai pas peur, protesta Anders, avec cette fois le regard fixe et la voix assurée.

— Alors qu'est-ce qui t'empêche de parler ? insista Calle. Qu'est-ce que les gens vont dire, à ton avis, quand ils sauront que tu t'es laissé intimider ? Tu crois que tu vas pouvoir continuer à écrire après ça ? Mattias Svensson t'a fracturé les doigts et toi, tu le laisses s'en tirer ? La femme avec qui il est, une Danoise qui tient des bordels, m'a téléphoné pour me mettre en garde. Je ne me suis pas couché devant elle, je suis allé raconter à la police tout ce que je savais. Tu bénéficies peut-être d'un élan de sympathie maintenant, mais quand les gens comprendront que tu te dégonfles, plus personne ne voudra avoir affaire avec toi. C'est comme ça que ça marche. Tu n'as pas le choix. Il faut que tu parles, et vite, avant qu'il ne soit trop tard.

— Je…

Anders hésita. Il baissa les yeux une seconde avant de regarder Calle droit dans les yeux.

— Je veux que tu t'en ailles, dit-il.

— Je vais m'en aller. Mais j'ai l'intention de parler. J'ai l'intention de raconter ce que je sais et alors c'est toi qui te retrouveras dans la merde. Je ne suis pas ton ennemi. Ce n'est pas moi que tu dois combattre.

Calle ouvrit la porte et se retourna une dernière fois.

— Tu écris toujours la vérité, ta vérité. C’est ainsi que tu t’es fait un nom. Quelqu’un d’intègre, qui n’a peur de rien, avec une bonne dose d’humour. Qu’est-ce que tu vas pouvoir écrire, maintenant ?

67

Sara Vallgren se tenait à la fenêtre, le nez appuyé contre la vitre froide. Elle se sentait désemparée, ce qui ne lui arrivait jamais. Elle redressa le dos, effaça la trace ronde sur le carreau et se retourna. Elle examina la pièce, les meubles de prix et les grandes toiles, des tableaux qui ne voulaient rien dire mais qui en jetaient. Toutes ces choses étaient si éloignées de son activité que c'en était ironique.

Elle s'allongea sur le canapé et, les mains jointes sur le ventre, fixa le plafond. Puis elle tourna la tête et se força à considérer la pièce avec les yeux d'une étrangère.

Et si elle changeait de déco ? Oui, c'était une bonne idée. La question était comment. En panne d'inspiration, elle attendrait. La vendetta personnelle de Matte n'était pas son problème, même si la police espérait toujours le convaincre de parler.

La sonnerie du téléphone interrompit ses pensées. C'était ce pantin, justement. Sara n'aimait pas qu'il appelle. C'était elle, et elle seule, qui décidait quand le contacter. Si elle avait voulu quelqu'un qui la suive partout avec un regard éperdu d'amour, elle se serait acheté un labrador. Mais ces derniers jours, Matte refusait de laisser tomber.

— Oui ? se contenta-t-elle de dire.

— C'est moi, lança-t-il d'un ton assuré.

— Je vois ça, répondit-elle en se demandant s'il avait bu.

Au final, elle le félicita. Ainsi, Conny Bladh se trouvait dans l'hôtel de passe juste en face de son club le plus minable…

— Alors, qu'est-ce que t'en dis ? reprit Matte, prêt à agir.

Il voulait en découdre, tel un chien boxer en sueur.

— Aussi longtemps qu'il sera sous le choc, il n'y a rien qui presse, répondit Sara.

— Sûrement. Je crains plutôt que Janina essaie de nous baiser.

Effectivement, il y avait un risque. La pute balte pouvait se mettre des idées en tête. Elle était fière, elle l'avait déjà montré en se rebellant.

— Bon, on s'en occupera ce soir. Avant l'arrivée des clients dans la boîte. Je ne veux pas que ça coure partout dans les couloirs. C'est toujours le même gamin, à la réception ?

Elle faisait référence au type barbu, aux yeux aqueux et aux joues creuses qui était toujours derrière le comptoir.

— Oui.

— Dis-lui de se débrouiller pour que les autres chambres soient vides et de sortir faire une course sur le coup de cinq heures et demie. Tu viendras me chercher à l'endroit habituel à cinq heures.

Sara raccrocha, se prit à réfléchir. Pour l'heure, elle avait besoin de quelqu'un d'agressif et d'obéissant, qui ne l'appellerait pas sans arrêt pour avoir confirmation de son statut. Genre pitbull…

Un clébard, encore… Et merde !

Ce n'était pas parce qu'elle se décidait pour quelqu'un qu'elle devait avoir une liaison avec lui. Et inversement. C'était ça, le problème avec Matte, le problème avec la plupart des hommes. Dès qu'elle leur ouvrait son lit, ils commençaient à s'imaginer des trucs, et même si elle se montrait très claire sur ce point. Comme si l'un n'allait pas sans l'autre.

68

L'ivresse ne rendait pas les décisions plus faciles. Lesté de trois bières, Anders Malmberg zappait avec sa télécommande. Pourquoi n'y avait-il pas de touche pour un diaporama ? Ça permettrait de voir défiler chaque programme pendant quelques secondes et ça épargnerait les crampes au pouce…

Le journaliste de l'hebdomadaire avait raison. Non, il n'avait pas raison. Il avait tort, architort. Qu'est-ce qu'il en savait, cet imbécile qui écrivait des torchons bourrés de mensonges dans un hebdomadaire ? Que dalle. Un crétin moralisateur, oui.

Pourquoi ne pourrait-il plus écrire comme avant s'il ne témoignait pas ? Calle Collin partait du principe qu'Anders avait peur, qu'il n'osait pas dénoncer le petit frère de Kent, ce petit frère qui avait grandi et aimait la violence. Mais c'était tout le contraire. Anders était plutôt impressionné par les dons pratiques de Mattias Svensson. Ce dernier l'avait attiré sur un simple coup de fil, était entré dans son appartement et avait fait ce qu'il était venu faire. Tout ça en moins d'une minute. Comme la vie devait être différente pour ceux qui ne se laissaient pas limiter par des conventions !

D'ailleurs, Anders n'en était plus à se demander ce qu'il devait faire. Il avait déjà menti. Revenir sur ses déclarations changerait tout. Il ne s'en relèverait pas.

Il aurait dû dire, bien sûr, qu'il ne savait pas, qu'il n'avait rien vu, qu'il ne se souvenait de rien ou quelque chose dans ce genre.

Il ne savait plus quoi penser. Il avait été frappé et mis à terre avec un cynisme dépourvu de la moindre trace d'ironie. De la violence pure, sans retenue aucune.

Il n'y avait absolument rien à voir à la télé. Anders éteignit le poste, alla jeter un coup d'œil à la fenêtre. Puis il continua vers la cuisine et ouvrit le réfrigérateur.

Zapper, regarder par la fenêtre, jeter un coup d'œil dans le frigo. Tous ces gestes insignifiants de la vie.

Il prit une quatrième bière. Que faire d'autre ?

69

— *I'm bored*[1].

Janina était couchée sur le lit, en petite culotte et chemise de lin. Elle avait temporairement arrêté de pianoter sur son téléphone portable. Conny Bladh regarda l'heure. Cinq heures et demie. Il avait eu de terribles douleurs au ventre dans la journée, ça allait un peu mieux maintenant.

— *Please*.

Elle passa la main sur le lit. Conny vint s'asseoir. Elle lui caressa la cuisse, sans doute une déformation professionnelle. Elle se sentait en sécurité quand elle baisait ; pour le reste, être à deux lui pesait.

— Je ne sais pas, dit-il.

Elle sourit, lui prit la main et la porta à sa poitrine. Conny la caressa doucement et elle commença aussitôt à gémir, de manière exagérée. Au bout d'un moment, elle lui poussa la tête vers son sexe.

— *Yes, that's how you do it. Oh, yes*[2]...

L'anglais porno avec l'accent balte était comme une

1. « Je m'ennuie. »
2. « Oui, fais comme ça. Oh, oui… »

langue en soi. Ça n'avait rien de réel, mais c'était diablement excitant.

Conny déboutonna sa braguette, baissa son jean. Il allait la pénétrer quand la porte s'ouvrit violemment. Matte pointait une arme sur eux. Derrière lui, Sara Vallgren referma la porte. Elle portait des gants en caoutchouc et un gros rouleau de ruban adhésif.

— Ah, les filles, les filles, dit-elle en souriant.

Conny regarda Janina, qui ne gémissait plus du tout.

— *What ?* dit-elle. *You sick, you die anyway. I must live*[1].

Sara jeta un regard dans la pièce, remarqua le fusil sur la commode près de la fenêtre. Elle se plaça entre le lit et ladite commode et tendit le rouleau adhésif à Janina.

— Attache-lui les pieds.

Janina obéit. Sara se tourna vers Conny.

— Nous allons faire simple et rapide, dit-elle.

Elle regarda sa queue, qui avait complètement débandé.

— Remets ton pantalon, nous ne sommes pas des monstres.

Conny renfila son pantalon et reboutonna sa braguette.

— Tu as étranglé Mona, dit-il. Qu'est-ce qu'elle t'avait fait, hein ?

— Ta période de deuil n'a pas duré bien longtemps, comme nous pouvons tous le constater.

1. « Quoi ? Toi malade, toi mourir de toute façon. Je dois vivre. »

Elle fit un signe de la tête à Janina.

— Maintenant les mains. Devant le ventre.

Janina lui lia les poignets avec du gros scotch et descendit ensuite du lit pour enfiler son jean. Conny était assis sur le lit, incapable de faire un geste.

— Vous êtes vraiment des enfoirés. Tuer Henk parce que j'ai piqué le fric. C'était quoi, l'idée ? Terroriser par l'exemple ?

Sara soupira.

— Est-ce qu'on est vraiment obligés d'avoir cette discussion ? Ce n'est pas nous qui avons tué Henk, c'est toi. Qu'est-ce que tu t'étais imaginé ? Qu'on allait passer l'éponge ? Non, Conny, même toi, tu n'es pas aussi con.

Matte continuait à tenir son arme, le bras tendu. Sara lui fit comprendre d'un sourire qu'il pouvait se détendre. Elle s'approcha de la fenêtre, prit le fusil sur la commode. Elle coinça l'arme dans le creux de son épaule et regarda prudemment dans le viseur, sans toucher la crosse avec la joue. Elle alla vers Matte.

— Il est chargé ?

— Regarde le chargeur.

— Ça, là ?

Sara le retira, vérifia et le remit en place.

— Oui.

— Cran de sûreté ?

— Non, il n'y a qu'à appuyer.

— Parfait.

Sara tint le fusil au niveau de sa taille et se dirigea lentement vers le lit. Conny lui sourit.

— Si tu crois que j'ai peur, tu te goures.

— Non, je te crois.

Elle se tourna vers Janina.

— Il est temps pour toi de partir, maintenant.

— *The money*[1]... ?

Sara lui fit comprendre qu'elle pouvait se servir. Janina se précipita vers le sac à dos et en sortit des liasses de billets. Elle les tint fermement contre sa poitrine, mais perdit tout quand Sara lui tira en plein visage. Le coup de feu fit l'effet d'une explosion dans la petite chambre. Matte leva instinctivement son arme, la tint les deux bras tendus. Sara lui adressa un geste d'apaisement et s'approcha du lit. Elle s'assit à califourchon sur Conny, lui sourit et logea une balle dans la poitrine de Matte. Conny hurla.

— Chut ! fit Sara en lui posant l'index sur les lèvres.

Elle fit le tour du lit, posa le fusil contre le mur et enjamba délicatement le cadavre de Matte pour ne pas marcher dans le sang. Non sans mal, elle souleva sa main droite qui tenait toujours le pistolet et tira sur Conny, puis tout redevint calme dans la pièce.

Elle baissa la main de Matte, prit le fusil, contourna de nouveau le lit et coupa le ruban adhésif autour des mains et des pieds de Conny avec des ciseaux à ongles qu'elle avait apportés. Elle posa les morceaux d'adhésif et les ciseaux sur la table de nuit, plaça le fusil entre les mains de Conny. À l'aide des doigts sans vie, elle tira une dernière fois dans le mur, au-dessus de Matte.

1. « L'argent… ? »

Elle laissa l'argent sur place et sortit de l'hôtel par la porte arrière. Si, contre toute attente, quelqu'un l'avait vue quitter les lieux, jamais, elle en était persuadée, il ne lui viendrait à l'idée d'en parler à la police.

70

Gerdin vint prendre son collègue devant sa porte, à quatre heures du matin passées de quelques minutes.

Karlsson monta dans la voiture, étouffa un bâillement et chercha à agripper sa ceinture de sécurité.

— Raconte, dit-il.

— Matte et Conny, morts tous les deux. Plus une prostituée que Conny avait fait monter dans sa chambre…

— Ils se sont tiré dessus ?

— Apparemment. On n'a pas touché à l'argent.

— Où ça ?

— Dans un hôtel de passe, en face d'une des boîtes de nuit de la Danoise.

— Alors on avait raison : Conny était revenu pour se venger.

Karlsson regarda par la fenêtre et resta un moment silencieux.

— C'est vraiment affreux, finit-il par dire. Ses deux fils !

— Hum.

— Merde, comment elle va faire, maintenant ? Tu te rends compte, survivre à ses enfants ?

Gerdin ne répondit pas. Ils garèrent la voiture au même endroit que quelques jours plus tôt, passèrent le portail, gravirent le perron. Ils échangèrent un regard avant que Karlsson sonne à la porte.

Il était quatre heures et demie, un jour de semaine, et Margit Svensson allait recevoir la nouvelle que son second fils, lui aussi, était décédé. Tué d'une balle dans la poitrine, dans un hôtel de passe de Copenhague.

71

À l'accueil, une femme souriante vint chercher Anders Malmberg. Elle lui dit son nom, mais il était trop nerveux pour le mémoriser. Il la suivit dans un ascenseur puis le long d'un couloir pour arriver enfin devant une porte. La femme frappa et l'ouvrit doucement.

— Anders Malmberg, annonça-t-elle.

— Ah, quel plaisir !

Le policier en civil se leva de son bureau pour lui serrer la main. C'était le même enquêteur qui était venu le voir à l'hôpital et lui avait montré la photo de Mattias Svensson.

— Comment ça va, la main ?

Anders la regarda.

— C'est en voie de guérison, merci.

— Tant mieux. Asseyez-vous.

Anders prit place sur la chaise pour visiteurs et le policier fit le tour du bureau pour retrouver son siège.

— Tout d'abord, merci d'être venu aussi rapidement. Nous vous en sommes vraiment reconnaissants. Si, si. Vous vous souvenez de la photo que je vous avais montrée ?

Anders ne répondit pas. Il ne savait pas ce qu'il devait faire ni dire. Il n'avait pas encore pris sa décision. Le policier haussa un sourcil, dans l'attente d'une réponse. Anders acquiesça.

— Vous vous en souvenez ? Tant mieux. Je viens d'apprendre par mes collègues de Copenhague que l'homme sur la photo a été retrouvé mort dans un hôtel. Tué au cours de ce qui semble être un règlement de comptes entre criminels.

Anders regarda fixement devant lui.

— Mattias Svensson… est mort ?

Le policier joignit les mains sur la table.

— Malheureusement, oui, répondit-il sans se montrer particulièrement chagriné.

Le visage d'Anders tressaillit, il cligna fortement des yeux et sa cage thoracique se souleva plusieurs fois avant qu'il ne porte la main à sa bouche. Le policier approcha vite la corbeille à papiers, mais trop tard. Le premier jet de vomi atterrit sur le sol. Il y en eut trois, puis l'estomac fut vide. Malgré cela, Anders, à genoux sur le plancher, resta cramponné à la corbeille en plastique comme un gosse.

— Venez vous laver. Je vais vous trouver une brosse à dents.

Le policier lui prit la corbeille et le conduisit aux toilettes. Anders se lava le visage, se rinça la bouche, but presque un demi-litre d'eau. Il se brossa les dents et revint dans la pièce, où la fenêtre était à présent ouverte, une légère odeur de vomi flottant encore dans l'air.

— Excusez-moi…

— Je vous en prie, ce sont des choses qui arrivent. Asseyez-vous.

Anders obéit et le policier lui sourit gentiment.

— Est-ce qu'on peut continuer ?

Anders hocha la tête.

— Bon. Comme vous le savez, votre affaire a suscité une grande émotion. Un journaliste ne doit jamais pouvoir être intimidé ou faire l'objet de pressions, quelles qu'elles soient, il en va de la sécurité juridique, et ainsi de suite. C'est pourquoi de grands moyens ont été mis en œuvre pour retrouver l'homme qui s'est introduit chez vous. Nous avons deux témoins indépendants qui certifient avoir vu Mattias Svensson devant la porte de votre immeuble dans le créneau horaire qui nous intéresse. Je sais que je vous ai déjà posé la question, mais je la répète : Est-ce que c'était Mattias Svensson qui vous a agressé ?

Le menton d'Anders trembla. Il gigota sur sa chaise et sa main mobile gesticula devant son visage.

— Si vous maintenez votre déclaration, selon laquelle ce n'était pas Mattias Svensson, je devrai poursuivre l'enquête pour trouver l'homme qui vous a agressé. Il est important de résoudre cette affaire.

Anders restait raide comme un poteau. Le policier le dévisagea.

— Vous n'avez pas répondu à ma question. Est-ce que c'était Mattias Svensson qui vous a agressé chez vous ?

— Oui, dit Anders d'une voix faible en se raclant la gorge.

— Vous aviez pourtant affirmé que ce n'était pas lui.

— Il disait que si je me taisais, il m'épargnerait.

Il risqua un regard vers le policier, qui ne paraissait plus du tout compatissant, bien au contraire. La sollicitude qu'il avait témoignée au début avait clairement laissé place à du mépris. Le dos calé contre le dossier de son fauteuil, il avait posé les bras sur les accoudoirs.

— Il m'a fracturé les doigts, poursuivit Anders en se penchant en avant. Il a dit qu'il reviendrait si je parlais.

Le policier restait silencieux. Anders pressa sa main indemne contre sa poitrine.

— Est-ce que vous comprenez ? Il a menacé de me tuer.

72

Tout cela la gavait à un point rare. Sara n'en restait pas moins sagement assise et parlait quand c'était son tour. Pourtant les policiers l'écoutaient à peine, ils ricanaient, croisaient les bras et roulaient tellement des yeux qu'ils lui faisaient penser à des adolescentes.

— Votre petit ami est mort, mais cela n'a pas l'air de vous chagriner outre mesure. Comment ça se fait ?

— Mattias Svensson n'était pas mon petit ami. Il dirigeait un de mes clubs et il nous arrivait de coucher ensemble. C'est tout.

— Vous étiez vous-même à la recherche de Conny Bladh.

— Ah bon ?

— Arrêtez, vous pourriez au moins nous montrer un peu de respect.

— Je ne comprends vraiment pas ce que vous entendez par là.

— Il vous a piqué du fric.

Sara ne dit rien.

— Matte a agressé un journaliste à Stockholm, poursuivit l'autre policier. Le même soir, vous avez téléphoné et menacé un témoin qui avait vu Matte sur les lieux.

— Je l'aurais menacé ? Cela ne me ressemble pas.

— Ah, vraiment ? Niez-vous avoir parlé avec le journaliste suédois Calle Collin ce jour-là ?

— Absolument pas, je l'ai appelé pour le féliciter du texte qu'il avait écrit sur le frère de Mattias Svensson. Il a été renversé par une voiture à l'âge de treize ans, ce cas non plus n'a pas été résolu.

— Que voulez-vous dire par là ?

— Par quoi ?

— « Ce cas non plus n'a pas été résolu »… Il y a beaucoup d'autres affaires qui n'ont pas été résolues ?

— Ça, je ne sais pas, mais à la vue du travail que vous avez fourni jusqu'ici, cela ne m'étonnerait pas que vous n'avanciez guère.

— C'est tout juste si Mattias Svensson pouvait aller aux toilettes sans votre accord.

— Vous ne croyez pas que vous exagérez un peu ?

— Où étiez-vous hier soir ?

— Vous n'allez pas recommencer ! Je vous l'ai dit et répété : j'étais chez moi.

— Et qu'est-ce que vous avez fait ?

— Oui, qu'est-ce qu'on fait dans son nid douillet ? J'ai dû boire un peu de thé, regarder la télévision…

— Quelle émission ?

— Oh, rien de précis. J'ai surtout zappé.

Elle regarda tour à tour les hommes dans la pièce.

— Vous avez terminé ?

En l'absence de réponse, elle tapa ses mains sur ses cuisses et se leva.

— N'hésitez pas à me contacter s'il y a autre chose. Vous savez où me trouver.

73

Le journal du soir était posé entre eux, ouvert sur la table. L'index de Jörgen suivait le texte et ses lèvres remuaient pendant qu'il lisait.

— Étrange, dit-il à la fin, en tapotant du doigt sur la photo qui montrait Anders Malmberg en pied, le bras plâtré et la mine grave.

— Le temps de l'âge et de la maturité, dit Calle.

Jörgen ôta ses lunettes de lecture, une paire qui coûtait trois fois rien chez Clas Ohlson, et but une gorgée de sa bière.

— Tu crois que ça va marcher ? demanda-t-il en indiquant l'article de la tête.

Calle haussa les épaules.

— Aucune idée, dit-il. On a de la sympathie pour le garçon, forcément. Il n'essaie pas d'enjoliver le tableau…

— Mais si ! Les gens qui écrivent se donnent toujours le rôle du héros. Sinon directement, du moins indirectement.

— Moi y compris ? demanda Calle.

— Tu n'écris pas sur toi-même. C'est la différence. Les chroniqueurs, par contre, ceux qui parlent en leur nom propre, ceux qui cherchent leur matière dans leurs propres tiroirs, ce sont tous des narcissiques, sans exception.

— Oui, peut-être.

Jörgen prit le journal, remit ses lunettes et lut en prenant un ton déclamatoire :

— « J'ai menti », point. « J'ai menti à la police », point. Pourquoi écrivent-ils toujours en style télégraphique ? Pour que ça fasse plus d'effet ?

— Sans doute.

— Et ça : « Je suis allé trop loin », point. « Je suis allé trop loin », répétition rhétorique, « quand j'ai tiré honneur et gloire d'un mort », point. « Qui ne pouvait pas se défendre », point.

— C'est là que le bât blesse, fit remarquer Calle.

— Comment ça ?

— Il refait la même chose. Il renvoie à un agresseur qui ne peut pas se défendre. Si Matte avait été encore en vie, qu'aurait fait Anders ? Aurait-il continué à mentir et à mobiliser la police aux frais du contribuable ?

— … « mobiliser la police aux frais du contribuable », l'imita Jörgen. On croirait entendre ton médecin. Tu le fréquentes trop.

— Tu sais ce que je pense.

— Oui. Quand l'attention retombera et que sa main sera guérie, on gardera en mémoire qu'Anders Malmberg s'est laissé intimider. Et, qui plus est, qu'il a produit un faux témoignage. D'ailleurs, est-ce que cela n'est pas répréhensible, au regard de la loi ?

Calle haussa les épaules.

— Je ne pense que ça aille jusque-là.

— Non, dit Jörgen, il y a plus urgent pour mobiliser la police aux frais du contribuable…

Calle préféra ne pas relever.

— À propos, j'ai reçu une demande de la part de la police danoise.

Jörgen leva les yeux, intéressé. Calle eut un haussement d'épaules.

— Ils veulent que je témoigne au sujet du coup de fil de la mère maquerelle.

— La menace déguisée ?

— Oui. Ils essaient de rassembler le maximum d'éléments. Ils sont sûrs que Mattias a agi sur ordre de Sara Vallgren et maintenant qu'il a été désigné comme l'agresseur, ils veulent voir s'ils peuvent prouver le lien entre l'agression et le coup de téléphone qu'elle m'a passé.

— Qu'est-ce qu'elle a dit, au juste ?

— Rien de précis, sinon qu'elle gardait un œil sur moi et qu'elle me suivrait attentivement. Quand je lui ai dit que je ne comprenais pas ce qu'elle entendait par là, elle m'a assuré du contraire, disant que j'étais assez raisonnable et intelligent pour ne pas lancer des accusations à tort et à travers.

— Elle t'a mis en garde si tu témoignais ?

— Oui. Et elle a ajouté qu'elle avait des amis à Stockholm qu'elle pouvait me présenter.

— Et tu as ressenti ça comme une menace ?

— Évidemment, ça ne fait pas un pli.

— Qu'est-ce qui se passerait si tu parlais à la police danoise ?

Calle haussa les épaules.

— On verra bien ce qui se passera, je m'en fous royalement. Je n'ai pas l'intention de me laisser intimider comme ça. J'y vais demain en avion. Je pense qu'ils jugeront ma déclaration crédible.

Jörgen s'appuya à son dossier et regarda, impressionné, son ami.

— Tu n'as peur de rien, dis donc.

— Je viens de faire l'amour… Et tu sais comme moi ce qu'une vie sexuelle active apporte comme confiance en soi.

— Pas vraiment, répondit Jörgen. Mes meilleures et mes plus nombreuses relations sexuelles, je les ai toujours eues avec moi-même.

74

Margit Svensson prit le bus pour Helsingborg, le ferry pour Helsingör, puis le train pour Copenhague. Les paysages défilaient à la fenêtre et la voix qui annonçait dans le haut-parleur le nom des gares en danois paraissait irréelle.

Quand elle arriva à l'adresse qu'elle avait notée, elle avait l'impression que ses pieds touchaient à peine le sol. Elle chercha le nom de l'entreprise parmi les boutons de l'interphone, appuya. Un Danois répondit et Margit se présenta. Il ne devait pas comprendre ce qu'elle disait parce qu'il lui demanda le motif de sa visite et puis la conversation fut coupée. Par chance, un autre homme arriva, qui travaillait dans l'immeuble. Il tapa le code et lui tint la porte ouverte. Margit entra dans le bâtiment, prit l'ascenseur jusqu'au bon étage. Derrière une porte vitrée, elle aperçut un homme bien habillé. Elle lui fit signe et il vint vers elle, le visage contrarié.

— Sara Vallgren est en réunion, annonça-t-il en danois.

— Je peux attendre, dit Margit.

— Elle sera en réunion toute la journée.

Sa voix avait pris un ton agressif, comme si Margit était entrée par effraction.

— Il faut que je lui parle. Je suis la maman de Mattias.

Une porte s'ouvrit derrière l'homme et Sara Vallgren sortit. Le visage désolé, elle s'avança vers Margit et l'étreignit longuement. Un bras autour des épaules de la mère de Mattias, elle la guida dans son bureau. Elle lança quelques mots à son secrétaire, fit le chiffre cinq avec les doigts et ferma la porte.

— Il ne faut pas lui en vouloir, expliqua Sara. Je lui ai dit que je n'avais la force de voir personne. Tout est sens dessus dessous actuellement, je n'arrive toujours pas à y croire. Je voulais vous téléphoner, mais je n'ai pas pu. J'avais l'impression que tout était ma faute.

Elle enfouit son visage dans ses mains en sanglotant. Margit la prit dans ses bras et la serra fort.

— L'homme à l'hôtel avait volé de l'argent, poursuivit Sara, très remontée. Mon hypothèse, c'est que Matte a appris qu'il se cachait là, et il s'y est rendu pour parler avec lui. Et puis… ça a dégénéré.

Elle hoqueta.

— Si… seulement j'avais su…

Margit la fit taire et la reprit dans ses bras.

— Ce n'est la faute de personne. Essayons de nous consoler de notre mieux.

Sara était maintenant secouée de sanglots.

— J'aurais tellement aimé avoir un enfant de lui…

— Chut…

Dix minutes plus tard, le secrétaire vint frapper doucement à la porte pour lui rappeler la réunion inscrite sur son planning. Sara jeta à Margit un regard désolé et la pria de l'excuser, lui assurant qu'elle n'avait pas le choix. Il y avait tant de choses à gérer. Matte laissait un grand vide et pas seulement dans son cœur. Jamais elle n'avait eu de collaborateur meilleur et plus loyal que lui.

Margit comprit et Sara la raccompagna à la porte. Elles se regardèrent, pleines de compassion l'une pour l'autre, jusqu'à ce que les portes de l'ascenseur se referment et les séparent.

Sara revint au bureau et se tourna vers son secrétaire.

— Si par malheur elle revenait, je ne suis pas là. C'est compris ?

— Oui.

— Et cinq minutes, c'est cinq minutes. Pas dix. OK ?

75

David racla le fond de son verre avec une cuiller et regarda Calle à l'autre bout du canapé.

— Un exemple ? C'est ce qu'ils ont dit ?

Calle acquiesça, l'œil rieur.

— Ils ont dit que j'étais posé, précis, clair et convaincant. Un témoin modèle…

— Mais au fond, elle n'a rien dit expressément, celle qui t'a appelé. Si ce n'est qu'elle a des amis à Stockholm.

— Certes, mais il ne fait aucun doute que c'était une mise en garde.

— Et tu vas dire la même chose au tribunal ?

— Oui, à peu près.

David posa son verre sur la table et allongea sa jambe vers Calle.

— Hum, fit-il.

— Ça veut dire quoi, ce « hum » ?

— Ça me paraît un chouïa léger, quand même.

— C'est léger. C'est trois fois rien, mais c'est encore un exemple de sa manière de travailler…

— « De travailler » ? T'appelles ce qu'elle fait un travail ?

— Non.

— S'entre-tuer dans un hôtel. C'est des vrais trucs de gangsters. Je trouve que t'as du cran.

— Ne dis pas ça, tu vas me foutre la trouille.

— Sérieusement, je trouve que c'est courageux de ta part. D'autres ne bougeraient pas le petit doigt.

— Jörgen m'a dit la même chose. Et la police danoise m'a tapé dans le dos comme si j'étais une sorte de héros. Tu crois que je devrais être inquiet ?

— Non, dit David, tu dois être fier.

76

— Est-ce que la prostituée est allée là-bas avec Matte ? demanda Karlsson. Ou est-ce qu'elle était déjà sur place avec Conny ?

— Elle était déjà avec Conny. Il avait un faible pour les putains. Elle a envoyé un SMS à Matte avant qu'il arrive.

— C'est donc elle qui l'a vendu. Ça peut toujours être une petite consolation pour la mère de Matte : au moins, ce n'est pas lui qui a tué cette fille.

Gerdin changea de position.

— Eh bien, justement, à ce propos…

— Quoi ? dit Karlsson.

— La police a retrouvé une revue qui a appartenu à Mona Björklund dans le bureau de Matte, un exemplaire du magazine *Familles*.

— Explique-moi ça.

— Le nom de Mona était marqué au dos, la revue avait été envoyée chez elle, à Bjuv. Elle était abonnée.

— Et ?

— La revue retrouvée avait été envoyée deux jours avant que l'amie de Conny soit assassinée.

— En d'autres termes…

— Matte a dû se trouver chez Mona la veille ou le jour même de son meurtre.

— Ah, bordel !

— Cela ne signifie pas forcément qu'il l'a étranglée. Il peut avoir été là avant qu'elle soit assassinée. Je le vois mal l'étrangler et ensuite parcourir un magazine pour se distraire.

— Est-ce que quelqu'un aurait pu déposer la revue dans son bureau ?

Gerdin haussa les épaules.

— Il y a ses empreintes digitales dessus, alors il l'a de toute évidence feuilletée.

— Étrange…

— Oui.

— Cela le lie au lieu du crime, dit Karlsson.

Gerdin ne comprit pas.

— Je veux dire que ce serait bien de pouvoir préciser un peu cette affaire, mais bon, n'allons pas trop vite.

— Il me semble que nous devrions interroger une nouvelle fois cette Sara Vallgren et entendre sa version des faits. Elle était en Suède avec Mattias, ne l'oublions pas. S'il a rendu visite à Mona à Bjuv, il est probable qu'elle l'a accompagné.

— Tu as raison, dit Karlsson. Il est temps d'avoir une petite conversation avec la Danoise.

Sara ne parvenait pas à se décider. L'homme face à elle était très différent de Matte. Froid et intelligent, mais aussi indépendant et indéchiffrable. Il était, pour sûr, l'homme qu'il fallait avoir de son côté, et peut-être même à ses côtés. La question était de savoir comment le contrôler sans qu'il constitue à long terme une menace pour elle. En trois ans, Kemal Farci avait mis la ville d'Odense, voire toute la Fionie, sous sa coupe, aussi lui avait-on donné le surnom d'Odense.

Sur le plan du chiffre d'affaires, Odense faisait entrer plus d'argent que quiconque. Il avait vingt-sept ans, avait été incarcéré pour trafic ainsi que pour violences aggravées. La prison avait achevé sa formation et lui avait fourni moult contacts. Odense avait le sens des relations, et Sara commençait à avoir un faible pour lui. Il s'était débarrassé de deux personnes qui avaient essayé de piquer dans la caisse : toutes deux disparues sans laisser de traces, seule la police se posait des questions, sans tenir le moindre élément de réponse. Odense était aussi un des rares qui n'ait pas donné de ses nouvelles après les coups de feu à l'hôtel, en gros le seul à ne pas avoir accouru pour se jeter à ses pieds en bavant dans l'espoir de monter en grade.

— Comme tu sais, il s'est créé un vide.

Odense resta impassible.

— J'ai besoin de quelqu'un d'indépendant qui soit capable de résoudre d'éventuels problèmes par lui-même et qui n'ait pas besoin de me demander conseil sur tout et n'importe quoi.

Il se contenta de la regarder. Il respirait calmement.

— C'est un processus difficile et je n'ai pas l'intention de prendre des décisions hâtives. Matte faisait du bon travail et il était loyal, des valeurs que j'apprécie. Bien sûr, on peut toujours estimer qu'il y a encore une marge d'amélioration possible, c'est souvent le cas, surtout dans notre branche. Je ne veux pas voir mon nom mêlé à des affaires dont je ne peux répondre. Tu vois où je veux en venir ?

Odense hocha la tête, d'un mouvement quasi imperceptible.

— Quoi qu'il en soit…

Sara soupira à voix haute.

— … j'ai d'autres chats à fouetter en ce moment.

Les yeux de Kemal devinrent deux fentes. Sara eut un geste hésitant.

— Il y a un type à Stockholm qui soutient que je l'ai appelé pour le menacer. Il a l'intention de témoigner, et cela ne me paraît pas nécessaire. C'est même un manque de respect, je trouve.

Odense tourna très légèrement la tête.

— Calle Collin, dit Sara. Avec deux *l*. Il habite dans la Tulegatan.

— À Stockholm ?

Sara acquiesça.

— Il est malheureusement impossible de lui faire entendre raison, il refuse d'écouter. Le mieux serait qu'il lui arrive un accident.

Odense se leva. Il était laconique mais acceptait visiblement de recevoir des ordres d'une femme.

— OK.

— Autre chose. Je ne sais pas si cela peut t'aider…

Odense parut intéressé.

— Le type est gay.

— Ouvertement ?

— Oui.

Odense haussa les épaules. Les préférences sexuelles n'avaient d'intérêt que dans la mesure où l'on pouvait en tirer de l'argent. Soi on fournissait à ces personnes des services appropriés, soit on menaçait de révéler au grand jour où ils avaient enfoncé leur queue. Mais un baiseur de cul qui le clamait sur les toits ne rapportait rien, a priori.

Sara Vallgren pinça les lèvres et réfléchit.

— Dans les semaines qui viennent, ce serait bien, lâcha-t-elle enfin.

Odense hocha la tête une fois et Sara lui sourit.

— On fait comme ça, donc, conclut-elle en lui tendant la main.

Il la serra puis Sara le raccompagna à la porte. Dans la salle d'attente, elle aperçut deux visages connus et s'approcha d'eux : Karlsson et Gerdin.

— La police suédoise, quelle surprise ! Ça va devenir une habitude. Que me vaut cet honneur ?

— Nous aimerions nous entretenir un peu avec vous.

— Aucun problème. Une tasse de café, ou autre chose ?

— Non, merci, ça ira.

Ils la suivirent dans son bureau. Sara referma la porte et prit place dans son fauteuil.

— Asseyez-vous, je vous prie.

Ils s'assirent à contrecœur, l'amabilité de Sara les mettait mal à l'aise.

— Je vous écoute, dit-elle en joignant les mains sur son bureau. Vous avancez dans votre travail ? L'enquête progresse ?

— Nous aimerions vous poser quelques questions sur vos mini-vacances en Suède avec Mattias, dit Karlsson.

Sara hocha tête.

— Est-ce que vous pourriez nous en parler un peu ?

— Je crois vous avoir déjà tout dit.

— Eh bien, redites-le-nous.

— Oh, il n'y a pas grand-chose à raconter. On s'est un peu baladés. On a dormi dans un hôtel à Ängelholm, je crois que l'endroit s'appelait comme ça. Et le lundi, nous sommes allés saluer la mère de Mattias à Höganäs.

— Et vous êtes restés ensemble tout le temps ?

— Mattias et moi ? Oui, plus ou moins.

— Ce qui signifie ?

— Comment ça ?

— Vous êtes restés ensemble ou non ?

— Oh là là, vous employez la méthode forte, dites donc. Oui, nous sommes restés ensemble presque tout le temps.

— Quand n'avez-vous pas été ensemble ?

— Je ne vois vraiment pas pourquoi vous me posez cette question, mais bon, j'ai passé quelques heures à faire du shopping, le lundi. Mattias n'a pas voulu m'accompagner, il n'a jamais aimé faire les magasins.

— Vous avez acheté quelque chose ?

— Je ne crois pas, non.

— Quand était-ce, lundi ?

— En fin d'après-midi, je ne me souviens pas exactement.

— Comme c'est pratique !

Sara sourit.

— Quoi donc ?

— Avez-vous la moindre idée de ce que Mattias a fait pendant que, comme par hasard à ce moment-là, vous flâniez dans les boutiques ?

— Non.

— Vous ne lui avez pas posé la question ?

— Cela ne me serait jamais venu à l'idée.

Karlsson se releva, la mine contrariée.

— Vous vous croyez très maligne, dit-il.

— Mais pas du tout, protesta Sara. Je suis parfaitement consciente de mes limites.

Gerdin se leva à son tour, prit congé d'un signe de tête et emboîta le pas à son collègue. Sur le pas de la porte, il se retourna.

— Du théâtre amateur, commenta-t-il.

— Pardon ?

— Puisque vous n'êtes pas à la hauteur des vraies scènes, pourquoi ne pas vous inscrire dans un club d'amateurs ? Comme ça, vous pourrez vous entre-tuer en jouant *Hamlet* et laisser les honnêtes gens en paix.

— Je ne comprends vraiment pas…

— Une femme de ménage. Une honnête femme de ménage qui travaillait dur.

Le visage de Sara restait impassible. Gerdin la regarda, peiné.

— Pas même un tressaillement ? dit-il. Pas même un tremblement de la lèvre ?

77

Ce n'était pas du tout comme marcher sur la Lune : ses pas étaient pesants et malaisés. Ses collègues le regardaient de travers. Ils hochaient la tête pour faire preuve d'un semblant d'empathie, lui demandaient comment allait sa main et disaient combien c'était formidable qu'il ait raconté la vérité. Mais plus personne n'interrompait ses activités et aucune ravissante stagiaire de vingt-trois ans ne se tenait derrière lui à la machine à café. Le chef du service infos ne s'était pas précipité vers lui avec la dernière édition à la main, et personne n'avait commenté son dernier texte. Anders Malmberg était sur une pente on ne peut plus savonneuse…

Il sentit une main sur son épaule, se retourna et esquissa un sourire mal assuré.

— Tu as un moment ? demanda la rédactrice en chef.

— Maintenant ? Bien sûr.

Elle le précéda dans la salle de réunion.

— Tu veux bien fermer la porte derrière toi ?

Anders remarqua les visages curieux des autres membres de la rédaction. Dès qu'il croisait leurs yeux, ils tournaient la tête.

— Assieds-toi.

Anders tira une chaise et s'assit.

— Tout va bien ?

Anders cligna nerveusement des yeux.

— La main ? s'enquit la rédactrice en chef.

Anders regarda sa main.

— Un peu difficile de dormir, sinon ça va.

— Tant mieux. Bon, pour ce qui est de cette histoire…

Elle se tut et l'observa. Il soutint son regard.

— Oui, eh bien ?

— Que dirais-tu de commencer à rédiger ?

— Rédiger ? répéta Anders. Pourquoi devrais-je…

— Nous ne pouvons pas avoir un journaliste qui fait un faux témoignage.

— Je n'ai pas témoigné…

— Ou qui ment à la police, si tu préfères, ça revient au même aux yeux des lecteurs.

— Mais j'ai écrit ce qui s'est passé, comme nous en étions convenus.

— Absolument, et tu as bien fait. Vraiment.

Anders sursauta. « Vraiment » était un terme de renforcement qui, en réalité, dans le cas présent, affaiblissait la phrase.

— Tu me vires ? s'écria-t-il. Tu me vires parce que je me suis fait agresser ?

— Je te propose un poste de rédacteur…

— Mais moi, j'écris, c'est pour ça que je suis là !

La rédactrice en chef, patiente, sourit.

— Tu ne comprends pas quelle perspective cela t'offre ? dit-elle. Les plumes, on en a autant qu'on veut, et au bout de quelques années il faut en changer. Alors qu'on aura toujours besoin de rédacteurs. Je ne dis pas que tu le resteras éternellement, mais il faut laisser passer la tempête.

— Est-ce que tu sais ce que c'est, d'avoir été agressé chez soi ?

— Non, Dieu merci, j'ai échappé à ça.

— Est-ce que tu comprends ce que ça implique comme pression ? Comme terreur psychique ? Chaque fois qu'on sonne à la porte, je demande qui c'est avant d'ouvrir, comme un foutu retraité !

— Je comprends, je dis seulement…

— Si tu savais ce que cela implique, nous n'aurions pas cette discussion.

Son débit était saccadé.

— Anders, écoute-moi.

La rédactrice en chef tendit le bras, prit sa main, réussit à capter son regard fuyant.

— Tu es doué, tu as ce qu'il faut pour tracer ta route. Je veux te garder dans l'équipe du journal, sache-le. Mais comme tu le dis toi-même, on ne sort pas indemne d'une histoire de ce genre. Il te faut du temps pour te remettre. Sinon, il y a le risque que, de désespoir, tu balances tout et n'importe quoi et pètes réellement les plombs. Alors tu seras grillé partout. Accepte ma proposition, assieds-toi devant un bureau et corrige les textes. C'est uniquement en lisant les lignes non corrigées des autres que l'on se rend compte que personne ne sait écrire, et alors deux voies s'ouvrent à toi.

Anders ne comprenait toujours pas.

— Soit tu penses, poursuivit la rédactrice en chef, *Putain, ce qu'ils écrivent mal, tous !*, et tu prends conscience de tes propres failles et limites. Ce qui te conduira à devenir un meilleur chroniqueur.

— Soit ? dit Anders.

— Soit tu penses *Putain, ce qu'ils écrivent mal, tous !*, et tu t'imagines être au-dessus du lot, écrire beaucoup mieux qu'eux, et alors…

— Alors ?

— Alors tu suis le même chemin que moi et tu finis chef. C'est l'un ou l'autre.

Anders rit.

— Bon, conclut la rédactrice en chef en lui tapant sur la main. On va dire que tu commences lundi.

78

Il y avait des photos sur Internet. Des photos pas particulièrement bonnes, mais c'était mieux que rien. Odense savait à quoi ressemblait Calle Collin. Sara Vallgren voulait qu'il lui arrive un accident et il en aurait un. Odense lui avait déjà donné un nom dans sa tête : *Drunk Danish Driver*[1]. Il faucha des plaques d'immatriculation dans un parking longue durée non surveillé à l'extérieur de Copenhague, les fourra dans son sac à dos et prit le train de nuit pour Stockholm. Il volerait une voiture sur place. Le travail fait, il remettrait les plaques d'immatriculation suédoises, abandonnerait la voiture n'importe où et se débarrasserait des plaques danoises en un endroit où personne ne les retrouverait. Si tout se passait comme il l'espérait, une demi-douzaine de témoins assisteraient à la scène. Certains devraient être capables d'affirmer que Calle Collin avait été renversé par une voiture immatriculée au Danemark qui ne s'était pas arrêtée.

Mais d'ici là, Odense devait d'abord cerner les habitudes de Calle Collin. La tafiole était un journaliste

1. Conducteur danois bourré.

free-lance qui, apparemment, travaillait de chez lui. Il se trouvait en tout cas dans son appartement quand Odense fit semblant de s'être trompé de numéro, peu après dix heures ce matin-là.

Difficile de filer quelqu'un, surtout sans voiture pour la planque. Stockholm n'était pas une métropole mondiale, ça ne grouillait pas de monde dans les rues, on se faisait donc facilement repérer. Odense s'assit dans un café en face de l'immeuble de Calle et commanda un thé dans un mauvais anglais au fort accent turc. Il ouvrit un journal turc qu'il avait acheté à la gare centrale et lut pendant une éternité. Quand le personnel eut débarrassé sa table et lui eut demandé pour la troisième fois s'il désirait autre chose, il comprit qu'il ne pouvait pas s'attarder plus longtemps. Il quitta le café et alla aussi loin qu'il le pouvait dans la rue sans perdre de vue la porte d'entrée de l'immeuble. Puis il traversa et revint le plus lentement possible, en flânant, regardant les vitrines d'un air intéressé, ce qui n'était pas facile vu qu'il ne l'était pas du tout. Les gens paraissaient angoissés et tristes, le regard fixé sur leur portable : *S'est-il passé quelque chose ? Sur Twitter ? Sur Facebook ? Un SMS ? Allô ?*

Odense serait obligé de louer une voiture, malgré tout. Il avait besoin d'une planque pendant qu'il surveillait la porte d'entrée. Il pouvait en louer une et la laisser sur place avant d'aller renverser le pauvre type avec une voiture volée. Ce n'était pas une mauvaise idée. Certes, cela indiquerait qu'il se trouvait à Stockholm au moment où Calle Collin se faisait renverser par un chauffard, mais ça ne prouverait rien. Et si la police faisait le rapprochement entre sa présence et l'accident de Calle, il pourrait prouver qu'il avait loué une voiture. Donc pourquoi en aurait-il volé une ?

À cet instant, Calle Collin sortit de l'immeuble. Il portait un pantalon chino clair, une chemise bleue, et se dirigeait vers Odense, qui consulta sa montre pour ne pas croiser son regard. Midi trente-trois, constata-t-il. Dès que Calle Collin fut passé devant lui, Odense sortit son portable et fit semblant de répondre à un appel. Il resta ainsi quelques secondes à parler en turc, disant n'importe quoi dans le vide, avant d'emboîter le pas à sa future victime.

Calle Collin entra dans un bar à sushis, tiens donc, et s'assit sur un tabouret haut, face à la fenêtre. Odense ne pouvait pas rester planté là à le regarder manger. Il décida d'aller louer une voiture.

Sushi sushi sushi. C'en était presque risible. À quoi ça servait ? Du sucre dans du riz et une satiété passagère qui laissait vite la place à une envie de manger de la glace, du chocolat, ou de faire une razzia dans le frigo en plein après-midi.

Son portable émit un signal. Calle l'avait posé devant lui sur la table. Rien que le nom de son expéditeur le fit sourire béatement. Il lut le message :

`Termine 17 heures, chez toi 17 h 30. Juste à temps pour manger. Resto ?`

Calle répondit :

`Je peux cuisiner.`

Nouveau message :

`Je t'invite. L'italien?`

Le resto en face de chez lui servait de la bonne cuisine, les prix étaient plus que corrects et le personnel souriait dès qu'il franchissait la porte.

`OK. Pas besoin de m'inviter.`

Ils iraient ensuite au cinéma. Et pas pour voir un film d'époque avec des costumes et tout, mais un banal film d'action. Ils avaient dépassé le stade où l'on fait semblant d'être intéressé par des films d'auteur sans répliques. D'ailleurs aucun des deux n'avait jamais essayé de paraître plus intellectuel qu'il ne l'était. Calle n'avait rien contre les productions culturelles sérieuses, si ce n'était que la qualité laissait souvent à désirer. La technique narrative de ce genre de films était floue, avec des effets Larsen, une sorte de fausse dramaturgie qui ne débouchait sur rien sinon un ennui carabiné.

Calle plongea son dernier morceau de saumon dans la coupelle de sauce soja. Ah, ce putain de médecin avait réussi à faire chavirer son cœur ! Avec ses poignées d'amour, ses adorables imperfections… Un corps qui s'assumait pleinement. Depuis qu'il l'avait rencontré, Calle ne regardait plus aucun mec : même les plus beaux avaient été rétrogradés au rang de figurants sans répliques.

79

Odense fut obligé de déployer tout son charme pour obtenir l'autorisation de louer une Nissan Micra merdique. Il souscrivit même un rachat de franchise, histoire de se mettre définitivement le vendeur dans la poche.

— Où comptez-vous aller ? demanda l'imbécile.

Pose pas tant de questions, connard.

— Je vais dire bonjour à des amis qui habitent à Stockholm et en profiter pour faire un peu de tourisme. Je vis au Danemark.

— Au fait, vous savez que nous avons des péages, hein ? Si vous allez, disons, à Södertälje, il vous faudra payer pour entrer et sortir de Stockholm.

Pourquoi irait-il à Södertälje ?! Parce que sa population représentait le plus fort pourcentage d'immigrés en Scandinavie et parce que la ville avait accueilli plus de réfugiés d'Irak que les cinquante États d'Amérique réunis ?

— Non, mes amis habitent en ville.

Le vendeur parut un peu surpris, mais pas longtemps. Fort de sa connaissance des hommes, il avait déjà classé son client dans la catégorie « bons immigrés ». Mais oui, c'était le cas de la plupart d'entre eux, ils gagnaient leur vie, bossaient.

— Vous parlez bien… le scandinave.

Malgré mes cheveux noirs, tu veux dire ? Un miracle, pas vrai ?

— Merci. Le musée Vasa, ça vaut le coup ?

Un enfoiré de raciste. Un coup de bol qu'Odense ait porté une chemise à manches longues qui dissimulaient ses bras. Certains tatouages n'attiraient plus l'attention quand des hommes blonds les affichaient ; sur un immigré, c'était… une autre paire de manches.

Odense demanda très précisément avec quel carburant il devait faire le plein et, quand il s'éloigna, il s'assit très près du volant, comme un nouveau conducteur. Il agita même la main par la fenêtre avant de s'engager prudemment dans la rue. Une fois plus loin, il recula son siège, baissa la vitre et alluma une cigarette.

Calle Collin n'était plus dans le bar à sushis. Un nouveau faux appel confirma qu'il était retourné dans son appartement. Odense trouva une place à proximité qui lui permettait de surveiller la porte d'entrée. Il alla au bureau de tabac et acheta un journal suédois dont il entreprit de parcourir les pages sportives en fumant une clope, la fenêtre ouverte.

Au fond, cette idée des plaques d'immatriculation était plutôt foireuse. Pourquoi des plaques danoises ? Mieux valait piquer une voiture le moment venu, la laisser garée en double file à un endroit gênant et foutre le camp. Pourquoi mettre la police sur la piste du Danemark ? C'était vraiment débile. Tout ça parce qu'il avait baptisé son opération « Drunk Danish Driver » ! Ah, il était victime de son goût du verbe…

Il prit son sac à dos et se dirigea vers une maison en cours de rénovation. À l'extérieur se trouvaient des gros sacs remplis de blocs de béton, des canalisations pourries et des tuyaux rouillés. Il jeta un rapide regard alentour avant de fourrer les plaques d'immatriculation danoises dans un des tuyaux. Puis il retourna à la voiture de location et reprit sa place. Il en avait fini avec les pages sportives et feuilleta par acquit de conscience le reste du journal. Principalement des conneries sur des Suédois célèbres. Odense n'avait aucune idée de qui étaient ces cuisiniers, ces écrivains, ces animateurs télé et ces artistes, alors leur actualité n'avait aucun intérêt pour lui. Il jeta le journal, retourna au bureau de tabac faire une provision de friandises.

Ce qu'il se faisait chier… Il tambourinait des doigts sur le volant, passait d'une radio à l'autre tout en réfléchissant aux dix femmes qu'il avait le plus envie de baiser. Aucune, en fait, constata-t-il rapidement. Les filles de la capitale, pour ce qu'il pouvait en voir, étaient canon, même fatiguées. Elles étaient canon parce qu'elles avaient réalisé leurs rêves et se sentaient confortées par leur environnement, un monde qui voulait à tout prix conserver leur attention. Rien ne les effrayait plus que l'idée qu'il puisse un jour disparaître.

Odense regarda l'heure, cinq heures vingt. Il avait faim et avait repéré un McDonald's, un pâté de maisons plus loin.

80

On sonna à la porte.

— J'arrive ! cria Calle en se jetant un rapide regard dans la glace avant d'aller ouvrir.

David entra et referma la porte derrière lui.

— T'es tout beau, dis donc, fit-il avec un large sourire.

— Merci, répondit Calle. Toi aussi.

— Mais tu ne vois pas ?!

— Quoi donc ?

David tourna Calle vers le miroir. Tous deux portaient les mêmes vêtements : pantalon chino clair et chemise bleue.

— Je vais me changer, annonça Calle.

— Pourquoi ?

— Ça craint, non ? On a l'air de deux évangélistes américains.

Calle alla dans la chambre à coucher et enleva sa chemise. David le suivit, l'enlaça.

Vingt minutes plus tard, tous deux s'étaient rhabillés, et cette fois Calle portait un jean et un tee-shirt.

Dès qu'Odense eut fini son hamburger, il s'ennuya de nouveau comme un rat mort. Rester dans une voiture de location pourrie à faire le guet... Il baissa la vitre, termina le sudoku du journal. Il commençait tout juste à s'imaginer dans un boulot normal lorsque la tafiole ressortit enfin, en compagnie d'un autre homme. Soit ils vivaient ensemble, soit l'autre était arrivé pendant qu'Odense s'achetait à manger. Ils partirent sur la droite, en s'éloignant d'Odense, et, putain, ils se donnaient des tapes sur les fesses en pensant que personne ne les voyait.

Odense descendit de voiture et pressa le pas pour ne pas les perdre de vue. Le journaliste et son ami marchaient fièrement main dans la main comme pour faire fi des préjugés du monde. C'était clairement affecté et provocateur. Odense comprit soudain ce que Sara avait voulu dire en précisant que Calle Collin était homo. Celui qui transgressait les normes de la société risquait d'avoir des ennuis, personne ne pourrait s'en étonner.

Calle et son ami mesuraient presque la même taille et ils étaient difficiles à distinguer de dos. C'était peut-être ce que d'aucuns appelaient l'effet de couple. Odense se demanda qui était la personne active et qui était la passive...

Les amoureux disparurent dans un restaurant et, par la fenêtre, Odense vit que la serveuse les accueillait en habitués.

Il retourna à la voiture, s'assit les deux bras tendus sur le volant et ferma les yeux. Il essaya de visualiser le déroulement des événements à venir et de choisir la meilleure option. Une demi-heure plus tard, son choix était arrêté. Le nouveau plan était plus simple que celui de départ. Écraser quelqu'un volontairement était presque impossible. Pour réussir, il fallait à la fois un coup de pouce du hasard et une extrême inattention de la part de la victime. Bref, ça faisait beaucoup de paramètres.

Dans son nouveau plan, il n'avait besoin que d'une arme simple et il savait exactement où la dénicher. Il enfila ses gants, sortit du véhicule et se dirigea vers la maison en travaux. Il s'arrêta près des gros sacs, inspecta les gravats, trouva ce qu'il cherchait : une vieille canalisation d'eau en fer, de plus d'un mètre de long. Il la prit et se dirigea nonchalamment vers le restaurant.

81

— Ça vous a plu ?

— Comme toujours.

La serveuse enleva leurs assiettes.

— Vous désirez autre chose ? Du café ?

— Non, c'est parfait, merci. Nous devons partir. Est-ce qu'on peut avoir l'addition ?

La serveuse s'éloigna et David remplit leurs verres. Ils trinquèrent.

La serveuse apporta la facture et le lecteur de carte bancaire. David tapa son code. Calle sortit son portefeuille pour payer sa part. David fit un geste de refus.

— Tu me paieras le cinéma.

— Mais c'est beaucoup moins.

— Ne dis pas ça. Je veux du pop-corn, des sucreries, du Coca, la totale !

Le lecteur sortit la facture que la serveuse arracha et posa sur la table.

— Voilà. Au plaisir de vous revoir.

Ils la suivirent des yeux quand elle quitta leur table et partit s'occuper d'autres clients. Ah, il y avait trop peu de serveuses comme elles, plus toutes jeunes, qui savaient vous mettre à l'aise. Ils sortirent dans la rue, emplirent leurs poumons de l'air doux de l'été. Calle passa un bras autour de David et pencha un bref instant sa tête sur l'épaule de son ami.

— Merci pour ce super repas.

Ça y est, ils sortaient enfin du restaurant. Cela faisait presque une heure qu'Odense traînait dans la rue et il commençait à avoir froid. Ils étaient à une centaine de mètres devant lui. Odense allongea le pas pour réduire la distance. Le bout de canalisation n'avait pas bougé de l'endroit où il l'avait posé, contre une gouttière. Il s'en saisit au passage et se dépêcha, tandis que Calle Collin et son petit ami continuaient d'avancer, ne se doutant de rien.

Ils arriveraient bientôt au carrefour, avec plus de monde et davantage de circulation. Son plan serait alors plus difficile à mettre à exécution. Parmi les passants, on trouvait aussi bien des témoins que des héros ordinaires.

Odense accéléra le pas, trottinant, la canalisation le long du bras, sur son flanc, comme une jambe en plus. Calle et son ami n'étaient plus qu'à cinquante mètres du croisement. Il n'y arriverait pas. Il envisagea une seconde d'abandonner et d'attendre une meilleure occasion.

Ils s'arrêtèrent alors et se tournèrent vers la vitrine d'un magasin de vêtements. L'un montra quelque chose du doigt, l'autre rit. Odense ralentit sa course, mais continua d'avancer pour réduire la distance.

Ils lui tournaient le dos, l'un avait passé son bras autour de son compagnon. Difficile de voir qui était qui. Odense se rappela que Calle portait un pantalon chino clair. L'autre avait un jean. Il n'était plus qu'à dix mètres. Cinq, puis trois. Il saisit à deux mains la canalisation comme s'il s'agissait d'une batte de baseball, la leva au-dessus de sa tête, se tourna sur le côté, l'épaule gauche en avant, et parcourut ainsi les derniers pas.

— *Fucking faggots*[1] !

Odense décrivit un parfait arc de cercle avec la canalisation en fer. Toute la force du coup fut transférée par le mouvement rotatif de l'épaule jusqu'à la canalisation qui vint heurter avec une extrême violence l'arrière du crâne de l'homme. Le choc fut d'une netteté remarquable, comme en témoigna le son.

Instinctivement, Odense sut que l'homme était mort avant même de s'effondrer sur le trottoir. Il le dépassa, lâcha la canalisation par terre et l'entendit rouler sur les pavés. Il avait déjà tourné au coin de la rue et s'était mêlé à la foule quand le premier cri retentit.

---

1. « Enculés de pédés ! »

82

Calle Collin était assis dans une pièce froide au sol revêtu de plastique gris tacheté et aux murs jaune marbré. Les chaises en bois clair des visiteurs avaient des assises en tissu vert. Sur la table basse devant eux traînaient des magazines feuilletés. Il n'y avait pas grand-chose à voir, pourtant Calle remarquait tout. Son cerveau était grand ouvert et chaque instant durait une éternité. L'infirmière venait de le laisser pour aller chercher de l'eau. Calle perçut des pas rapides dans le couloir et vit apparaître Jörgen, qui s'arrêta sur le pas de la porte, avant de se précipiter et de saisir les mains de Calle.

Celui-ci le regarda. Jörgen prit place sur la chaise à côté et lui caressa les cheveux et la joue.

— J'ai parlé avec ses parents, déclara Calle, étonnamment calme. Ils sont en route. Un voisin les conduit. J'ai dit que je les attendrais.

Jörgen acquiesça et lui tapota le genou.

— Nous allons rester jusqu'à leur arrivée, ensuite tu rentreras avec moi. Tu dormiras chez nous.

Calle ouvrit la bouche pour protester mais ses pensées étaient ailleurs et aucun son ne sortit.

— Tu vas habiter chez nous, trancha Jörgen en serrant sa main.

83

— Encore un peu de salade ?

— Merci, ça va.

— Reprends au moins un peu de viande, ça te fera du bien. Un dernier morceau.

— Je n'ai plus faim, dit Anders en jetant un coup d'œil à son père. Mais c'est gentil.

Il n'avait pas l'intention de laisser sa mère lui découper sa viande. C'était déjà assez terrible comme ça de devoir manger uniquement avec la fourchette, comme un Américain.

— Excuse-moi, fit sa mère, je n'y ai pas pensé. J'aurais dû faire des pâtes ou quelque chose comme ça.

— Mais non, c'était bon.

— Tu boiras encore un peu de vin ?

Son père tendit son verre par-dessus la table pour boire avec lui.

— Merci, ça ira comme ça.

Bengt remplit le verre d'Åsa et le sien avant de reposer la bouteille vide.

— Raconte-nous, dit sa mère. Tu vas t'occuper aussi de la mise en pages ?

— On fait toujours ça.

— Dans les magazines et les hebdomadaires, on a à la fois des rédacteurs et un service de mise en pages. Du moins, c'est ce qui se pratiquait avant.

— Pas dans la presse quotidienne, dit Anders.

— Ah bon.

Anders porta le verre à ses lèvres et voulut vite prendre une gorgée, mais en voyant ses parents trop heureux de trinquer avec lui, il leva son verre avec un petit signe de tête, avant de le reposer.

— Mais c'est bien, ça, un nouveau poste. C'est comme une formation payée, dit sa mère.

— Maman…

— Non, je le pense vraiment.

— C'est toujours bien de se diversifier, renchérit son père. On ne sait jamais quand on en aura besoin. Mais tu n'écriras plus ta chronique télé non plus ?

Anders ne répondit pas.

— Je trouve quand même leur réaction un peu disproportionnée, dit Bengt. Ce n'est pas à toi d'être puni. C'est toi qui as été agressé. Chez toi.

Anders planta son regard dans celui de son père.

— Maintenant, ça va, d'accord ?

— Je dis juste que c'est toi la victime. Tu ne devrais pas…

— Je ne devrais pas quoi ? fit Anders. Payer pour la faute d'autrui ?

Bengt se leva et commença à débarrasser la table. Åsa chercha à croiser le regard de son fils en espérant y trouver compréhension et indulgence. Anders préféra l'éviter. Åsa essaya une nouvelle stratégie.

— Ton père et moi avons envisagé de partir un peu cet hiver, quelques semaines.

— Très bien.

— On a pensé que tu aurais peut-être envie de te joindre à nous.

— À l'étranger ?

— Oui. Quelque part où il fait chaud.

— C'est gentil, mais… non.

— Tu peux toujours y réfléchir.

Anders but une nouvelle gorgée.

— J'ai gardé le même salaire, dit-il.

— C'est bien.

— Elle a dit qu'il fallait laisser passer la tempête.

Åsa approuva, Anders continua à voix basse, pour ne pas que son père entende :

— Elle a dit en substance : « Soit tu deviendras un meilleur chroniqueur, soit tu deviendras chef. »

Åsa eut un sourire forcé.

— Je crois que ça peut être bien, dit Anders sans conviction. Ça me plaît, pour l'instant.

— Alors c'est formidable, répondit sa mère. Vraiment.

Anders se sentit à deux doigts de fondre en larmes.

84

— J'ai entre les mains le rapport complet de Copenhague, annonça Gerdin depuis l'embrasure de la porte, une liasse de documents dans les mains.

Karlsson fit pivoter son fauteuil et joignit les siennes sur son ventre.

— Du neuf ?

— Non… répondit Gerdin, hésitant, en entrant dans le bureau et en s'asseyant sur l'accoudoir de la chaise pour visiteurs. On y apprend à peu près ce qu'on savait déjà : Conny aimait les prostituées.

Il continua de parcourir les feuilles.

— Des pratiques un peu extrêmes, aussi. Ils s'étaient apparemment attachés, il y avait des sortes de « câbles » fixés au lit.

— Des… « câbles » ?

— Oui, ça doit être des fils. On a retrouvé les empreintes digitales de la fille dessus, donc ce devait être elle qui l'entravait.

Il poursuivit sa lecture.

— Oui… Bon… Au total, cinq coups de feu ont été tirés. Trois au fusil, deux au pistolet. Même conclusion que précédemment. La prostituée vend Conny.

Matte débarque, la prostituée essaye de piquer le fric de Conny…

— Celui qu'il avait fauché à la Danoise ?

— Je suppose. Conny abat la prostituée, se fait descendre par Matte mais parvient à lui tirer dessus avant de clamser.

— *OK Corral*, dit Karlsson. Est-ce qu'on est plus avancé ?

— Pas vraiment. Et il y a cette revue qu'on a retrouvée dans le bureau de Matte. Celle qu'il a prise chez Mona.

— Qu'est-ce qu'on fait avec ça ?

Gerdin gonfla les joues et secoua la tête en laissant l'air s'échapper par ses lèvres tendues. Il continua à lire.

— Aucune trace sur les ciseaux, d'après eux.

— Quels ciseaux ? fit Karlsson.

— Ceux qui ont servi pour couper ces « câbles ». Attends… Peut-être que « câbles » en danois veut dire « bandes adhésives » en suédois…

— Comment ça ?

— Oui, ce n'est pas le même mot en danois, en fait il s'agit tout simplement de ce gros ruban adhésif…

Gerdin posa le rapport sur le bureau et essaya de montrer avec les mains de quoi il s'agissait.

— Je ne vois pas du tout de quoi tu parles, dit Karlsson.

— Mais si, ces rouleaux de ruban vinyle qui servent à attacher des fils ensemble et à les protéger…

— Attacher des fils ensemble ?

— Oui, des fils électriques et des câbles, justement. Comme il y en a derrière les téléviseurs et les ordinateurs. Comme ceux avec lesquels Mona a été attachée…

Gerdin commença à faire les cent pas dans le bureau, sous l'œil amusé de Karlsson.

— J'y suis : la prostituée révèle la planque de Conny, dit Gerdin, elle sait que Sara et Matte sont après lui…

Karlsson noua de nouveau ses mains sur son ventre.

— Jusqu'ici, je te suis.

— Sara et Matte vont là-bas…

— Tous les deux ? dit Karlsson, pour s'assurer qu'il ne perdait pas une miette de cette hypothèse qui promettait d'être sacrément fumeuse.

Gerdin confirma :

— Oui, tous les deux. Sara fait attacher Conny par la prostituée avec le ruban adhésif. Ce qui le met hors jeu, impossible pour lui d'intervenir.

— Oui.

— Ensuite Sara prend le fusil de Conny…

— D'accord, dit Karlsson sans aucune conviction.

— La prostituée essaie de prendre l'argent, Sara l'abat d'un coup de fusil.

Karlsson continuait à s'imaginer au spectacle.

— Pourquoi ?

— Pour qu'il n'y ait pas de témoins, dit Gerdin. Ensuite, Sara tire sur Matte, toujours avec le fusil de Conny.

— Pourquoi aurait-elle fait ça ?!

— Pour lui faire endosser les meurtres.

— Quels meurtres ?

— Ceux de Henk et Mona et ceux dans la chambre.

Karlsson éclata de rire.

— Excuse-moi, continue, je t'écoute.

— Il ne reste alors en vie que Conny, attaché.

— D'accord.

— Sara va vers Matte, soulève sa main inerte et tire deux coups de feu sur Conny.

— Deux ?

Karlsson faisait de son mieux pour garder son sérieux.

— Deux.

— C'est bon, là ?

— Non. Jusqu'ici, ça ne fait que quatre tirs. Deux au pistolet, deux au fusil. Il reste un dernier coup de fusil. Sara va à présent vers Conny, mort, elle tranche le ruban adhésif, car elle ne veut pas qu'on puisse s'interroger sur les marques autour des chevilles et des poignets de Conny. Ensuite, elle lui place le fusil entre les mains et lui fait tirer un dernier coup dans le mur.

— Elle presse les doigts de Conny sur la détente ?!

Gerdin acquiesça.

— Elle n'a fait qu'une erreur : les empreintes digitales de la prostituée ne se trouvent pas sur les ciseaux.

Il regarda Karlsson, qui se pencha en avant, posa ses coudes sur la table et son visage entre ses paumes.

— T'as terminé ?

— Oui. Qu'est-ce que t'en penses ?

— Ce que j'en pense ? dit Karlsson. J'en pense que tu t'es trompé de métier. Tu aurais dû être scénariste. Un coup de feu par-ci, un coup de feu par-là…

— Alors comment expliques-tu qu'il n'y ait aucune empreinte digitale sur les ciseaux ?

Karlsson recula son fauteuil et croisa les mains derrière la nuque.

— La prostituée qui l'a attaché portait peut-être des gants en caoutchouc.

— Des gants en caoutchouc ? répéta Gerdin.

— Comme ceux pour la vaisselle, hasarda Karlsson.

— Et pour faire quoi ?

— Je ne sais pas moi, lui pincer les tétons, ce genre de truc. Il y en a plein qui adorent ça.

Gerdin en resta coi.

— Ce que je veux dire, c'est qu'il existe un million d'explications plus plausibles que celle que tu viens de m'exposer. Mais supposons, pourquoi pas, que tu aies raison. Que tout se soit exactement déroulé comme tu l'as décrit. Ça change quoi ?

— Comment ça ?

— C'est l'affaire de la police de Copenhague, pas la nôtre. Nous avons eu un meurtre à Bjuv, et il me semble que, grâce à notre honnête travail de policiers à l'ancienne, on peut le considérer comme résolu.

Karlsson se leva et fit le tour de la table.

— Allez, Gerdin. Nous ne sommes que des policiers.

Il tapa son collègue sur l'épaule.

— Au fait, ajouta-t-il, quelle heure est-il ? Je crois bien que c'est le moment d'aller déjeuner, non ?

85

Jörgen Petersson était coincé entre deux sympathisants de Sara Vallgren. À sa gauche, un barbu tout en muscles portant un gilet de motard, bref, un jeune. Et à sa droite un célèbre animateur de télévision danois qui avait qualifié les poursuites à l'encontre de Sara Vallgren de « plus grand scandale de l'histoire de la justice au Danemark ».

Jörgen avait du mal à comprendre tout ce qui était dit, mais il ne lui échappa pas que les participants au procès se croyaient au spectacle. Sara était accusée de complicité dans la vague de violences qui s'était soldée par trois morts dans un hôtel minable de Copenhague. Les terribles événements avaient fait la une de journaux danois qui, à la surprise de Jörgen, continuaient à présenter chaque jour des photos de filles nues apparemment tout juste majeures de la veille.

Jörgen chercha le regard de son ami, pour lui témoigner son soutien et son affection.

Calle Collin, malgré son chagrin, exposa en détail, d'une voix affaiblie, le déroulement des faits auxquels il avait été mêlé. L'interview à Höganäs, l'appel indigné de Margit Svensson après sa lecture de la chronique d'Anders Malmberg, sa surprise de voir Matte quitter l'immeuble d'Anders Malmberg et, à la suite de ça, le coup de téléphone de Sara Vallgren.

Il rapporta précisément ce que Sara avait dit. Qu'elle avait lu son article et le suivrait désormais de très près.

— Quand je lui ai dit que je ne comprenais pas ce qu'elle entendait par là, elle m'a certifié que je l'avais très bien comprise. J'étais un homme raisonnable et intelligent, qui ne lançait pas des accusations à tort et à travers. Elle m'a dit qu'elle avait des amis à Stockholm, des amis qu'elle pourrait, au besoin, me présenter.

Le motard à la gauche de Jörgen croisa les bras et fusilla Calle du regard.

— Et comment avez-vous réagi ? demanda le procureur.

— J'ai été très mal à l'aise.

— Parce que… ?

— Elle me menaçait, c'était très clair, répondit Calle. Ensuite j'ai compris.

— Compris quoi ?

— Je me suis rendu compte que ce n'était peut-être pas une coïncidence si Matte avait passé la porte de l'immeuble d'Anders Malmberg.

— Et qu'avez-vous fait ?

— J'ai vérifié les infos sur mon téléphone et j'ai vu ce qui était arrivé : Anders Malmberg avait été agressé chez lui.

Le procureur remercia son témoin et laissa la parole à l'avocate de la défense, une femme d'une quarantaine d'années, intelligente, non dépourvue d'humour, et qui, à côté de Sara Vallgren, concentrait tous les regards.

— Parlez-nous de votre petit ami, dit-elle.

Calle ressentit une pointe dans sa poitrine et eut du mal à respirer.

— Il est mort, finit-il par répondre d'une voix brisée.

— Pouvez-vous nous dire comment il est mort ?

Calle se racla la gorge.

— Il s'est fait agresser, on l'a frappé avec un tuyau de fer.

— Où ?

— À Stockholm.

— Par qui ?

— Je ne sais pas.

— Est-ce que la police a pu interpeller l'agresseur ?

— Non.

— L'aviez-vous déjà vu ?

— Non.

— L'avez-vous vu après ?

— Non.

— Votre petit ami a donc été tué par un agresseur inconnu ?

— Oui.

— Est-ce que l'agresseur a dit quelque chose ?

Calle jeta un regard inquiet autour de lui avant de répondre.

— Oui.

— Qu'a dit l'agresseur ?

— Je crois qu'il a dit « *Fucking faggots* ». Je ne suis pas sûr, ça s'est passé si vite…

— Il s'est donc, quoi qu'il en soit, exprimé de manière péjorative sur votre orientation sexuelle et celle de votre ami ?

— Oui.

— Vous avez donc été victime de ce qu'on appelle une agression discriminatoire ?

Calle ne répondit pas. L'avocate de la défense répéta sa question. Calle respirait difficilement et cherchait un visage amical dans l'assemblée. Jörgen tendit le cou, mais Calle était trop stressé pour faire attention à lui.

— Oui.

— Votre ami a bien été la victime aléatoire d'un agresseur inconnu ?

— Oui.

— Oui ? répéta l'avocate de la défense.

Calle ne répondit rien. Elle brandit une liasse de papiers.

— Si je pose la question, c'est parce que vous avez déclaré à la police que l'agresseur agissait très probablement sur ordre de Sara Vallgren et que la victime visée n'était pas votre ami mais vous-même.

Les mains de Calle tremblaient.

— Je ne sais pas, dit-il. Je le croyais. J'étais secoué.

L'avocate de la défense hocha la tête.

— C'est bien compréhensible. Mais revenons un peu en arrière. Qu'est-ce qui vous a fait croire que l'agresseur en avait en réalité après vous ?

— Il est venu chez moi.

— Attendez, l'agresseur est venu chez vous ?

— Non, David.

— Votre petit ami ?

Calle acquiesça.

— Nous devions sortir et il se trouve que nous portions les mêmes vêtements. Alors je me suis changé pour qu'on n'ait pas l'air pareils. Nous avions la même coiffure, on mesurait à peu près la même taille…

— Excusez-moi de vous interrompre, mais vous dites que votre ami est venu vous chercher dans votre appartement ?

— Oui.

— Voulez-vous dire que l'agresseur inconnu, par télépathie, a vu comment vous étiez habillé dans votre appartement ?

— J'étais sorti avant, pour déjeuner. Ils me surveillaient.

Tous bougèrent sur leurs sièges, sauf Jörgen.

— Qui ça ? demanda l'avocate.

— Quoi ?

— Vous avez dit qu'ils vous surveillaient. À qui pensez-vous quand vous dites « ils » ?

— Je ne sais pas.

— Vous pensez que Sara Vallgren vous a fait surveiller par quelqu'un ?

— Je ne sais pas, je croyais…

— Vous croyiez ?

Calle ne répondit pas, baissa les yeux. L'avocate de la défense hocha la tête. Elle avait obtenu ce qu'elle voulait. Remuer davantage le couteau dans la plaie lui serait défavorable, alors elle décida d'en rester là.

— Laissez-moi seulement vous dire que je suis profondément désolée de la mort de votre ami. Je ne peux pas me représenter ce que cela signifie de perdre son partenaire.

Le président du tribunal la regarda.

— Pas d'autres questions ?

L'avocate fit non de la tête.

Calle se mit debout, jeta un regard inquiet autour de lui et se laissa conduire hors de la salle. Jörgen se leva à son tour et lui emboîta le pas. Dans le couloir, un policier danois en civil le remercia pour son aide. Jörgen prit son ami par le bras et ils sortirent retrouver le soleil à l'extérieur, où la vie continuait comme si de rien n'était.

— On va boire une bière ? suggéra Jörgen.

— Je veux rentrer chez moi.

Ils prirent un taxi pour l'aéroport de Kastrup sans accorder une pensée à la représentation que Sara Vallgren avait donnée ensuite dans la salle d'audience. Elle avait décrit la souffrance d'être trahie par un compagnon qui avait clairement mené des affaires derrière son dos, s'était dite horrifiée par les meurtres épouvantables et la violence répugnante dont elle avait lu le compte rendu dans les journaux. Mais elle refusait de spéculer sur qui avait fait quoi. C'était à la police d'enquêter, pas à elle.

Admettant que son activité pouvait paraître douteuse aux yeux des bien-pensants, elle avait néanmoins répété que son unique but était d'apporter de la joie, de la beauté et de la distraction dans ce monde qui – les derniers événements étaient malheureusement là pour le souligner – en avait si cruellement besoin.

86

C'était étonnant de voir avec quelle rapidité la vie reprenait son cours habituel. Comme si elle s'était à peine absentée. Pourtant, cinq semaines s'étaient écoulées depuis que la police avait frappé à sa porte. Cinq semaines au soleil, pendant lesquelles le bruit des rues avait laissé place à celui d'un port et d'une plage. Des voiliers danois et allemands côtoyaient les suédois dans le petit port de plaisance, les terrasses des restaurants étaient bondées et on avait l'impression de voir partout des enfants en vacances qui faisaient du vélo pour le simple plaisir de pédaler.

Margit avait essayé de s'imprégner du monde alentour, elle voulait profiter de la vie et de l'activité qui l'entouraient. Elle se rappelait ce que lui avait dit l'infirmière aux urgences : « Aussi longtemps que vous vous souviendrez d'eux, ils seront là. »

Margit ne savait pas si c'était une bonne ou une mauvaise chose. Elle choisit de penser que c'en était une bonne. Margit aimait bien l'infirmière. Elle n'était pas du genre à la toucher. Beaucoup voulaient ça. Caresser son bras ou la serrer contre eux.

Margit n'aimait pas ça. Sa peau la démangeait. En permanence. Comme si elle portait un pull trop moulant. Le pire, c'était le long de la colonne vertébrale, cela la faisait presque se voûter, comme si elle tentait de s'abstraire du monde extérieur.

Sa chef la laissait travailler à des tâches manuelles. C'était un travail simple qui aujourd'hui, par exemple, consistait à poser un porte-clés sur un magazine de bande dessinée avant qu'une machine plastifie le tout.

Au bout d'une demi-heure de gestes répétitifs, son esprit s'évadait dans le temps et l'espace. Kent se tenait devant elle. Toujours aussi débordant de vie. Elle l'avait grondé pour quelque chose qu'il avait fait. Ce gamin la rendrait folle, mais il avait un sourire désarmant. Il aurait pu avoir ce qu'il voulait dans la vie, mais il n'avait même pas eu quatorze ans.

Mattias. Elle adorait Mattias. Pas comme elle avait aimé Kent, mais elle l'aimait, lui aussi. Même s'il avait eu plus de mal à entrer dans la vie. Mattias était renfermé, à part, secret. Il souriait rarement, se montrait prudent mais loyal. Elle avait toujours pu compter sur lui, il ne l'avait jamais déçue. Elle essayait de se l'imaginer devant elle, mais elle n'y arrivait pas, l'image était toujours floue. Pourtant, encore quelques mois plus tôt, il était assis dans sa cuisine.

Alors elle pensait plutôt à Kent. C'était plus facile, plus éloigné. Margit voyait distinctement son fils aîné devant elle, treize ans, rien qu'un enfant.

La machine s'arrêta et Margit, qui venait de prendre un porte-clés, se figea, la main en l'air. Quelqu'un la toucha.

— Pause-café ! dit Katta en laissant sa main sur l'épaule de sa collègue.

Margit lâcha le porte-clés dans le carton et se laissa conduire vers la salle où trônait la machine à café. Katta l'aida à s'asseoir sur une chaise et prit deux tasses.

— Maman est en maison de retraite, maintenant, dit-elle en s'asseyant de l'autre côté de la table. On n'avait pas le choix, elle ne s'en sortait plus toute seule.

Margit hocha la tête, l'air absente, et souffla sur le liquide brûlant avant d'en boire prudemment une gorgée.

— Alors maintenant nous avons la maison de Torekov tout l'été rien que pour nous, mon frère et moi. Nous ne pouvons pas décemment la vendre tant que maman est en vie.

Margit hocha la tête une nouvelle fois.

— Je me demandais si tu avais envie de venir avec moi là-bas. Peut-être ce week-end ?

— Hein ?

Les mots cognaient contre les tempes de Margit, se frayant avec difficulté un chemin pour trouver un sens.

— Nous pourrions manger un morceau et nous promener parmi les estivants, proposa Katta. On pourrait aussi faire un tour sur l'île de Halland pour voir les phoques. Tu pourras dormir chez moi, si tu veux.

Elle sourit et Margit sentit son dos la démanger affreusement.

— C'est gentil de ta part, répondit-elle, mais je crois que je suis un peu fatiguée.

87

Sara Vallgren se promenait entre les tables pour saluer ses clients. Elle voulait s'assurer que tout le monde s'amusait bien. Elle serrait des mains, faisait des bises, souriait. Le procès avait rendu son visage célèbre et sa présence illuminait la salle. L'attention dont elle bénéficiait l'enivrait, mais elle disparaîtrait aussi vite que les autres drogues, elle le savait. Il s'agissait de profiter du moment présent et de ne surtout pas baisser la garde.

Elle jeta un rapide coup d'œil au show. Les filles étaient belles et savaient danser. Un vrai magicien faisait un numéro pendant l'entracte. Sara avait commis l'erreur de le féliciter après son premier spectacle. Depuis, ce raseur n'avait pas cessé de parler. À croire qu'il fallait vraiment être obsessionnel pour enchaîner les exercices de dextérité. Mais les filles qu'il sciait en deux, qu'il faisait apparaître ou disparaître comme par enchantement, avaient toutes les seins nus, ce qui ne semblait déplaire à aucun de ses clients.

Sara monta au premier étage rejoindre Odense, qui l'attendait dans une des salles VIP. Debout à une des fenêtres, il suivait le show.

— Désolée de t'avoir fait attendre, dit Sara.

— Pas de problème.

Sara lui indiqua un coin canapé et ils s'assirent.

— Tu veux boire quelque chose ?

— Non, ça va.

Les clients qui en avaient les moyens pouvaient louer cette pièce pour une somme astronomique et y profiter de la compagnie des filles qui dansaient sur scène. Le premier étage avait reçu le nom de Las Vegas, parce que tout ce qui s'y passait restait entre ces quatre murs. C'est Matte qui avait eu l'idée de ce nom. Sara avait trouvé que ça faisait un peu plouc, mais les fils à papa s'éclataient vraiment, ici. Leurs géniteurs ne rechignaient pas non plus à venir s'y amuser, de temps en temps. Des pères et des fils qui payaient pour s'offrir du bon temps avec des mères et leurs filles…

— Quel endroit ! dit Odense.

— Merci, fit Sara. Comment allons-nous faire, pour la suite ?

Odense se sentait toujours flatté d'avoir ses propres responsabilités et un revenu déclaré. Il était chef, directeur à en croire sa fiche de paye, il avait des employés et était responsable de leurs salaires. Sur le papier, il possédait les lieux, même s'il devait payer un loyer mensuel à l'entreprise de Sara.

— On ne va pas tout changer, déclara-t-il en désignant le spectacle en cours, juste rénover un peu.

— Il ne faut pas que ce soit trop léché, dit Sara. Il faut garder un petit côté trash. Vous commencez quand ?

— Je vois les artisans demain.

Sara hocha la tête, en connaisseuse.

— Parfait, dit-elle en se levant.

Odense fut tout de suite debout. Sara regarda sa montre.

— Je pense rentrer chez moi, dit-elle. Les journées ont été longues ces temps-ci. Mais reste ici, parle avec les filles. Je veux que tu apprennes le nom de chacune de celles qui bossent ici. Tôt ou tard, c'est toi qui t'occuperas d'elles.

Elle lui donna une légère tape sur le torse.

— Bienvenue.

88

Åsa Malmberg choisit de rentrer chez elle par l'ancienne route, même si ça faisait un détour. Ironie du sort, c'était pour se vider l'esprit et se donner le temps de rassembler ses forces pour ce qui l'attendait, ce problème qui semblait n'avoir jamais de fin. Il n'y avait pas un jour sans. Or c'était déjà pour cette raison – se vider l'esprit – qu'elle avait pris l'ancien chemin pour rentrer, ce jour-là, et c'est là qu'elle l'avait vu venir vers elle. Était-ce son sourire ? Il l'avait reconnue, il savait qui elle était. Il affichait ce sourire méprisant, comme pour dire qu'il n'y avait rien qu'elle pût faire. Il avait même avancé d'un pas, carrément, sur la route, pour montrer son pouvoir. Comme ça, je t'oblige à t'arrêter. Elle avait freiné, pour commencer. Puis rétrogradé, avant de passer en première pour lui laisser le temps de traverser. Il avait alors fait quelque chose avec sa bouche, ce sale gamin. Comme s'il rassemblait de la salive. Alors elle, sans même regarder dans le rétroviseur pour s'assurer qu'il n'y avait pas de témoins, peut-être uniquement dans le but de lui faire peur, elle avait relâché la pédale d'embrayage et l'avait percuté. La voiture l'avait projeté à terre.

Le reste, c'était plus difficile de s'en souvenir, s'en faire une image précise. Son cœur s'était emballé, elle avait été prise de panique. Après coup, elle avait été incapable de dire avec certitude si c'était conscient ou si elle avait seulement essayé de prendre la fuite. Elle l'avait écrasé, quoi qu'il en soit. La voiture s'était soulevée deux fois, la roue avant d'abord, puis la roue arrière. Ces secousses s'étaient inscrites en elle, à tout moment elle pouvait les sentir, elles la réveillaient chaque matin.

Bengt tendit le bras, lui saisit la main et la serra doucement, pour la rassurer et lui rappeler sa présence. Åsa dégagea sa main, ramena les jambes sur sa poitrine. Une sueur froide coulait dans son dos. Elle fixa le mur et déglutit, la gorge sèche.